Senta Richter

Verspielt

Jugendthriller

Bisher von Senta Richter erschienen:

›OPUS – Die Begegnung‹
›OPUS – Der Verrat‹

Senta Richter wurde 1987 in Wuppertal geboren. Sie hat Germanistik und Kommunikations- und Medienwissenschaft studiert und im Marketing gearbeitet. Mit der Veröffentlichung ihres Debütromans ›OPUS - Die Begegnung‹ im Jahr 2015 hat sie sich einen Kindheitstraum erfüllt.
Neben dem Schreiben liebt sie Sushi, den Sommer und spannende Jugendbücher.
Sie lebt in ihrer Geburtsstadt, wo sie an weiteren Romanen arbeitet.

Senta Richter

VERSPIELT

Jugendthriller

Lektorat: Colin Winterberg
Coverdesign: © vercodesign, Unna
Herstellung und Verlag: BoD – Books on Demand,
Norderstedt

ISBN: 9783743187658

www.senta-richter.de
mail@senta-richter.de

Für C.

»Du musst nur die Laufrichtung ändern«,
sagte die Katze zur Maus und fraß sie.

Franz Kafka

PROLOG

Wenn ich mir als Kind in den Finger geschnitten habe, brannte die Wunde wie Feuer. Manchmal lief ein Streifen Blut meine Hand hinunter, der den Schmerz ankündigte wie eine Fahne den Beginn eines Wettrennens. Der Schnitt fühlte sich echt an. Scharf, manchmal unnachgiebig beißend. Zerreißend. Die Röte des Blutes zeigte an, dass er wirklich war.

Aber dann wickelte Mom ein Pflaster um meinen Finger, und der Schmerz wurde weniger, wurde milder, wurde zu einer weit entfernten Mahnung. Und dann verschwand er.

Ich dachte immer, man würde Schmerzen fühlen können. Und ich dachte, jeder Schmerz würde irgendwann verschwinden.

Aber echter Schmerz ist taub und blind. Er hüllt dich ein wie ein Kokon. Er betäubt dich. Lähmt dich. Und er ist so heiß, dass er sich fast klirrend kalt anfühlt.

Der Fahrtwind peitscht in mein Gesicht und wirbelt die rotbraunen Haarsträhnen um meinen Kopf. Ich kralle die Hände fester in das Lenkrad und trete wie wild in die Pedale. Die Vögel zwitschern in den Bäumen. Fröhlich, lebendig. In der Luft schwirrt ein Duft nach Frühling, nach Blüten und Sonnenstrahlen, aber in meinem Mund schwimmt ein strenger Geschmack nach Salz und Kälte.

Heftig reibe ich mir mit einer Hand über die feuchten Wangen. Die Tränen wollen auch jetzt nicht aufhören zu fließen, dabei war ich doch nie der Typ fürs Weinen. Auch als ich vor einem Jahr beim Skatebordfahren von einer zweimeterhohen Rampe gestürzt und mir das Schlüsselbein gebrochen habe, habe ich nicht geheult. Ich habe nicht geheult, als Jonas, ein Junge, in den ich lange verknallt gewesen war, vor meinen Augen mit einem anderen Mädchen rumgeknutscht hat.

Ich bin stark. Ich bin mutig.

Ich bin Hanna Vogelsang.

Und jetzt? Wer bin ich jetzt?!

Ich schluchze auf. Mein Hals brennt, meine Schultern zittern, das Fahrrad schlingert. Ich beuge mich tiefer über den Lenker und gebe noch mehr Gas. Als ich um eine steile Kurve rase, schlägt mir mein schwerer Rucksack unsanft gegen die Rippen.

Die Sonne steht tief und überflutet den Himmel mit einem violetten und roten Farbenmeer. Ich strampele so sehr, dass meine Beinmuskeln brennen. Die Kreuzung vor mir wird immer größer. Die Ampel zeigt rot, aber dafür habe ich jetzt keine Zeit.

Nicht mehr weit.

Ohne mein irres Tempo zu verlangsamen, brettere ich über die Straße. Ein Auto bremst, bevor es mein Fahrrad am Hinterreifen erwischen kann, und hupt erbost. Ich drehe mich nicht um, sondern fege um weitere Kurven. Und dann bin ich da. Ganz plötzlich.

Ich stoppe und lasse das Rad einfach am Straßenrad liegen. An beiden Seiten reihen sich Einfamilienhäuser aneinander, die durch ordentlich zurecht geschnittene Rasenstücke von der ruhigen Straße getrennt werden. Hohe Kastanienbäume schwanken im Frühlingswind. Immer noch zwitschern die Vögel. Es ist Abendbrotzeit; niemand ist zu sehen.

Showtime.

Mein Atem geht von der rasanten Fahrt schnell, mein Herz hämmert. Innerhalb von Sekunden stehe ich vor dem richtigen Haus. In der Einfahrt parkt ein silberner Wagen, in dessen Fenstern sich die rote Abendsonne spiegelt. Es ist ein riesiger, teurer Mercedes, an dessen Lack nicht ein einziger Kratzer zu sehen ist. Ich frage mich, wie das sein kann, bin aber gleichzeitig froh, dass es keine Zeichen gibt.

Dafür werde ich jetzt ein Zeichen setzen.

Neue Tränen fallen aus meinen Augen und verschleiern mir die Sicht, als ich meinen Rucksack aufziehe und einen kleinen Kanister heraushole. Ich mache mir nicht die Mühe, mich über die Schulter umzusehen, ob mich jemand beobachtet, sondern schraube sofort den Verschluss auf. Ein stechend scharfer Geruch sticht mir in die Nase.

Hustend hebe ich den Kanister an und schütte das Benzin über das Auto: Erst über das Dach, wo es in dicken Fäden über die Scheiben läuft, dann über den Kofferraum und schließlich über die Motorhaube. Hier geben mir fast die Knie nach, aber ich reiße mich zusammen. Dicke, ätzende Tropfen fallen auf den Boden.

Ich bin noch nicht fertig.

Den beißenden Benzingeruch in der Nase reiße ich wieder den Rucksack an meine Brust und wühle darin herum, bis sich meine Finger um einen kleinen, aber schweren Metallgegenstand schließen.

Tränen stürzen wie ein Wasserfall über mein Gesicht, als ich den Arm mit dem Feuerzeug hebe.

Ratsch – eine zentimeterhohe Flamme schießt hervor. Das flackernde Licht spiegelt sich in meinen Pupillen. Ich hole schluchzend Luft – dann werfe ich das Feuerzeug auf den Wagen.

Ich wusste nicht, dass es so schnell geht. Ich wusste nicht, dass es wirklich funktioniert. Aber in der Sekunde, in der die Flammenzunge über das Benzin leckt, bläht sich das Feuer fauchend auf. Wie eine glühende Welle rast es über das Auto und nimmt es vollständig in Besitz. Hitze prallt gegen mich wie eine Wand.

Ohne es zu merken, weiche ich zurück und stolpere dabei über meinen Rucksack. Hart krache ich auf den Rücken. Das Feuer knistert und faucht in meinem Ohr.

Mit einem Mal sträuben sich meine Nackenhaare. Reflexartig will ich wegkrabbeln; weg von den züngelnden Flammen, weg von der Hitze, weg von …

Aber dann – ohne Vorwarnung – ergreift mich eine heftige Druckwelle. Ein ohrenbetäubender Knall lässt meine Trommelfelle vibrieren. Ich werde weggeschleudert – direkt auf den Gehweg. Funken sprühen umher, Metallteile segeln durch die Luft, glühende Wärme trifft meinen Körper. Ich knalle mit dem Kinn auf den Asphalt und reiße mir die Haut auf.

Eine Sekunde passiert nichts. Dann dröhnt plötzlich eine Sirene los. Beine rennen an mir vorbei, treffen mich in die Seite. Menschen schreien, rufen um Hilfe. Entsetzte Gesichter blitzen auf, Hände zeigen auf das brennende Auto, dessen Vorderseite fast komplett weggesprengt wurde. Schwarzer Rauch steigt von der Motorhaube auf. Ein Mann hebt einen rot glänzenden Feuerlöscher, weicht aber dann vor den Flammen zurück.

Wie gelähmt liege ich auf dem Bürgersteig; mein Kinn sticht, meine aufgerissenen Hände brennen, mein Herz rast. Obwohl ich damit rechne, dass ich wieder weinen muss, bleiben meine Augen trocken. Ich beiße mir auf die Lippe, so fest, dass ich plötzlich einen metallischen Geschmack auf der Zunge schmecke.

Das ist mein Werk. Ich habe das angerichtet. Weil ich dachte, es würde mir danach besser gehen. Ich dachte, ich würde mich wieder wie ich selbst fühlen. Lebendig. Glücklich. Wie Hanna.

Aber ich fühle mich nicht besser. Ich fühle mich nicht leichter. Ich fühle mich noch fremder als vorher.

Jetzt ist alles noch viel schlimmer.

Teil 1

SPIELSTART

1

6 Monate später

12. Oktober, 07:02 Uhr

»Hanna! Jetzt komm schon, wir wollen los!«

»Einen Moment noch!« Ich werfe die Chucks, die ich aus einem der oberen Umzugskartons gezogen habe, auf den Fußboden und drehe mich suchend im Kreis. Mein neues Zimmer besteht aus überquellenden Kisten und vollgestopften Taschen, die sich an den nackten Wänden bis zur Decke stapeln. In der Mitte des Chaos' lugt meine Matratze mit dem zerwühlten Bettzeug hervor. Daneben liegt mein Laptop auf einem Kabelknäuel.

»Hanna!«, tönt wieder die Stimme meiner Mutter die Treppe hinauf. »Wo zum Teufel bleibst du?!«

»Sekunde, bin gleich da!« Hastig reiße ich einen neuen Karton auf, aber hier starren mir nur bunte Bücherrücken und alte Schulhefte entgegen.

Mist, hätte ich doch bloß gestern Nacht angefangen, die Kartons auszupacken! Und hätte ich doch auf Isabell gehört und alle Kisten beschriftet, dann müsste ich jetzt nicht wie eine Irre nach meinen warmen Klamotten suchen. Aber wer konnte denn ahnen, dass unser neues Zuhause im Auge eines Tiefdruckgebietes liegen würde?!

Als der riesige Umzugstransporter gestern Mittag losgefahren ist, lachte noch eine strahlende Oktobersonne über Köln, doch je näher wir unserem Ziel kamen, desto dichter und schwerer drückten die Wolken gegen das Autodach, bis irgendwann heftiger Eisregen gegen die Windschutzscheibe klatschte.

Diese arktischen Wintertemperaturen sind definitiv ungünstig für meine geliebte Lederjacke und meine am Knöchel abgeschnittenen Jeans. Ich unterdrücke ein Schnauben. Aber wo stecken meine Schnürstiefel mit der dicken Sohle? Ich fürchte fast, dass der Karton mit meinen warmen Sachen in irgendeinem anderen Zimmer gelandet ist. Hoffentlich steht er nicht noch vor unserer alten Wohnung.

»Hanna, Herrgott nochmal!«, brüllt Mom von unten, und ihre Stimme überschlägt sich fast. »Das ist deine letzte Verwarnung! Ansonsten fahren wir ohne dich, und du kannst selbst zusehen, wie du ans Ziel kommst!« Jetzt gellt auch noch ein Hupkonzert vor dem Haus los. Weil die nächsten Nachbarn mindestens dreihundert Meter weit weg wohnen, stört das aber vermutlich nur die Kaninchen und Wildschweine – oder welches Getier auch immer in dem Wald wohnt, der das langgestreckte Dorf wie ein Schutzwall umzingelt.

»Ja, doch, ich komme!« Ich werfe einen letzten Blick auf das Durcheinander, das sich mein neues Leben nennt, und stoße resigniert die Luft aus. Okay, dann geht's nicht anders. Ich springe in meine schwarzen Chucks und wickele mich in meine Lederjacke, bevor ich mir meine Schultasche mit den vielen Aufnähern und Nieten schnappe und die Treppen hinunterstürze.

Im Erdgeschoss sieht es ebenfalls aus, als wäre eine Bombe eingeschlagen: Halb geöffnete Kisten häufen sich neben zerknitterten Wäschebergen, und schiefe Büchertürme wackeln zwischen eingeknickten Topfpflanzen. Die Luft riecht fremd und nach Holz.

Als ich aus der Haustür ins Freie stürme, schlägt mir der gleiche eisige Wind wie gestern entgegen.
Ich hasse Kälte, ich hasse Regen. Meine Haare dagegen lieben feuchtes Wetter. Vor Begeisterung kringeln sie sich noch stärker als sonst zusammen.

Ich zerre mir die Kapuze meines viel zu dünnen Pullis über die störrischen Locken und springe zu meiner kleinen Schwester Isabell auf den Rücksitz unseres Autos, das schon mit laufendem Motor an der Straße steht. Okay, ›an der Straße‹ ist übertrieben. Es handelt sich eher um einen halbherzig asphaltierten Wanderweg, der die weit auseinander stehenden Schieferhäuschen in Schlangenlinien miteinander verbindet. Dunkle Tannen schwanken im Wind und erstrecken sich bis zum Horizont, der im dunstigen Nebel verborgen liegt. Immer noch komme ich mir so vor, als wäre ich in eine verdammt echt wirkende Kulisse von ›Der Herr der Ringe‹ katapultiert worden.

Hab ich erwähnt, dass ich Orks und Hobbits noch nie leiden konnte?

»Na endlich!« Meine Mutter dreht sich vom Beifahrersitz zu mir um. Ich nenne sie Mom, was cooler klingt als Mama oder Mutti, ihr aber überhaupt nicht gefällt – weswegen ich daran festhalte. Ihre Stirn ist in tausend feine Fältchen verzogen, und sie presst den Mund zu einem weißen Strich zusammen. »Wo hast du nur so lange gesteckt? Und was sollen die Turnschuhe und dieser Lederfetzen? Willst du dich etwa an deinem ersten Tag erkälten?!«

Ich knalle die Tür heftiger als nötig zu, worauf Isabell zusammenzuckt. »Meine Kiste mit den warmen Sachen ist verschollen. Leider hat mir niemand gesagt, dass wir geradewegs in ein Frostgebiet ziehen würden, und ich hatte keine Zeit mehr zu suchen, weil ihr ja *unbedingt* mitten in der Nacht losfahren wolltet.«

»Oh, bitte, Hanna, fang nicht so an«, stöhnt Mom. »Wir haben sieben Uhr morgens, und wenn du gestern Abend nicht nur wie ein Zombie an deinem Laptop gehangen hättest, sondern –«

»Hey, kein Streit am ersten Tag unseres neuen Lebens, meine Lieben«, geht mein Vater in seiner gewohnt entspannten Art dazwischen, bevor er holpernd anfährt und das Auto auf die ausgestorbene Straße lenkt. Das Scheinwerferlicht wirft ein flackerndes Muster auf den feuchten Asphalt. »Wir wollen diesen Tag doch genießen, nicht wahr?«

»Du hast recht, Michael«, Mom atmet tief aus und versucht, sich auf dem Sitz zu entspannen.

Isabell beugt sich zu mir. Sie ist vierzehn, also drei Jahre jünger als ich, und niemand glaubt uns, dass wir Schwestern sind: Während sie zumindest äußerlich ganz nach Mom kommt – sie ist zierlich und blond mit großen blauen Augen –, habe ich nicht nur Dads trockenen Humor, sondern auch die wilden rotbraunen Locken und seine grünen Augen geerbt.

»Ich hab ein bisschen Angst«, flüstert sie mir zu. »Was ist, wenn sie mich nicht mögen?«

»Wen meinst du?«, flüstere ich zurück. Der Scheibenwischer schiebt quietschend Regentropfen zur Seite. Dad summt einen Oldie im Radio mit.

»Na … die anderen.« Sie nagt an ihrer Lippe und sieht so hilflos aus, dass ich sie am liebsten umarmen würde. Der Wagen surrt über eine düstere Landstraße; rechts und links schaukeln braune Getreideranken im Wind.

»Isa, alle werden dich lieben«, antworte ich so leise, dass Mom und Dad uns nicht hören. »Du bist hübsch, lieb und clever. Mach dir keine Sorgen, alles wird gut werden. Und wenn jemand gemein zu dir ist, sagst du mir Bescheid. Ich knöpfe mir jeden vor, der dich schief anguckt, das weißt du doch.«

»Hm.« Nicht gerade überzeugt starrt sie auf ihre Schuhspitzen – *sie* hat ihre gefütterten Stiefel natürlich gefunden – und schweigt. Ich drücke ihre dünne Hand.

Mom klappt die Sonnenblende herunter und zieht sich die Lippen in einem leuchtenden Korallenrot nach. Mit einem Tuch tupft sie die restliche Farbe ab, ehe mein Blick ihren im Spiegel trifft. Ohne sich umzudrehen, sagt sie: »Ich weiß, die letzten Monate waren stressig. Es tut uns leid, dass der Start an der neuen Schule direkt auf den Tag nach unserem Umzug fällt. Leider hat der Vorbesitzer den Übergabetermin nicht anders planen können. Ich bin mir aber sicher, dass der erste Tag richtig gut laufen wird.«

Obwohl ihre Worte aufmunternd klingen, höre ich dennoch den Vorwurf in ihrer Stimme, der sich gegen mich richtet. Auch Isabell merkt es und fummelt an ihrem Ärmel herum.

Moms und mein Verhältnis war immer schon angespannt – ich bin der rebellische Wildfang, Isabell die sanfte Prinzessin –, aber als ich vor sechs Monaten das Auto in die Luft gesprengt habe, ist es zur Eskalation gekommen. Mom hat danach für mindestens zwei Wochen kein Wort mehr mit mir gesprochen – außer um mich anzuschreien.

Ich hab es verdient. Es ist alles meine Schuld. Aber manchmal wünschte ich, sie würde mich nicht immer so streng ansehen, sondern mir einfach eine Chance geben, es besser zu machen. Nur deswegen sind wir doch hierhergezogen. Um die Vergangenheit zu vergessen und neu anzufangen. Aber wie soll das gehen, wenn sie weiterhin so verständnislos ist?

Ich unterdrücke ein Seufzen und streiche mir eine wirre, feuchte Locke aus der Stirn.

»Ich bin mir sicher, die Zeit auf der Gutenberg-Schule wird großartig«, sagt Dad, als der aktuelle Song endet. »Jede Menge neue Leute, die wir kennen lernen können. Wie wäre es, wenn wir sie bald auf unsere Minigolfanlage einladen würden?«

Ich rolle die Augen. »Wir sollen unsere neuen Freunde einladen, die wir noch gar nicht kennen? Tolle Idee! Minigolf ist außerdem kein Sport, mit dem man jemanden beeindrucken kann. Schon mal jemanden gesehen, der mit einem Minigolfschläger in der Hand zum Superstar wurde? Nein? Ich auch nicht.«

Dad lacht zur Antwort gutmütig. Er und Mom sind eigentlich Immobilienmakler. Als sie vor ein paar Wochen einen heruntergekommenen Minigolfplatz vermitteln sollten, haben sie nicht lange gefackelt – und ihn selbst gekauft. Leider liegt die Anlage im entlegensten Fleck Deutschlands. Um nicht zu sagen – *in der totalen Wildnis*. Die nächste Großstadt ist fast zwei Autostunden entfernt. Aber das kam Mom und Dad gerade recht, um Isabell und mich nach allem, was passiert ist, so weit wie möglich von der Zivilisation – und den damit verbundenen Gefahren und Erinnerungen – wegzubringen.

Ich stupse Isabell in die Seite. Sie ist so dünn, dass ich den Rippenbogen unter ihrer hellblauen Winterjacke fühlen kann. »Immerhin kannst du die Zeit auf der neuen Schule noch richtig genießen, während auf mich in nicht mal einem halben Jahr die Abi-Prüfungen warten. Das wird ein harter Lernmarathon.«

»Hanna, du solltest dich ab sofort anstrengen«, sagt Mom, während sie eine Haarsträhne mit einer goldenen Spange hinter dem Ohr feststeckt. »Immerhin hast du fast vier Monate des Unterrichts verpasst und eine Menge aufzuholen. Es ist wichtig, dass du so schnell wie möglich ...«

Weil ich die Leier schon mindestens zwanzigmal gehört habe, schalte ich ab und lehne mich in meinem Sitz zurück, doch dabei piekst mich irgendetwas in den Hintern. Mit gerunzelter Stirn taste ich in meine Jeanstasche und ziehe ein winziges Fläschchen schwarzen Nagellacks hervor. Ach ja. Ich hatte den Nagellack gestern extra in die Hose gesteckt, um nicht zu vergessen, die abgesplitterte Farbe auf meinen Nägeln auszubessern – der erste Eindruck ist der wichtigste und so weiter. Aber natürlich hab ich's doch vergessen. Augenrollend stopfe ich das Fläschchen in meine Jackentasche, wo es mich nicht mehr stört.

»... Oder vielleicht kannst du bei einem Schüler Nachhilfe nehmen«, fährt Mom fort. »In Physik und Mathe warst du nie besonders gut. Wie wäre es, wenn –«

»Ich kann für mich selbst denken und entscheiden!«, unterbreche ich sie. »Warum hörst du nicht endlich – autsch!« Ich quietsche auf, als Isabell mir den Zeigefinger in die Seite sticht. Mit hochgezogenen Brauen sieht sie mich an.

»Bitte lass es«, lese ich in ihrem besorgten Gesicht. Ich seufze und nicke.

Dad biegt rechts auf einen ansteigenden Waldweg ab. »Schaut mal, da hinten ist schon die Schule. Sie sieht ja wirklich aus wie ein Schloss.«

»Und kostet bestimmt auch so viel«, murmele ich, doch dann folge ich Isabells Blick durch die feuchte

Frontscheibe und bestaune das herrschaftliche Gebäude, das sich auf einer bewaldeten Anhöhe erhebt. Dad hat recht, die Schule sieht fast aus wie Hogwarts: Mehrere Türme recken sich weit hinauf in den dunklen wolkenverhangenen Himmel, und in den riesigen Torbogenfenstern erstrahlt flackerndes oranges Licht. Immergrüne Tannen werfen lange Schatten, und ein Schwarm Vögel flattert über das Giebeldach.

Erst ›Herr der Ringe‹ und jetzt auch noch Harry Potter. Womit hab ich das nur verdient? ... Ach ja. Das in die Luft gesprengte Auto. Und alles, was danach passiert ist.

Der unebene Weg lässt unseren Wagen immer wieder erbeben. Mom krallt ihre perfekt manikürte Hand in den Türgriff, während Isabells dünne Gestalt im Sicherheitsgurt hin und her schaukelt.

Als wir auf dem Vorplatz ankommen, der von runden Buxbäumchen gesäumt wird, ist mein Magen nicht nur von der holprigen Fahrt ganz flau. Wir vier blicken zu dem Gebäude hoch, das imposant und altehrwürdig über uns schwebt. Eine breite Marmortreppe führt zu einer verzierten Holzdoppeltür hinauf, die von zwei flackernden Laternen eingerahmt wird.

Plötzlich weiß ich nicht, ob ich schon bereit bin. Ich weiß nicht, ob wir wirklich ...

Mom stößt die Autotür auf und tritt mit ihren hohen Absätzen auf den knirschenden Kies. Der feuchte Wind erfasst ihren Mantelsaum und wirbelt ihn zur Seite.

»Na, kommt schon«, sagt sie. »Bestimmt warten sie schon. Das ist der erste Schritt in unser neues Leben.«

2

Von innen sieht die Gutenberg-Schule mit ihren stuckverzierten Wänden und den echten Gemälden wie ein Museum aus. Das Foyer ist mit glatten Marmorfliesen ausgelegt, in denen sich das Licht des Deckenkronleuchters spiegelt. Die kuppelförmigen Fenster, gegen die die Regentropfen prasseln, werden durch schwere Samtvorhänge eingerahmt.

Eine blonde Frau in einem fliederfarbenen Twinset wartet, die Hände ordentlich im Schoß gefaltet, am rechten Fuß einer ausladenden Doppeltreppe auf uns. Sie stellt sich als Karina Kretschmann, Vertrauenslehrerin, vor und führt uns die Stufen hinauf zum Direktor.

Mom, Dad, Isabell und ich sagen kein Wort. Wahrscheinlich sind wir alle gleichermaßen von dem vornehmen wie antiquierten Ambiente der Schule eingeschüchtert.

Das Büro des Direktors sieht mit seinen riesigen Bücherregalen wie eine Bibliothek aus. Vor einem schweren Schreibtisch aus Mahagoniholz stehen antike Sessel mit geschwungenen Löwenfüßen. Im Kamin knackt ein echtes Feuer, wovon ich unwillkürlich eine Gänsehaut bekomme. Früher mochte ich die Wärme der Flammen und fand das Knistern gemütlich, aber das hat sich vor sechs Monaten geändert. Jetzt rufen die zuckenden roten Zungen unangenehme Erinnerungen an das in die Luft gejagte

Auto in mir wach: Stechender Rauch in meiner Nase, brennende Augen, tauber Schmerz und Hilflosigkeit. Und ...

Ich drehe schnell den Kopf weg und blicke die hohen Bücherregale hinauf, die bis an die stuckverzierte Decke reichen.

»Guten Morgen, Herr Direktor«, sagt Mom und streckt ihm die Hand hin. »Ich freue mich, dass Sie Zeit für uns haben.«

Der Direktor entpuppt sich als etwa sechzigjähriger Opa mit grauem Bart und klugen blauen Augen.

»Herzlich Willkommen«, antwortet er. Nacheinander schüttelt er uns die Hand, wobei es mir so vorkommt, als würde er mir besonders lange und aufmerksam ins Gesicht blicken. Ich kann es ihm nicht verübeln, schließlich ist mein Schulverweis der Grund, weswegen wir überhaupt hier gelandet sind.

»Ich freue mich sehr, Sie an der Gutenberg begrüßen zu dürfen. Mein Name ist Eduard Treibholz, und ich leite das Institut seit fast zwanzig Jahren.« Er trägt einen altmodischen Wollanzug und einen breiten Siegelring, der zu einem englischen Baron passen würde. »Nehmen Sie doch Platz.«

Während ich weiter angestrengt versuche, nicht auf das knisternde Kaminfeuer zu blicken, bespricht der Direktor mit Mom und Dad ein paar organisatorische Dinge – wie lange der Unterricht in der Regel läuft, wann der nächste Elternsprechtag stattfindet, ob nicht der Besuch einer bestimmten AG interessant wäre.

»Ich kann mir vorstellen, dass die letzte Zeit sehr schwierig und belastend für Sie war«, schließt er seine Rede. »Ich finde es jedoch großartig, dass Sie so fest als Familie zusammenhalten. Das kommt heutzutage viel zu selten vor. Es war sicher die richtige Entscheidung, hierher zu ziehen. Hier können

Sie unter besten Voraussetzungen einen Neuanfang wagen. Haben Sie keine falsche Scheu bei Fragen oder Unsicherheiten; ich unterstütze Sie gerne, wo immer ich kann.«

Ich unterdrücke ein Augenrollen und denke: »Klar, dass der Opa das sagt. Er kassiert wegen des Umzugs immerhin eine Menge Schulgeld, das ihm sonst durch die Lappen gegangen wäre.«

Der Direktor lehnt sich räuspernd zurück. »Um neuen Schülern den Einstieg zu erleichtern, stellen wir ihnen einen Paten zur Seite. Die Vertrauensschüler kümmern sich den ganzen Tag um sie. Bei einem Rundgang durch das Gebäude werden sie ihnen alle Fragen beantworten und dafür sorgen, dass sie gut ankommen.«

»Vielen Dank«, sagt Dad und schickt sich an, aufzustehen. Auch ich will aufspringen, aber plötzlich hebt Mom die Hand: »Herr Direktor Treibholz, ich habe noch eine letzte Frage.«

»Ja?«, er hebt die buschigen Brauen.

Mom räuspert sich, und in meinem Bauch breitet sich ein mulmiges Gefühl aus. Den Blick kenne ich.

»Wir haben in einer Informationsbroschüre der Schule gelesen, dass es einen speziell ausgebildeten Schulpsychologen gibt. Hanna hat seit den Geschehnissen zweimal wöchentlich eine Therapeutin in Köln besucht, was ihr sehr gut getan hat. Mein Mann und ich halten es für richtig, wenn Hanna ihre Therapie auch hier weiterführt.«

In mir versteift sich alles. »Ich will auf gar keinen Fall wieder zu einem Psychologen. Das ist überhaupt nicht nötig, mir geht's total gut.«

Mom wirft mir einen strengen Blick zu, der sowohl meine wirren Locken, meine viel zu dünne Lederjacke und den abgesplitterten schwarzen Nagellack einschließt. »Hanna, sei vernünftig. Dein Vater und ich sind der Meinung, dass die Therapie durchaus sinnvoll ist, um die Vergangenheit zu bewältigen. Sie wird dir auch bei diesem Neuanfang helfen. Du hast das Ganze noch nicht verarbeitet. Ja, du sagst uns nicht mal, warum du ausgerechnet ein Auto in die Luft jagen musstest. Wir wollen vermeiden, dass das Gleiche noch mal geschieht.«

Ich schüttele den Kopf. »Ich hab nicht nachgedacht, ganz einfach, und es tut mir leid. Mom, bitte, ich will nicht zu einem Therapeuten. Wenn meine neuen Mitschüler erfahren, dass ich bei einem Psycho-Doc antanzen muss, dann ist mein Ruf von Anfang an ruiniert. Wer will schon etwas mit der ›verrückten Neuen‹ zu tun haben?«

Mom presst die korallenroten Lippen aufeinander. »Unsinn, niemand hält dich für verrückt. Du wirst weiter zur Therapie gehen. Ende der Diskussion.«

»Nein!«, widerspreche ich lauter als beabsichtigt. »Auf gar keinen Fall!«

Direktor Treibholz sieht aufmerksam zwischen Mom und mir hin und her. »Der Erfolg einer therapeutischen Behandlung basiert vor allem auf dem Willen des Patienten, mit zu arbeiten. Jedenfalls — ja, unsere Schule verfügt über ein psychologisches Angebot. Ein Kinder- und Jugendpsychiater bietet immer dienstags und donnerstags eine Sprechstunde an.«

»Hervorragend«, Mom nickt. »Ist es möglich, dass Hanna direkt morgen einen Termin bekommt?«

Fassungslos schnappe ich nach Luft. »Mom, hast du nicht zugehört?! Ich will da nicht hin! Ich *brauche* nicht dahin. Es ist alles okay, ich bin gesund und nicht durchgeknallt! ... Dad, jetzt sag doch auch was!«

Er seufzt und streicht sich über den Nacken. »Es kann doch nicht schaden, Hanna. Schau dir den

Psychologen einfach an, und wenn du nach ein paar Wochen das Gefühl hast, dass dir die Therapie nichts bringt, dann reden wir nochmal darüber. In Ordnung?«

Ich balle die Hände zu bebenden Fäusten. »Nein! Ich kann euch jetzt schon sagen, dass das absolut sinnlos ist, denn –«

»Wir haben uns entschieden«, unterbricht mich Mom. »Du wirst weiter zur Therapie gehen. Und jetzt hör auf, herumzuschreien wie ein Kleinkind, du blamierst uns, ist dir das klar?«

Meine Wangen brennen. Heftig presse ich die Lippen aufeinander, um meinem Ärger nicht weiter Luft zu machen. Isabell spielt neben mir mit gesenktem Kopf an ihrem Jackenärmel herum.

Direktor Treibholz schlägt einen schmalen Ordner auf und überfliegt ein paar Daten.

»Hanna könnte morgen direkt nach Unterrichtsende einen Termin bekommen und donnerstags in der Mittagspause.«

»Großartig«, sagt Mom. »Das ist perfekt, vielen Dank.«

»Ja, wirklich«, knurre ich.

Was für ein beschissener Start, dabei haben wir nicht mal acht Uhr. Wie viel schlimmer kann dieser erste Tag – dieses neue Leben – eigentlich noch werden?

Wenig später hocken Isabell und ich auf der obersten Stufe der Doppeltreppe und warten auf die Vertrauensschüler unseres jeweiligen Jahrgangs, die uns herumführen sollen. Es ist totenstill, wenn man vom heulenden Sturm absieht, der sich gegen die Schulmauern wirft. Der Kronenleuchter schickt flackerndes Licht auf den Marmorboden.

Ich lege seufzend die Stirn auf den Knien ab. Unser neues Leben hat noch gar nicht richtig angefangen, aber ich hab jetzt schon mehr als genug. Moms Worte von der Autofahrt und im Büro des Direktors schwirren in meinem Kopf herum. Sie wird mich wie ein Schießhund bewachen, und ich werde in diesem winzigen Dorf nichts dagegen tun können. Außerdem muss ich schon wieder bei einem Psycho-Doc vortanzen, der Woche für Woche über die Vergangenheit und meine Fehler reden will. Nein, das ist kein Neuanfang – mein altes Leben wird nur immer und immer schlimmer.

»Mom und Dad können es sich bestimmt nicht leisten, uns auf diese Privatschule zu schicken«, höre ich Isabell murmeln. »Das Schulgeld muss ein Vermögen kosten.«

Ich richte mich auf und lege meiner Schwester die Hand auf den Arm. »Tja, das stimmt vermutlich. Aber mach dir keinen Kopf. Wenn es sie in finanziellen Ruin treiben würde, hätten sie uns auf eine ganz normale Schule geschickt. Hey, wo bleiben nur die Vertrauensschüler?« Ich trommele mit den Füßen auf der Stufe herum. »Ehrlich gesagt muss ich mal. Mom hat mich heute Morgen so unter Druck gesetzt, dass ich nicht mal auf dem Klo war.«

Meine Schwester kichert. »Geh doch schnell auf die Toilette. Ich sag den Vertrauensschülern Bescheid, dass du gleich wieder da bist.«

»Überredet. Bis später, Isa.«

»Wow.« Als die Tür hinter mir zufällt, schnappe ich unwillkürlich nach Luft. Definitiv steckt die Gutenberg-Schule nicht wenig vom Schulgeld in die sanitären Anlagen, denn die Einrichtung könnte glatt aus einem Luxushotel stammen. Fast ehrfürchtig trete ich an die tiefen, glänzenden Marmorbecken heran, über denen sich goldene Wasserhähne wölben.

Vor dem Spiegel zupfe ich meine rotbraunen Locken zu recht – vergeblich –, bevor ich mich in einer der Kabinen einschließe. Ich hab noch nicht mal den obersten Knopf meiner Jeans geöffnet, da schwingt die Eingangstür auf und treibt einen pfeifenden Lufthauch hinein. Da es keine Lücke zwischen den Klotüren gibt, kann ich nicht sehen, wer hereingekommen ist, aber das Klappern auf dem Steinboden macht deutlich, dass es jemand mit schweren – oder sehr hohen – Absätzen sein muss.

»Hier ist Marissa Goldammer«, höre ich ein Mädchen sagen. »Goldammer. Gold – ammer. Marissa. ... Ja, genau. Ich warte, danke.«

Marissa Goldammer? Was ist das denn für ein seltsamer Name? Ich dachte, in diesem Kuhdorf heißen die Mädchen Siglinde oder Waldtraut. Marissa klingt nach Glamour, nach New York, nach einer Großstadt. Oder hat ihre Mutter sie extra Marissa genannt in der Hoffnung, dass sie eines Tages hier rauskommt?

»... Hallo?«, sagt Marissa jetzt. »Oh, wie geht es dir? Alles in Ordnung? Ich hab mir Sorgen um dich gemacht.«

Mist. Das klingt nach einem privaten Telefonat. Hastig will ich die Kabine verlassen und auf mich aufmerksam machen, doch dann erstarre ich. Ein unterdrücktes Schluchzen dringt an mein Ohr, das erstickt an der steinernen Decke widerhallt. Alarmiert stellen sich meine Nackenhaare auf.

»Ich verstehe das nicht«, sagt Marissa. »Wie konnte das wieder passieren? ... Nein, es sind nicht nur ein paar Monate. Fünf Jahre, es sind fünf verdammte Jahre! ... Natürlich, aber ich bin aber trotzdem so – *wütend*. Ich hasse die ganze Situation so sehr.«

Fünf Jahre? Was ist das denn für ein verrücktes Gespräch? Ganz egal, denn das geht mich kein Stück an. Raus hier. Sofort.

Gerade will ich die Klinke herunterdrücken, da fährt das Mädchen – Marissa – mit belegter Stimme fort: »Keine Sorge, ich bin allein. Und natürlich sage ich niemandem etwas. Du weißt doch, dass ich das unter keinen Umständen tun würde. Ich stehle mich dafür sogar immer aus dem Unterricht. Niemand soll wissen, was wir hier bereden.«

Ich sacke in mich zusammen. Na großartig, das war's dann. Nach diesem Spruch kann ich nicht mehr raus, denn jetzt würde es so aussehen, als hätte ich unbedingt noch mitbekommen wollen, worüber sie sprechen.

In Zeitlupe gehe ich einen winzigen Schritt rückwärts. Und noch einen, bevor ich den Klositz in meinen Kniekehlen spüre. Ohne zu atmen gleite ich zurück auf den Sitz und stelle behutsam die Füße hoch.

»Hast du denn mit dem Leiter gesprochen? ... Wieso denn nicht?« Jetzt klingt ihre Stimme lauter, schärfer. »Es ist seine Aufgabe, auf dich aufzupassen! Ich besuche dich am Freitag. ... Doch, ich werde auf jeden Fall kommen. Dann werde ich mit den Verantwortlichen sprechen. ... Natürlich kann ich das tun. Du lässt mir ja keine andere Wahl!«

Angestrengt versuche ich, an etwas anderes zu denken, aber in dieser makellosen Toilette leuchten mich natürlich keine Wandkritzeleien oder witzige Sprüche an, die ich lesen könnte. Ich beginne, im Kopf sämtliche Songtexte von meiner Lieblings-

band, ›The Strokes‹, zu singen, aber Marissas er-
stickte, wütende Stimme bringt mich immer wieder
durcheinander.

Last night she said
Oh, baby, I feel so down
Oh it turns me off
When I feel left out

»Lass dich nicht mehr von den anderen beeinflus-
sen, okay?«, die klappernden Schritte machen deutlich, dass sie in der Toilette auf und ab geht. »Mach
dein eigenes Ding und misch dich nirgendwo mehr
ein, hörst du?«

So I, I turn 'round
Oh, baby, don't care no more
I know this for sure
I'm walkin' out that door ...

»Ich gebe niemandem die Schuld«, zischt Marissa
plötzlich so laut, dass ich zusammenzucke. »Höchstens dir. Wie konntest du nur ...«

I know this for sure
I'm walkin' out that door
Well, I've been in town for just about fifteen minu-
tes now
And baby, I feel so down
And ...

»Dann du hättest besser aufpassen und nachdenken
müssen! ... Ja klar, aber das war einfach nicht richtig.« Jetzt wird ihre Stimme wieder leiser, verletzli-
cher. »Nein, ich sage ihm nichts. ... Gut, bis Freitag.«

Danach herrscht ein so tiefes Schweigen, dass ich das Blut in meinen Ohren rauschen hören kann. Marissa schnieft ein paar Mal, dann stellt sie den Wasserhahn an und wäscht sich die Hände – oder das Gesicht –, ehe sie mit klappernden Schritte auf die Tür zusteuert. Dann wird es wieder still.

Erleichtert atme ich aus und lehne den Kopf gegen die Wand. Das war knapp. Verdammt knapp.

Mit wem hat Marissa wohl gesprochen? Mit einer Freundin, der etwas zugestoßen ist und die jetzt im Krankenhaus liegt? Die Person muss jedenfalls ganz schön in der Klemme sitzen.

Egal. Zumindest bin ich gerade noch mit dem Schrecken davongekommen. Das wäre peinlich geworden, wenn sie mich erwischt hätte. Ich stehe auf, um mich seufzend zu recken. Dann kann ich ja jetzt endlich pinkeln, bevor –

Das ratschende Geräusch vom Zuziehen eines Taschenreißverschlusses lässt mich für eine Sekunde innehalten.

Was? Marissa – ist sie noch da?!

Wie von der Tarantel gestochen hechte ich zurück auf den Klositz und reiße die Füße nach oben. Und dann passiert es: Weil ich so wild zurückgesprungen bin, rutscht plötzlich das Nagellackfläschchen aus meiner Jackentasche und prallt mit einem lauten *Klack!* auf den Marmorboden. Und dann rollt es unter der Klotür in Marissas Richtung davon.

3

Mist!

Entsetzt sitze ich da und beobachte, wie der Nagellack unter der Tür in Richtung Waschbecken rollt. Ein paar Sekunden ist es still, weswegen die verrückte Hoffnung in mir aufflammt, dass Marissa den Aufprall vielleicht nicht gehört hat und das Fläschchen nicht in ihre Richtung kullern sieht. Aber …

»Hallo?«, sagt sie. Ihre Stimme klingt plötzlich kühl und spitz. »Wer ist da?«

Ich zucke zusammen und betätige geistesgegenwärtig die Klospülung, damit es wenigstens so aussieht, als hätte mein Besuch in der Toilette einen Grund gehabt – außer ihr hinterher zu spionieren und ihr Privatgespräch zu bespitzeln.

»Hey«, sage ich kleinlaut, als ich die Tür aufmache. »Tut mir leid, ich wollte nicht lauschen. Ich bin nur –« Ich stocke und mache große Augen.

Ich hab mir Marissa ganz anders vorgestellt – wie einen Bauerntrampel, der noch nie etwas von der Welt da draußen gehört hat. Grober Strickpullover, Cordhose, wasserfeste Gummistiefel. Praktische Kurzhaarfrisur und rote Wangen.

Aber mit meinem Vorurteil lag ich komplett daneben: Vor mir steht ein gertenschlankes Mädchen, das von der Titelseite der Vogue entsprungen sein könnte. Sie ist etwas größer als ich, was aber in erster Linie an den Mörder-Stilettos an ihren Füßen liegt.

Um den Hals hat sie einen beigen Schal mit kariertem Burberry-Muster geschlungen, über den ihr dunkelbraunes Haar in glänzenden Wellen fällt. In den rot manikürten Fingern hält sie ein goldenes iPhone.

Sie ist das schönste Mädchen, das ich je gesehen habe. Das kann aber nicht darüber hinwegtäuschen, dass sie mich anstarrt, als würde sie mich am liebsten erwürgen. Herablassend streckt sie das Kinn vor und mustert mich kalt von oben bis unten.

»Tja, du hast aber gelauscht«, stellt sie mit zusammengebissenen Zähnen fest. Langsam schiebt sie das iPhone in die hintere Tasche ihres engen, schwarzen Rockes und zieht ihren Schal zurecht. »Du gehst nicht auf die Gutenberg und hast hier nichts zu suchen. Was willst du hier?«

»Ich bin Hanna«, antworte ich und bemühe mich um einen freundlichen, lockeren Ton, um die Situation irgendwie zu retten. Mir direkt am ersten Tag Feinde zu machen gehörte nicht unbedingt zu meinem Plan. »Das ist mein erster Tag an der Gutenberg. Der Vertrauensschüler der Oberstufe wollte mich abholen, aber er hat sich verspätet, deswegen bin ich aufs Klo gegangen. Als du reingekommen bist, wollte ich sofort verschwinden, aber irgendwie hab ich den richtigen Moment verpasst. Es war ehrlich keine Absicht, und ich hab auch fast nichts –«

Marissa unterbricht mich ungeduldig: »Zweimal links und dann ein Stück geradeaus.«

Ich ziehe meine kurze Lederjacke nach unten. Mist. Sie hasst mich. »Äh, was?«

Marissa mustert mich, bevor sie schnaubend die Luft ausstößt. »Dort befindet sich das Sekretariat, in dem du nachfragen kannst, wo Leya, unsere Vertrauensschülerin, bleibt. Zweimal links und dann bist du da.«

»Oh. Okay. Danke.« Eilig gehe ich auf die Tür zu, doch bevor ich die Klinke drücken kann, spricht sie mich wieder an: »Hanna, einen Moment noch.«

Ich zucke ertappt zusammen, bevor ich mich umdrehe. »Ja?«

Ihr blauer Blick bohrt sich in meinen. »Sprich mit niemandem über das, was du gerade gehört hast. Das war privat und geht niemanden etwas an. Verstanden?«

Ich nicke. »Natürlich verrate ich nichts. Ich kann ein Geheimnis bewahren.«

Und wie ich das kann.

Sie streicht sich prüfend die langen dunklen Haare über die Schulter, als würde sie abwägen, ob das auch wirklich stimmt.

»Gut. Glaub mir, du würdest es bereuen, wenn du dein Versprechen brichst.«

4

Nachdem ich mich von Marissa – oder der »Eiskönigin«, wie ich sie ab sofort nenne – im wahrsten Sinne des Wortes »losgeeist« habe, suche ich kurz nach Isabell, von der jedoch jede Spur fehlt. Dann flüchte ich ins Sekretariat, wo ich von der aufgeregten Büroangestellten erfahre, dass meine Vertrauensschülerin, Alexandra, mich überall gesucht, aber nicht gefunden hat.

»Wir haben uns große Sorgen gemacht! Zum Glück bist du wieder aufgetaucht, Hanna.« Die Sekretärin händigt mir eine Raumübersicht sowie meinen Stundenplan aus. Weil ich auf meiner alten Schule rund vier Monate des regulären Unterrichts verpasst habe, muss ich vier zusätzliche Kurse besuchen, um den Stoff nachzuarbeiten. Na wunderbar. Die Krönung ist aber, dass in nicht mal fünfzehn Minuten eine Doppelstunde Sport auf mich wartet.

»Schade, ich hab gar keine Sportsachen dabei«, sage ich sofort. »Am besten sitze ich heute nur auf der Bank und gucke zu.«

Die Sekretärin lächelt mich strahlend an und greift in einen Schrank. »Oh, das ist überhaupt kein Problem, für solche Fälle haben wir unsere Gutenberg-T-Shirts-, -Jogginghosen und -Sportschuhe. Ich beneide dich, wie gerne würde ich wieder hier zum Unterricht gehen.«

Sie drückt mir eine prall gefüllte Tasche mit dem giftgrünen Logo der Schule in den Arm.

Fassungslos starre ich sie an.

»Jetzt mach schon, sonst kommst du am Ende noch zu spät«, lacht die Sekretärin.

Am liebsten würde ich schreien, aber ich zwinge mich zu einem Lächeln. Das kann doch alles nicht wahr sein. Wie viele Schreckensnachrichten warten heute noch auf mich?

Die Angestellte drängt mich in Richtung Tür. »Du wirst bestimmt eine Menge Spaß haben.«

»Danke. Garantiert.« *Nicht.*

Die grauen Wolken hängen so tief, dass sie sich gegen das Flachdach der Sport- und Schwimmhalle zu drücken scheinen. Der kalte Nieselregen fällt dicht und unnachgiebig auf den unnatürlich grün leuchtenden Fußballrasenplatz.

Ich puste mir die feuchten Locken von den Wangen und drücke mich durch die Doppeltür ins Innere des Gebäudes. Ich bin ziemlich spät dran, weil ich den Lageplan falsch herum gehalten habe und in die komplett falsche Richtung gelaufen bin, was ich jedoch erst gemerkt habe, als ich plötzlich in der ausgestorbenen Cafeteria vor einer erschrockenen Reinigungsdame stand.

Außer Atem werfe ich im leeren Foyer einen Blick auf das Schild, das deutlich macht, dass der linke Flur zur Turnhalle und der rechte zum Schwimmbecken führt. Wie krass ist das denn bitte, dass die Schule ein eigenes Schwimmbad hat? Na ja, irgendwo muss das Schuldgeld ja hineingesteckt werden.

Lachende Stimmen werden laut, je näher ich mich den Umkleiden nähere, doch als ich die Tür zur Mädchenkabine aufreiße, verstummen sie abrupt. Mindestens fünfzehn Mädchen drehen sich zu mir um, wie ich durchnässt und keuchend im Türrahmen hänge. Sie sehen überraschenderweise ebenfalls ziemlich normal und nicht wie Ökofreaks aus.

»Äh, hey«, sage ich in die Runde. »Tut mir leid, dass ich zu spät bin. Ich bin Hanna und hab mich ein bisschen verlaufen.«

Ganz hinten entdecke ich die Eiskönigin Marissa. Verdammt, warum muss sie ausgerechnet in meinem Sportkurs sein? Sie ignoriert mich jedoch vollkommen, indem sie sich weiter vor einem Spiegel die langen, glänzenden Haare bürstet. Wie nett, aber das soll mir recht sein.

»Hi, herzlich willkommen!« Ein großes Mädchen kommt mit ausgestreckter Hand auf mich zu. Sie hat ihr langes silberblondes Haar zu einem Zopf zusammengefasst und wirkt mit ihren muskulösen Armen und Beinen sehr sportlich. Der Spruch ›positive vibes‹ leuchtet auf ihrem pinken Nike-T-Shirt. Sommersprossen tanzen auf ihren Wangen, und ihr Händedruck ist energisch und fest. Aufmerksam sieht sie mich an.

»Ich bin Alexandra Wollberger, aber nenn mich Lexa. Ich bin die Vertrauensschülerin der Oberstufe und hätte dich heute eigentlich herumführen sollen, aber ich hab dich wohl leider verpasst. Das tut mir leid. Wir können die Tour gerne später nachholen, wenn du magst.«

»Äh – danke«, sage ich etwas überrumpelt von ihrer strahlenden Freundlichkeit. Mit meinen elektrisch aufgeladenen Locken, den dreckigen Chucks und den nassen schwarzen Klamotten bin ich ungefähr das Gegenteil von ihr. »Ich überleg's mir.«

Sie lässt meine Hand los und streicht sich eine lose blonde Strähne aus dem Gesicht. »Am Anfang wirkt das riesige Gebäude sicher ziemlich einschüchternd, aber man gewöhnt sich schnell daran. Komm, du kannst deine Sachen hier verstauen. Wie schön, dass du unserem Sportkurs zugeteilt wurdest. Auf diese Weise kommen wir endlich wieder auf eine gerade Anzahl. Wie war dein erster Tag bisher?«

Oh, wo soll ich anfangen? Erst hab ich meine warmen Klamotten nicht gefunden, dann hat mich Mom gezwungen, weiter zum Therapeuten zu gehen und abschließend hab ich mir mit der Eiskönigin Marissa sofort eine Feindin fürs Leben gemacht. Es läuft wunderbar, würde ich sagen.

»Super«, antworte ich und stopfe meine Tasche in den Spind. »Nur Sport in der ersten Stunde finde ich nicht so prickelnd.«

Lexa lacht. »Das stimmt. Es wird hier –« Plötzlich wird wieder die Tür aufgerissen. Ein schwarzhaariges Mädchen stürmt in Umkleide und fällt fast über die Sporttaschen am Boden. »Sorry, hab verschlafen. Bin so gut wie fertig!«

Ein paar Mädchen kichern hinter vorgehaltener Hand.

Lexa wendet sich wieder lächelnd an mich. »Wie gesagt, ich bin die Vertrauensschülerin der Oberstufe. Wenn du Fragen, Ideen oder Probleme hast, komm gerne zu mir. Bisher konnte ich immer allen helfen.«

»Okay.« Ich nicke. »Werde ich mir merken.« Aber so einen Problemfall wie mich gab's hier garantiert noch nie.

Die Mädchen, die schon fertig umgezogen sind, drehen sich zu Lexa um, als warteten sie auf ein Zeichen. Und das kommt auch sofort: »Mädels, macht schon, ab in die Halle zum Aufwärmen. Bis später, Hanna, komm erstmal in Ruhe an.«

Und damit verschwinden die Mädchen – joggend! – durch die zweite Tür, die in die Sporthalle führt, sodass die schwarzhaarige Nachzüglerin und ich alleine sind. Ich öffne die Tasche, die die Sekretärin mir gegeben hat und unterdrücke ein Stöhnen, als sich mir ein giftgrünes Stoffknäuel präsentiert. Mit spitzen Fingern ziehe ich das Oberteil heraus, das einen sackartigen Unisex-Schnitt hat. Oh Mann. Damit werde ich richtig bescheuert aussehen.

Das schwarzhaarige Mädchen kichert. »Ich hab schon mindestens zwanzigmal vorgeschlagen, das Design der Schul-T-Shirts zu ändern, und sogar einen Protestaufruf in der Schülerzeitung gestartet. Gebracht hat es allerdings nichts. Die Schulleitung findet das schreckliche Neongrün weiterhin – Zitat – *auf einzigartige Weise hervorstechend.*«

Ich rolle die Augen und schäle mich aus meiner feuchten Jeans. »Wie bezeichnend.«

»Stimmt.« Das Mädchen lacht und beugt sich in ihren Spind. »Hey, ist das nicht der schlechteste Witz des Jahrhunderts, dass wir ausgerechnet im letzten Schuljahr eine Doppelstunde Sport am Montagvormittag haben?« Weil sie mit dem halben Oberkörper in ihrem Schrank verschwunden ist, klingt ihre Stimme ziemlich dumpf. »Selbst wenn ich mir einen ganzen Liter Kaffee reinkippen würde, wäre ich höchstens zu Dreiviertel ansprechbar. Ich kann ganz bestimmt nicht auch noch darauf achten, ob ein Volleyball auf mich zu geflogen kommt, geschweige denn ihn über ein gigantisches Netz schlagen. Ach, Mist, hast du vielleicht noch ein Haarband dabei? Irgendwie finde ich meins nicht.«

Ich habe schon das Seitenfach meiner Tasche aufgezogen, dann erst registriere ich, was sie gesagt hat.

»Was? *Volleyball*? Verdammt, das stand aber nicht auf meinem Stundenplan. Ich dachte, wir machen Zirkeltraining oder Aerobic ... und das wäre schon schlimm genug! Oh, Moment, ich glaube, ich hab noch ein Haargummi ...« Ich wühle in meiner Tasche und werfe dem Mädchen dann ein Spiralband zu. »Sorry, es ist ein bisschen ausgeleiert.«

»Kein Problem, danke.« Das Mädchen taucht aus dem Schrank auf und fängt das Gummi auf. Ihre Haut ist so hell wie Vanille, was den schwarzen Eyeliner um ihre dunklen Augen noch stärker hervorstechen lässt. An ihren Ohren baumeln große Creolen. Sie macht keine Anstalten, sie für den Sportunterricht rauszunehmen, was ich ziemlich cool und mutig finde.

»Ich bin übrigens Daria«, erklärt sie, mein Haargummi zwischen den Lippen, während sie ihre schulterlangen, schwarzen Strähnen zu einem dicken Knoten zusammenrauft. »Und du heißt ...?«

»Hanna«, erwidere ich, während ich in die geliehenen Hallenturnschuhe steige. Mist, leider passen sie sogar. »Wir sind gerade erst hierhergezogen. Meine Eltern haben die alte Minigolfanlage im Dorf gekauft. Vielleicht kennst du sie ja – ziemlich runtergekommen und kaputt. Ach so, und ich hasse Volleyball.«

»Oh. Wow.« Daria reißt die Augen auf. »Ich kann nicht fassen, dass ich dich endlich kennen lerne.«

»Äh – wieso?«, frage ich argwöhnisch. »Eilt mein Ruf mir voraus?« Ich dachte, das hier soll ein Neuanfang werden. Niemand sollte von meiner Vergangenheit erfahren. Hat dieser Direktor Treibholz etwa –

»Ich hab mein Leben lang auf dich gewartet«, unterbricht Daria meine Gedanken. »Und endlich bist du da! Weißt du, manchmal glaube ich, dass diese

Schule ein geheimes Olympia-Vorbereitungscamp ist, denn seit der Unterstufe bin ich von Sportfreaks umzingelt, die in sämtlichen Sportarten nichts als Spitzenleistungen bringen. Als Normalsterbliche mit zwei linken Händen ist man automatisch der Außenseiter. Aber jetzt bist du hier!« Theatralisch breitet sie die Arme aus, als würde sie mich umarmen wollen. Dann bricht sie in ein ansteckendes Lachen aus.

»Das freut mich, dass ich dein fleischgewordener Traum bin«, antworte ich grinsend und versuche, meine Erleichterung zu verbergen. »Das hilft uns aber auch nicht, irgendwie der Sportstunde zu entkommen.«

»Geteiltes Leid ist halbes Leid«, erwidert Daria und schlägt energisch ihre Spindtür zu. Sie macht einen Fischmund, als würde sie ganz unschuldig nachdenken. »Aber vielleicht können wir den Sportkurs torpedieren. Hast du eine Idee? Ich bin bei allem dabei – außer wenn Clowns mit an Bord sind. Die find ich nämlich voll gruselig.«

Ich grinse und will Daria gerade von den vielen Streichen erzählen, die ich mit Vanessa und Leonie, meinen beiden Freundinnen aus Köln, in der Sporthalle gespielt habe – alle Springseile aneinanderbinden, die Streberin Rebecca in der Dusche einschließen –, doch dann überlege ich es mir anders. Nein, mit diesem alten Leben hab ich abgeschlossen. Keine Streiche mehr, am besten nicht mal Gespräche über Streiche. Man hat ja gesehen, wohin mich diese Scherze gebracht haben.

»Clowns wären auf jeden Fall dabei gewesen«, sage ich also und zucke bedauernd die Achseln. »Ich fürchte daher, wir haben keine reelle Chance zu flüchten. Bringen wir es hinter uns.«

»Hey, warte mal, Hanna.«

Ich drehe den Kopf zu ihr um. »Was ist?«

Daria reckt den Hals, um zu prüfen, ob wir allein sind, dann kommt sie auf mich zu und fragt mit gesenkter Stimme: »Was hat Lexa vorhin von dir gewollt?«

Ich ziehe verwirrt mein leuchtend grünes Sportshirt glatt. »Nichts Besonderes. Sie hat mich nur willkommen geheißen und gefragt, wie es mir bisher gefällt.«

Daria nickt. »Hm, okay.« Sie kneift nachdenklich die dunklen Augen zusammen. »Bist du fertig? Dann lassen wir uns mal von einem kleinen weißen Monster quälen.«

»Perfekt!« Die Sportlehrerin Doktor Martin klatscht begeistert in die Hände, als ich gemeinsam mit Daria in die Halle komme. Der Linoleumboden glänzt frisch gebohnert, und im Gegensatz zu meiner alten Schule wirken die grünen und blauen Linien wie frisch gemalt. Es riecht hier auch ganz anders – nicht nach muffigen Matten und alten Socken, sondern nach teurem Holz und frischer Waldluft.

Die anderen Mädchen haben sich schon um das Volleyballnetz geschart und spielen sich den Ball locker zu. Lexas blonder Pferdeschwanz schwingt hin und her, als sie den Ball auf die andere Seite pritscht. Sie dreht sich um und winkt mir lachend zu. Wow, sie ist echt die Personifikation ihres T-Shirt-Spruchs ›positive vibes‹.

Auch Marissa, die auf der anderen Seite steht und den Ball geschickt zurückspielt, wirft mir einen kurzen, aber zumindest neutralen Blick zu. Vielleicht bin ich ja doch noch nicht ganz unten durch bei ihr.

»Du bist Hanna Vogelsang, nicht wahr?«, Doktor Martin ist eine dynamische Frau in kurzer Sporthose und mit einem glänzenden kastanienbraunen Bob. Sie ist um die dreißig, doch von hinten könnte sie auch als eine der Schülerinnen durchgehen. »Es freut mich, dass du an meinem Sportkurs teilnimmst, denn seit Charlotte leider nicht mehr da ist, fehlt uns schon seit Monaten eine Spielerin. Wie sehen denn deine Volleyballerfahrungen aus? Auf welcher Position spielst du am liebsten?«

»Äh ... Eher weiter hinten?«, antworte ich, womit ich meine: Am besten außerhalb des Spielfeldes.

Doktor Martin lacht. »Verstehe. Charlotte war auch Hinterspielerin, das passt gut. Daria, deine Verspätung lasse ich heute noch mal durchgehen, weil du dich um Hanna gekümmert hast. Okay, Mädels, lauft euch fünf Runden warm, und dann ab aufs Spielfeld.«

Daria tänzelt auf der Stelle, bis ich sie erreicht habe, und verdreht die Augen, als sich die Sportlehrerin umdreht.

»Zu viel gute Laune am frühen Morgen«, brummt sie. Gemeinsam traben wir um das Volleyballfeld, wobei ich schon nach ungefähr drei Schritten vollkommen aus der Puste bin. Obwohl ich dünn bin, war ich nie besonders sportlich. Dass ich die Monate nach meinem Schulverweis fast nur in meinem Zimmer gehockt habe, hat nun aber offenbar seinen Tribut gefordert – nämlich meine restliche Kondition.

Die anderen Mädchen spielen sich weiterhin den Ball über das Netz zu, und selbst als Laie kann ich beurteilen, dass ausnahmslos alle richtige Sportskanonen sind. Vielleicht kommt das von der guten Waldluft. Lexa ist augenscheinlich die Kapitänin, denn sie gibt den anderen, die meiner Meinung nach schon perfekt spielen, immer wieder freundliche Tipps.

Plötzlich bin ich auch froh, Daria getroffen zu haben, denn wir schwimmen – man beachte den sportlich angehauchten Wortwitz! – definitiv auf einer Wellenlänge.

»Ich brauche noch einen Kaffee«, stöhnt sie, als wir in die zweite Runde starten. »Ob ich Doktor Martin wohl darum bitten kann, mir einen zu besorgen?«

»Ich bezweifle, dass sie so serviceorientiert ist«, erwidere ich grinsend. »Sag mal, wer ist denn diese Charlotte, die nicht mehr da ist? Was ist mit ihr passiert?«

»Ach, das ist eine lange Geschichte«, antwortet Daria, wobei ihr Atem ebenfalls schon ziemlich keuchend geht. »Charlotte hatte einen Autounfall, bei dem sie schwer verletzt wurde. Das war Ende letzten Jahres. Sie ist immer noch in der Reha und lange noch nicht fit genug, um wieder zur Schule zu gehen. Sie tut mir echt leid. Ich würde nicht mit ihr tauschen wollen, auch wenn mich das vom Unterricht befreien würde.«

»Das ist ja schlimm«, sage ich. Ein mulmiges Ziehen breitet sich in meinem Bauch aus. Auch wenn ich nicht mehr weiter nachfragen will, höre ich mich sagen: »Was war das für ein Unfall?«

Aus dem Augenwinkel sehe ich, wie Daria die Nase krauszieht. »Charlotte war mit dem Fahrrad auf dem Rückweg von der Gutenberg-Weihnachtsfeier. Es war ziemlich dunkel und rutschig. Ein Auto hat sie in einer ziemlich steilen Kurve von hinten angefahren. Sie ist gestürzt und so unglücklich gefallen, dass sie sich irgendwelche Halswirbel angebrochen –«

»Daria, Hanna, nicht so viel quatschen!«, ruft uns Doktor Martin von der anderen Seite zu, und ich bin fast froh über die Unterbrechung. Darias Worte über den Autounfall verursachen eine Gänsehaut in meinem Nacken, obwohl ich nicht genau sagen kann, warum.

»Spart euch eure Puste fürs Volleyballfeld!«

»Ich spare hier für gar nichts«, murrt Daria leise. Ihre Ohrringe schaukeln vor und zurück. »Eine Gehirnerschütterung hatte Charlotte jedenfalls auch. Es hatte ziemlich doll geschneit, aber trotzdem ist sie mit dem Fahrrad gefahren. Natürlich hatte sie keine Chance, als –«

»Ah!«

Aus dem Nichts trifft mich ein harter Schlag mitten ins Gesicht. Tausend Sterne explodieren vor meinen Augen. Ich stolpere über meine eigenen Füße und presse mir die Hände auf die Nase, aus der sofort eine Fontäne Blut schießt. Hart stürze ich auf die Knie und höre Daria neben mir erschrocken aufschreien. Schritte trommeln auf den Boden, besorgte Stimmen werden laut. Beides vermischt sich zu einem undeutlichen Brummen, das in meinem schmerzenden Kopf widerhallt.

Und dann wird alles schwarz.

5

»Oh mein Gott, geht es ihr gut?«

»Marissa, wieso hast du den Ball nicht angenommen?! Du hättest ihn einfach zurückspielen können!«

»Schnell, holt ein paar Handtücher!«

»Oh, das ganze Blut, mir wird ganz schlecht ...«

Hände packen mich und drehen mich auf den Rücken. Neue Sterne blitzen vor mir auf.

»Hanna? Hanna, kannst du mich hören? Du musst den Kopf nach unten halten, damit das Blut abfließen kann. Ja, so ist es gut. ... Ich drücke dir jetzt ein Tuch ins Gesicht, halt still.«

Ich pruste auf, als mir Doktor Martin ein kratziges Stück Stoff auf Mund und Nase zwingt. Mein Schädel dröhnt, und meine taube Lippe ist auf ihre doppelte Größe angeschwollen.

»Bleib einen Moment liegen, dein Kreislauf muss mitkommen. Sehr schön, du machst das gut, Hanna.«

Ich hab keine Ahnung, was die Lehrerin meint, denn ich hänge nur röchelnd – wie ein gestrandeter Fisch – auf dem Boden der Turnhalle. Endlich hört der Raum auf sich zu drehen, und ich kann die einzelnen Gesichter, die sich besorgt über mich beugen, besser erkennen. Und mit dieser Erkenntnis kommt das Peinlichkeitsempfinden zurück.

Hilfe, warum muss ich an meinem ersten Tag eine Katastrophe nach der nächsten erleben – und jetzt auch noch von einem Volleyball attackiert und aus den Socken geschmissen werden? Meine Eltern werden mir niemals glauben, dass das zur Abwechslung nicht meine Schuld war.

»Hanna, es tut mir so leid, das war keine Absicht«, Lexa greift nach meiner schlaffen Hand und drückt sie. »Ich habe einen ziemlich harten Aufschlag gespielt, den Marissa eigentlich hätte annehmen müssen. Ich wollte dich auf gar keinen Fall treffen.«

Marissa? Obwohl mein Schädel pocht und vibriert, sticht mir plötzlich ein eisiger blauer Blick ins Auge. Marissa steht ein Stück hinter den anderen und beobachtet mich mit verschränkten Armen. Verdammt, hat sie den Ball etwa absichtlich nicht angenommen, damit ich ihn ins Gesicht bekomme?! Sollte das eine Drohung sein, dass ich auch wirklich mit niemandem über das belauschte Telefonat rede?

»Doktor Martin, soll ich sie ins Krankenzimmer bringen?«, fragt Lexa, die immer noch meine kraftlose Hand hält. »Vielleicht muss ihre Lippe genäht werden.«

Ich unterdrücke ein Stöhnen, das dumpf durch das Handtuch dringt, aber eher vor Entsetzen als vor Schmerz.

»Ja, mach das, danke, Lexa. Kannst du aufstehen, Hanna? Komm, ich helfe dir.« Die kleine Doktor Martin ist unheimlich stark. Sie hievt mich in eine aufrechte Position, bevor mindestens sechs Arme nach mir greifen und mich komplett hochziehen. Ich halte das Handtuch fest, das sich schon leuchtend rot gefärbt hat, und schwanke unsicher zur Seite.

»Komm, Hanna, es ist nicht weit«, Lexa schiebt ihren Arm unter meine Achsel. Der ›positive vibes‹-

Schriftzug wackelt vor meinen Augen. »Ich stütze dich.«

Lexa schleppt mich aus der Sporthalle, und an der frischen, kalten Luft geht es mir schon deutlich besser. Ich nehme das Handtuch herunter und atme tief ein. Nieselregen setzt sich auf mein Haar und meine Stirn und kühlt meine pochende, blutverschmierte Haut. In Kombination mit meinem giftgrünen Outfit sehe ich bestimmt wie ein angeschossener Frosch aus. Großartig.

»Alles okay?«, fragt Lexa und legt mir die Hand auf die Schulter. »Es sieht gar nicht so schlimm aus, aber unsere Schulkrankenschwester sollte dich trotzdem untersuchen. Das ist mir ehrlich noch nie passiert. Tut mir schrecklich leid. Hast du große Schmerzen?«

Ich schüttele den Kopf, doch dabei sticht mein Kiefer. »Geht schon.« Ich taste nach meiner dicken, tauben Lippe und unterdrücke ein Stöhnen. »Meinen ersten Tag hab ich mir irgendwie anders vorgestellt.«

Lexa tätschelt meinen Arm und lacht freundlich. »Hey, soll ich dir von meinem ersten Tag an der Gutenberg erzählen? Ich kam in der fünften Klasse hierher und war unglaublich stolz, einen neuen, superschicken Rock zu tragen. Doch mitten in der Einführungszeremonie hat mir einer der Jungs den Rock runtergezogen. Die gesamte Schule – inklusive aller Lehrer und Eltern – hat meinen Hintern gesehen. Das war so peinlich! Das erste halbe Jahr haben mich alle nur ›Das Mädchen in der pinken Unterhose‹ genannt.«

Wir betreten das Schulgebäude und steigen eine Treppe hinauf. Ich grinse, aber sofort fängt mein Mund an zu pulsieren. »Okay, du hast gewonnen.

Aber offenbar konntest du das Unterhosen-Image irgendwann loswerden. Eventuell besteht noch Hoffnung für mich.«

Lexa nickt und streicht sich eine blonde Strähne hinters Ohr. »Auf jeden Fall. So, wir sind da. Soll ich auf dich warten? Das mache ich gerne, immerhin bin ich schuld, dass du hier gelandet bist.«

Wow, Lexa ist wirklich die personifizierte Liebenswürdigkeit.

»Danke, aber das schaffe ich schon«, erwidere ich, weil es mir peinlich ist, wie eine Dreijährige betreut zu werden. »Wirklich, geh wieder zurück in die Halle. Ich komme klar.«

»Hm. Okay.« Etwas unschlüssig saugt sie ihre Lippe ein, ehe sie mir nochmal aufmunternd die Schulter drückt. »Entschuldige nochmal. Und gute Besserung.«

Während ich ihr nachsehe, wie sie mit schwingendem Pferdeschwanz verschwindet, frage ich mich, ob ich mit ihr befreundet sein könnte. Warum eigentlich nicht? Ich bin jemand neues, jemand anderes. Die neue Hanna kann in Zukunft auch mit netten, braven, pink tragenden Mädchen abhängen, vor denen sie früher Reißaus genommen hat.

Ich hole tief Luft. Okay, aber erst mal muss ich wieder zusammengeflickt werden. Ich stoße die Tür auf – und mache riesige Augen. Ich habe ein einzelnes Zimmer mit einer Liege und eventuell einem Medizinschrank erwartet, stattdessen stehe ich plötzlich in einer modernen Praxis. Hinter dem glänzenden Empfangstresen sitzt jedoch niemand, und auch die vier Stühle an der Seite sind leer. Ein dunkelblauer Mantel hängt an einem Haken, und die drei Türen – auf einer steht »Behandlung«, auf der anderen »Röntgen« und die dritte hat kein Schild – sind geschlossen.

Ein eigenes Schwimmbad, eine top ausgestattete Krankenstation und ein Schulpsychologe – was kommt als nächstes auf der Gutenberg? Ein eigener Zirkus?

Ich schlurfe auf die Stühle zu, doch dann geht plötzlich die Tür zum Behandlungszimmer auf und ein großer Typ kommt mit einer Frau im weißen Kittel heraus.

»Mach dir keine Sorgen, Jakob«, sagt die Krankenschwester. »Sebastian wird es bald besser gehen. Möchtest du hier warten?«

»Klar.« Der Junge nickt, dann erst bemerken mich die beiden.

»Hallo«, sagt die Schwester überrascht. »Was ist denn mit dir passiert?«

»Oh, also ... Ich hatte eine unsanfte Begegnung mit einem Volleyball«, antworte ich, wobei meine Stimme ziemlich nasal klingt, da meine Nase weiter zuschwillt.

Die Schwester nickt sofort. »Brauchst du etwas Eis? Jakob, besorg dem Mädchen doch bitte einen Kühlakku.«

»Nein, das ist nicht ...«, fange ich an, doch der Typ verschwindet sofort hinter der unbeschrifteten Tür, während die Schwester näherkommt und meinen Kopf in den Nacken legt, um meine Verletzung anzusehen.

»Die Blutung hat fast aufgehört, und alle Zähne sind noch an ihrem Platz«, erklärt sie lächelnd. »Ich versorge schnell meinen anderen Patienten. Halte durch, ich komme gleich zu dir.«

»Okay, danke«, ich lasse mich auf einen Stuhl fallen, als sie verschwindet.

Der Typ kommt mit einem blauen Kühlakku zurück, den er mit einem hellen Handtuch umwickelt. Mir wird klar, dass ich mit meiner Einschätzung, dass in diesem Dorf nur Bauerntrampel und Hinterwäldler wohnen, wirklich komplett danebenlag. Auf welche guten alten Klischees kann man sich heutzutage eigentlich noch verlassen?! Denn mit seinen blauen Augen und den verwuschelten blonden Haaren wirkt der Typ wie ein Surferboy aus einer ›Hollister‹-Werbung, obwohl er eine dunkle Nerdbrille und einen blauen Trainingsanzug trägt.

Also ist er überhaupt nicht mein Fall. Mein Traumtyp sieht eher wie der Frontsänger von den Strokes aus: Dreitagebart, abgewetzte Lederjacke, Skinny Jeans, Zigarette im Mundwinkel.

»Interessante Bilanz«, erklärt ›Mr. Hollister‹ grinsend, als er mir den Kühlakku reicht. »Dein erster Tag auf der Gutenberg und schon eine Prügelei mit einem Volleyball?«

»Der Volleyball hat nicht fair gekämpft«, erwidere ich dumpf durch das Handtuch. Oh, die Kälte tut meiner Lippe echt gut. »Er hat mich von hinten angegriffen. Hey, und woher weißt du, dass das mein erster Tag ist?«

»Als Schülersprecher bin ich fast allwissend«, erwidert er und streicht sich die blonden Strähnen aus den Augen. Seine Haarspitzen glänzen feucht, als wäre er überstürzt aus der Dusche hierher gerannt. »Außerdem hab ich dich vorher noch nie gesehen, also musst du neu sein. Ich bin Jakob. Aber die meisten nennen mich Jake.« Er zieht einen zweiten Stuhl heran und setzt sich verkehrt herum drauf. ›Mr. Hollister‹ hält sich scheinbar für richtig cool und lässig.

»Tja, dann bin ich wohl enttarnt«, antworte ich. »Ich bin Hanna.«

»Schön, dich kennen zu lernen, Hanna, die Volleyball-Killerin.« Jake grinst und dabei bilden sich kleine Grübchen in seinen Wangen. Unwillkürlich lächele ich zurück, was in meinem geschwollenen, blutschmierten Gesicht garantiert ziemlich gruselig aussieht.

»Und was treibst du hier?«, frage ich.

Jake nickt zum Behandlungszimmer. »Ich hab meinem Teamkollegen Sebastian gerade beim Schwimmtraining den Ellenbogen ins Gesicht geknallt – nicht zum ersten Mal.«

Schwimmtraining? Das erklärt die nassen Haare und den Trainingsanzug. Und die breiten Schwimmerschultern.

»Er ist zu dicht aufgeschwommen, und da hab ich ihn erwischt. Er ist untergegangen wie ein toter Fisch, und ich dachte schon, ich hätte ihn endgültig erledigt. Aber er hat wohl doch kein Schädelhirntrauma.« Jake versucht ein Grinsen, das ihm nicht richtig gelingt. Offenbar macht er sich wirklich Sorgen um seinen Kumpel.

»Es geht ihm bestimmt bald besser«, sage ich. »Mein Tipp: Schlag deine Freunde beim nächsten Mal einfach nicht k.o.«

»Das wird schwer, aber ich probier's.« Jakes Augen blitzen plötzlich. »Hey, ich hab noch gar keine Einladung bekommen. Ich hoffe, du hast eine gute Ausrede. Ohne mich läuft gar nichts an der Gutenberg.«

»Hä? Was für eine Einladung?«, frage ich dumpf hinter meinem Kühlpack zurück.

»Na, für deine Willkommensparty«, erwidert er vollkommen ernsthaft. »Wann steigt sie noch mal?«

»Äh – wie bitte?«, ich schüttele den Kopf. »Die Idee kannst du direkt vergessen. Meine Eltern erlauben mir garantiert nicht, eine Feier zu schmeißen. Sie sind im Moment etwas streng.«

Jakes Brauen zucken interessiert. »Ach? Hat das vielleicht mit deinem plötzlichen Schulwechsel zu tun? Hast du irgendetwas Schlimmes angestellt, weswegen du auf der renommierten Privatschule Gutenberg gelandet bist – in der letzten Einöde Deutschlands? So ein Wechsel mitten im Schuljahr schreit nach einem dunklen Geheimnis, wenn du mich fragst.«

Ich zucke zusammen. Kann der Kerl Gedanken lesen?

»*Klar*«, platze ich fast heraus. »*Ich habe ein Auto in die Luft gesprengt und bin von der Schule geflogen. Ist das dunkel genug?*«

Stattdessen sage ich: »Quatsch. Das hat sich spontan ergeben, weil –« Zum Glück muss ich nicht weitersprechen, denn ein Klingelton unterbricht mich. Und nicht irgendeiner. ›Reptilia‹ von den Strokes dröhnt los, worauf Jake in seine hintere Jackentasche fasst und nach ein paar Augenblicken sein Smartphone – das neueste iPhone – herausfummelt.

Yeah, the night's not over
You're not trying hard enough
Our lives are changing lanes
You ran me off the road ...

»Sorry«, sagt Jake zu mir, ehe er den Anruf entgegennimmt und der fetzige Sound abbricht. »Hi, Sven. ... Nein, ich bin noch im Krankenzimmer. Sag dem Trainer, dass wir es heute voraussichtlich nicht mehr schaffen. ... Tja, soll er doch. ... Ja, mit Sebastian ist soweit alles okay. ... Danke, Alter, bis später.« Er steckt das Handy zurück und reckt die muskulösen Arme zur Decke. »Das war ein Kollege aus dem Schwimmteam. Wie ich gedacht habe, dreht unser Trainer gerade ziemlich durch, weil wir nicht da sind. Wir haben am Mittwoch einen wichtigen Wettkampf, und da sollen wir natürlich jede Sekunde im Wasser verbringen.«

Ich nicke. »Cooler Klingelton übrigens. Du hast einen guten Geschmack.« Hätte ich einem Sunnboy wie dir gar nicht zugetraut, verbeiße ich mir gerade noch hinzuzufügen.

Jake hebt die blonden Brauen über seine Nerdbrille und mustert mich plötzlich noch intensiver. »Stimmt. Du aber dann auch.«

In diesem Moment geht die Tür zum Behandlungszimmer auf und die Krankenschwester kommt mit einem großen, dunkelhaarigen Typen heraus, der einen Verband am Kopf und den gleichen Trainingsanzug wie Jake trägt.

»Alles okay, Alter?«, Jake springt auf. »Wie geht's dir?«

»Alles noch dran«, antwortet sein Freund und verzieht gespielt schmerzvoll das Gesicht. »Da muss schon mehr passieren, um mich auszuknocken. Du kannst also vergessen, dass ich unsere kleine Party heute Abend absage. Mann, was bin ich froh, dass du nicht mehr mit Marissa zusammen bist. Die würde wieder richtig Stress machen und dir jeden Spaß verbieten wollen.«

Jake reibt sich über den Nacken. »Stimmt wohl.«

Marissa? Ich runzele überrascht die Stirn. Die biestige Eiskönigin Marissa ist Jakes Ex?

»Sei vorsichtig, Sebastian«, mahnt die Krankenschwester. »Kein Sport mehr heute. Komm morgen zur Kontrolle her, dann wechseln wir den Verband und prüfen, ob du an dem Wettkampf am Mittwoch teilnehmen kann.«

»Na klar, das klappt schon. Ach hey, wir kennen uns noch gar nicht. Ich bin Sebastian. Schade, dass ich dir das erste Mal im Krankenzimmer begegne. Sonst seh ich nämlich viel cooler aus.« Jakes Freund grinst mich an.

»Hanna. Und ob du's glaubst oder nicht: Ich auch«, vielsagend weise ich auf mein giftgrünes, voll geblutetes Outfit.

Sebastian lacht. »Okay, man sieht sich.«

Jake wirft mir einen langen Blick zu, ehe er mir zu zwinkert. »Ich freu mich schon auf deine Willkommensfeier, Hanna.«

Ich schneide eine Grimasse, aber davon schmerzt meine Nase. »Darauf kannst du lange warten.«

Jake lacht. Er winkt der Krankenschwester noch kurz zu, und weg sind sie.

Die Schwester beugt sich zu mir hinunter. »Dann schauen wir uns jetzt mal dein Gesicht an.«

6

Nachdem ich das Krankenzimmer verlassen habe und endlich wieder meine eigenen – viel zu dünnen – Klamotten trage, stelle ich freudig fest, dass Daria mehrere meiner Kurse – Englisch, Deutsch und Mathe – besucht.

»Super!«, sagt auch sie begeistert. »Dann können wir uns ja ab jetzt gemeinsam zu Höchstleistungen antreiben.« Dann lacht sie so sehr, dass sie fast vom Stuhl fällt, und ich kann nicht anders, als miteinzustimmen. Ich erzähle ihr von meinen Erlebnissen im Krankenzimmer, wobei Daria bestätigt, dass Jake und Marissa tatsächlich ziemlich lange das Traumpaar der Gutenberg waren. Anfang des Jahres haben sie sich getrennt. Jake war danach ziemlich fertig, was ich absolut nicht verstehen kann. Er sollte froh sein, dass er die gemeingefährliche Eiskönigin losgeworden ist.

Daria und ich verbringen auch die Mittagspause zusammen, holen uns zweimal Schokoladenpudding nach und verabreden uns für Freitag zu einem Serienabend bei mir. Falls Mom das erlaubt. Wahrscheinlich werde ich sagen müssen, dass wir Mathe lernen. Notiz an mich: Ich muss daran denken, den Fernseher leiser zu stellen.

Am Ende des Tages tut mir der Bauch und das Gesicht – nicht zuletzt wegen meiner geprellten Nase – vom Lachen weh. Ich hatte fast vergessen, wie es sich anfühlt, mit einer Freundin Blödsinn zu reden und herumzualbern. Wunderbar nämlich.

Auch Mom und Dad bemerken mein fröhliches Gesicht, als ich später mit Isabell nach Hause komme. Das größte Umzugschaos ist verschwunden, doch obwohl noch überall Kisten und Kartons herumstehen, kann ich mir plötzlich vorstellen, dass das hier wirklich unser neues Zuhause sein wird. Vielleicht funktioniert der Neuanfang tatsächlich.

Mom denkt vermutlich das gleiche und freut sich ungefähr eine Sekunde lang über meine gute Laune, doch dann fragt sie streng: »Hanna, du meine Güte, was ist mit deiner Nase passiert?!« Und die positive Stimmung ist wieder dahin.

»Wie kannst du an deinem ersten Schultag mit einer geschwollenen Nase und Lippe nach Hause kommen? Hanna, du passt einfach nie auf. Lass in Zukunft ...« Das geht gefühlt stundenlang so weiter. Aber endlich, endlich, endlich liege ich nach diesem langen Tag im Bett. Und kann prompt nicht einschlafen.

Alles fühlt sich fremd an, obwohl ich in meinem eigenen Bett, unter meiner gewohnten Decke liege. Aber die Dunkelheit ist eine andere als in Köln. Vor dem Dachfenster rauschen die Tannen. Der kalte Wind heult gegen das Dach. Es riecht nach fremdem Holz und Tannennadeln.

Immergrüne Baumwipfel.

Minigolfschläger.

Volleybälle.

Große silberne Ohrringe.

Blondes Wuschelhaar.

Kalt blitzende Eisaugen.

Die Bilder des heutigen Tages drehen sich in meinem Kopf wie auf einem Karussell. Ich drücke das Gesicht ins Kissen. Dabei pulsiert meine noch leicht geschwollene Lippe, worauf ein genervtes Schnauben ausstoße.

Ich traue dieser Hexe Marissa auf jeden Fall zu, dass sie den Volleyball extra nicht angenommen hat, damit er mir ins Gesicht knallt – als Rache und Drohung wegen des mitangehörten Telefonats. Die spinnt doch total. So ultraspannend fand ich die seltsamen Gesprächsfetzen auch nicht. Wenn sie mir nochmal zu nah kommt, werde ich ihr gehörig die Meinung geigen.

Ich werfe mich auf den Rücken und greife nach meinem Handy, das auf meinem provisorischen Nachttisch, bestehend aus Büchern, liegt. Mit zusammengekniffenen Augen streiche mir ein paar Locken aus der Stirn und halte mir das leuchtende Display vor die Nase.

01:12 Uhr. Na großartig. In etwa zwölf Stunden sitze ich auf der Couch beim Schulpsychologen. Ich hab absolut keine Lust, wieder und wieder über die Vergangenheit und meine Fehler nachzudenken. Ich weiß doch längst, dass es bescheuert war, damals das Auto anzuzünden. Was gibt es da noch groß zu bereden? Und wie soll ich hier ernsthaft neuanfangen, wenn ich immer wieder an die Vergangenheit erinnert werde?

Ich will gerade seufzend das Handy weglegen, da blinkt eine neue Nachricht auf dem Display auf. Ich klicke die neue Nachricht an, aber dann werden meine Augen riesengroß.

Was soll das denn? Ist das ein Scherz?

Ich gebe dir einen guten Rat: Spiel nicht wieder mit dem Feuer.

Ich setze mich abrupt im Bett auf und stoße mir prompt den Kopf an der schrägen Decke. Autsch. Ich reibe mir die pochende Stelle und lese den Text erneut. Die Nachricht stammt von einer unbekannten Nummer.

Was soll das bedeuten? Ist das eine Anspielung auf das in die Luft gesprengte Auto?

Kurzentschlossen drücke ich mir das Smartphone ans Ohr. Von solchen Späßen lasse ich mich ganz bestimmt nicht einschüchtern.

Als mir eine Computerstimme mitteilt, dass der Gesprächspartner aktuell nicht zu erreichen sei, lasse ich den Arm fallen. Das war ja klar. Mit zusammengekniffenen Augen starre ich auf das Handy.

Spiel nicht wieder mit dem Feuer.

Das habe ich auch nicht vor, würde ich am liebsten ins Display hämmern. Ich weiß, dass ich einen Fehler gemacht habe. Garantiert spiele ich nie wieder mit dem Feuer. Oder mit sonst wem.

7

20 Tage später

01. November, 00:23 Uhr

Die harte Stuhllehne bohrt sich in meinen Rücken. Ich beuge mich nach vorne und presse die Hände unter dem Tisch gegeneinander, doch der Druck bleibt derselbe – als würde mir jemand den Lauf einer Pistole in die Rippen stoßen. Obwohl eine Wolldecke um meinen Körper geschlungen ist, schüttelt eine eisige Kälte meine Schultern.

Mit der Hand wische ich mir übers Gesicht und schmiere mir die feuchte Schminke noch weiter über die Wangen.

Ich wollte doch nie wieder etwas anstellen. Ich wollte nie wieder mit dem Feuer spielen. Wie konnte das nur passieren? Nein, was ist eigentlich passiert? Ich kapiere es immer noch nicht.

Nur ein Gedanke klopft glasklar hinter meiner Stirn: Es ist schon wieder meine Schuld.

Immer noch trage ich das lange, weiße Kleid, dessen Rock mir feucht an den Beinen klebt. Grell sticht das Deckenlicht in meine Pupillen und lässt die Wände in düsteren Schatten flackern. Der Raum hat keine Fenster. Über die ehemals weißen Wände ziehen sich gelbliche Schlieren, als hätte Jahre lang Zigarettenrauch das Zimmer gefüllt. Kantige Risse gaffen in der Tapete. Vor Kurzem muss jemand einen Stuhl – vielleicht sogar den, auf dem ich sitze – gegen die Mauer gedonnert haben.

Meine Arme beben unkontrolliert, während sich mein Hals vom Schreien wie mit Schmirgelpapier abgerieben anfühlt. Ich wiege mich vor und zurück. Das klamme Kleid reibt über meine Arme, und prompt überzieht prickelnde Gänsehaut meine Haut.

Ein Quietschen lässt mich aufschrecken. Zwei Männer in dunklen Uniformen kommen ins Zimmer. Im glattrasierten Kiefer des Linken zuckt ein Muskel, als könnte er eine scharfe Anklage kaum unterdrücken.

Mein Hals wird eng, meine Unterlippe beginnt zu zittern. Sie müssen gar nichts sagen, ich lese es in ihren Gesichtern. Ich weiß, was passiert ist. Ich weiß es, aber ich will es nicht hören.

Wir haben seine Leiche gefunden.
Und du bist schuld an seinem Tod.

8

19 Tage zuvor

13. Oktober, 14:01 Uhr

»Guten Morgen, du musst Hanna sein. Ich bin Doktor Wolf. Es freut mich, dass du da bist.«

»Ich freue mich auch«, lüge ich und setze ein – hoffentlich – nicht allzu uninteressiertes Gesicht auf. Ich lasse mich auf die Kante des beigen Sessels fallen, auf den der Schulpsychologe weist. Zum Glück gibt es kein Sofa, auf dem ich mich ausstrecken und die Augen schließen soll – wie bei meiner alten Therapeutin in Köln. Auf dem gemütlichen Polster bin ich nicht nur einmal einfach eingeschlafen, als sie mich auf eine Hypnosereise schicken wollte.

Das Büro ist länglich geschnitten. Durch die hohen Fenster fällt das erste sanfte Sonnenlicht seit Tagen und lässt die violetten Orchideenblüten auf der Fensterbank schimmern. Die Wände sind mit Regalen vollgestellt, in denen sich Fachbücher, Ordner und Bilderrahmen mit Zertifikaten aneinanderreihen. Über der Tür hängt eine Uhr mit römischen Ziffern, die tickend anzeigt, dass ich nur noch achtundfünfzig Minuten hier sitzen muss.

Ein Klacks.

Doktor Wolf ist etwa sechzig, aber sein noch schwarzes Haar kringelt sich über seinen kleinen, rosigen Ohren zu vollen Locken. Auf seiner spitzen Nase sitzt eine moderne Brille, die dem Stil des schicken Kugelschreibers in seiner Hand ähnelt. Er sieht mich aufmerksam, aber auch sehr freundlich an. Trotzdem rutsche ich unbehaglich auf meinem Hintern herum. Ich hasse die Therapiestunden jetzt schon, weil sie eine absolute Zeitverschwendung darstellen.

»Das ist unsere erste Sitzung«, beginnt der Psychologe. »Daher sollten wir uns zuerst ein wenig kennen lernen. Mein Name ist Alois Wolf und ich arbeite seit über dreißig Jahren als Kinder- und Jugendpsychologe. Das hier ist ein offener Raum. Du kannst aufrichtig und frei heraus mit mir reden, denn nichts, was hier besprochen wird, wird an deine Lehrer oder Eltern weitergegeben. Außer natürlich, es ist unbedingt erforderlich.«

Also muss ich aufpassen, was ich sage. Hab's kapiert. »Okay«, antworte ich und knibbele am Lack meines Zeigefingernagels herum.

»Schön. Wie waren denn deine ersten beiden Tage an der Gutenberg?«, fragt er. »Ich habe mit deinen Lehrern gesprochen und gehört, dass du dich schon mit ein paar Mitschülern angefreundet hast, zum Beispiel mit Daria Petrova.«

Wow, dieser Typ hat seine winzigen Ohren ja überall. Ich hab tatsächlich meine heutige Mittagspause wieder mit Daria verbracht. Ob er mich wohl schon die ganze Zeit beobachtet? Stammt die seltsame

Nachricht – *spiel nicht wieder mit dem Feuer* – vielleicht von ihm? Fünfmal habe ich die unbekannte Nummer noch angerufen, aber nie jemanden erreicht.

Ich stelle mir vor, wie Doktor Wolf in seinem Büro sitzt, anonyme Nachrichten an seine Patienten verschickt und sich dabei diebisch über die Aufregung und Verwirrung freut, die er damit auslöst. Will er so womöglich seinen Job sichern?

Ich gebe mir einen Ruck. Lass den Quatsch. Der Psycho-Doc weiß wahrscheinlich noch nicht mal, was ein Handy ist.

»Es gefällt mir hier wirklich besser als gedacht«, antworte ich. »Vorher war ich nicht gerade überzeugt, aber vielleicht funktioniert der Neuanfang wirklich. Die Leute sind nett, und auch die Lehrer scheinen in Ordnung zu sein.« Was etwas stört, sind die Therapiestunden, füge ich fast hinzu.

»Das freut mich«, sagt Doktor Wolf herzlich. »Und ich werde dir dabei helfen, dich hier wohl zu fühlen und zurecht zu finden. In deiner Heimatstadt warst du schon in psychologischer Behandlung. Deine ehemalige psychologische Betreuerin hat mir dein Gutachten geschickt, das ich mir als Grundlage für unsere Gespräche angesehen habe. Hanna, weißt du, was mir aufgefallen ist? Du hast nie gesagt, warum du ausgerechnet ein Auto angezündet hast.«

Ich zucke zusammen. Oh, der Übergang vom Smalltalk zum Eingemachten kam jetzt aber schnell.

Doktor Wolf blickt mich erwartungsvoll über seiner Brille an. Tick, tick, tick, macht die Uhr. An der Scheibe fliegt ein kreischender Vogel vorbei und verliert eine Feder.

»Es gab keinen speziellen Grund«, sage ich. »Ich musste einfach – irgendetwas tun.«

Doktor Wolf nickt, als hätte er mit meiner Antwort gerechnet, was mich irgendwie ärgert.

»Es gibt immer eine Ursache für unser Handeln«, erklärt er. »Ein wichtiges Ziel unserer Gespräche wird sein, herauszufinden, wovor du dich und deine Gedanken verschließt. Heute starten wir mit etwas Einfachem. In Vorbereitung auf unsere nächsten Sitzungen stelle ich dir ein paar konkrete Fragen, auf die du ganz spontan antworten sollst. Mach dir keine Gedanken zu ihrer Sinnhaftigkeit und denk nicht lange nach. Sag einfach das, was dir als Erstes einfällt.«

Ich nicke. »Okay.«

»Was ist dein Lieblingstier?«

»Äh – was?«

Doktor Wolf lächelt. »Wie gesagt, es handelt sich um ein paar Übungsfragen, um deine Gedanken zu lockern. Es gibt keine falschen Antworten. Also, welches Tier magst du am liebsten?«

»Oh, dann sind das wohl ... Faultiere? Die hängen immer so gemütlich auf Bäumen herum.«

Kritzelkritzel. »Gut. Was ist deiner Meinung nach deine beste Eigenschaft?«

»Hm, ich denke, mein Humor. Für den bin ich berühmt.«

Kritzelkritzelkritzel. »Sehr gut. Stell dir vor, du hast einen ganzen Tag frei. Was würdest du tun?«

Ich sauge meine Unterlippe ein. Das ist schon schwieriger. »Ich würde mir meine Schwester schnappen und mit ihr irgendwohin fahren. Sie liebt Musicals. Vielleicht würden wir uns eins ansehen.«

Jetzt hebt Doktor Wolf die buschigen schwarzen Brauen. Der Stift schwebt in der Luft. »Oh, wirklich? Magst du Musicals denn auch?«

Ich schüttele den Kopf. »Meine Güte, nein. Ich mag Rockmusik. Gitarrensound und Bässe sind mir wichtig.«

Der Psychologe macht sich wieder Notizen. »Okay. Und was ist dir noch wichtig?«

Da muss ich nicht lange überlegen. »Natürlich meine Schwester. Isabell.«

Wenig später schließe ich langsam, aber nachdrücklich die Tür zur Psychologiepraxis hinter mir. Geschafft. Wie ich erwartet habe, bringt die Therapiestunde ungefähr so viel – nichts. Doktor Wolf hat mir eine Reihe weiterer, seltsamer Fragen gestellt und sich fast vier Seiten Notizen gemacht. Aber einen vernünftigen Rat, wie ich mein neues Leben am besten meistere, hatte er natürlich nicht.

Ich stoße die Luft aus. Die letzte Schulstunde ist schon vorbei, und der Flur liegt wie ausgestorben vor mir. Offenbar ist das Glück endlich mal auf meiner Seite, denn unter gar keinen Umständen soll mich jemand dabei beobachten, wie ich aus dem Büro des Schulpsychologen schleiche. Ich höre schon meinen neuen Namen – *die verrückte Hanna* – im Ohr.

»Warum bist du in Therapie?«, werden die Leute neugierig fragen. Und darauf hab ich absolut keine Lust zu antworten. Ich möchte nur eins – vergessen, was passiert ist.

Ich wende mich nach links. Ab nach Hause. Ich freu mich schon total, mich aufs Bett zu werfen, die Strokes laut aufzudrehen und ...

»Hanna, was machst du denn so spät noch hier?«

9

Ich schließe eine Sekunde die Augen.

Echt jetzt?! Die ganze Schule ist leer, aber ausgerechnet auf meinem Flur muss sich natürlich noch jemand aufhalten. Und dann noch jemand, der meinen Namen kennt!

Ich wirbele herum und entdecke einen großen blonden Typen an der Biegung des Ganges. Oh, das ist ja Jake! Er trägt einen grauen Kapuzenpullover und ausgewaschene, perfekt sitzende Jeans, in denen er noch blendender als in seinem Trainingsanzug aussieht.

»Hi, Hanna«, er schiebt einen Ordner höher unter die Achsel, während er näherschlendert. Auch heute sitzt die schwarze Nerdbrille auf seiner Nase, in der sich die Deckenlichter spiegeln. »Warum hast du dich so erschreckt?« Sein Blick trifft die geschlossene Bürotür von Doktor Wolf, ehe er eine Braue hochzieht. »Ach, soll der alte Psycho dir dabei helfen, dich in unserem verschnarchten Dorf besser einzuleben?«

Ich zucke zusammen. »Unsinn. Ich bin nur ziemlich strebsam und wollte noch in die – Bibliothek, um mich perfekt auf die Physikklausur vorzubereiten. Aber verrat's nicht weiter. Wie wäre es mit Schweigegeld? Ich hab noch ... einen Euro fünfundvierzig.«

»Bestechung, ha!«, er lacht. »Mein Vater ist Anwalt. Ich wette, er kriegt es hin, dass ich dein Geld kassiere *und* trotzdem die böse Wahrheit verbreiten kann.«

Ich schneide eine Grimasse. »Ich bin gespannt, wie du damit klarkommst, dass du für den finanziellen Tod und den Rufmord eines unschuldigen Mädchens verantwortlich bist.«

Jakes Lächeln wird noch breiter, sodass sich wieder die kleinen Grübchen in seinen Wangen bilden. Automatisch lächele ich zurück. Eigentlich ist Jake ganz witzig – trotz seines glatten Sunnyboy-Aussehens.

»Das wäre nicht das erste Mal«, erklärt er schmunzelnd.

»Wieso wundert mich das nicht?«, ich rolle die Augen. »Hey, was machst *du* eigentlich nach dem Unterricht noch hier?«

Er klopft mit der Hand auf den blauen Ordner unter seinem Arm. »Tja, reichlich wichtige Dinge. Ich hatte gerade einen Termin mit der Vertrauenslehrerin Frau Kretschmann. Als Schülersprecher tausche ich mich einmal im Monat mit ihr darüber aus, was in der letzten Zeit passiert ist. Jetzt wollte ich noch kurz die Flyer für die Halloweenparty aufhängen.« Er hält mir einen der Flyer entgegen, auf dem ein leuchtend oranger Kürbis zwischen tanzenden Fledermäusen grinst.

Grusel an der Gutenberg steht auf dem glänzenden Papier.

»Cool«, sage ich. »Ich werde einfach mein Outfit von gestern tragen und als blutverschmierter Frosch gehen.«

Jake nickt vollkommen ernst. »Ausgefallene Idee. Ich muss da lang. Sollen wir ein Stück zusammengehen?«

Als wir nebeneinander die Treppen hinuntersteigen, fragt er: »Wie geht's denn deiner hübschen Nase nach dem Volleyballangriff? Alles wieder okay?«

»Klar, und falsche Komplimente kann sie noch auf zehn Meter Entfernung riechen«, gebe ich grinsend zurück. »Wie geht's deinem Kumpel Sebastian?«

»Hey, das war ernst gemeint«, antwortet Jake, ehe er sich am Nacken kratzt. »Basti geht's besser. Jedenfalls hoffe ich, dass er bis zu unserem Schwimmwettkampf morgen wieder fit ist. Gestern Abend war er bei mir und hat sich die Kante gegeben. Danach hat er noch in unseren Vorgarten gekotzt. So schlimm kann's also nicht sein. Zum Glück sind meine Eltern auf einer Geschäftsreise.«

»Und du bist ganz allein zu Hause?«

»Fast. Wir haben eine Haushälterin, die kocht, aufräumt und auf mich *aufpasst*. Du weißt doch, wie das mit reichen Business-Eltern so ist: Sie überhäufen ihre Kinder mit Materiellem, glänzen aber vor allem durch Abwesenheit. Ich wundere mich, dass ich zu Gloria – das ist unsere Haushälterin – noch nicht ›Mama‹ sage.«

Ich grinse. »Klingt doch wunderbar. Können wir bitte die Eltern tauschen? Meine haben von ›Distanz‹ noch nie etwas gehört und mischen sich ständig überall ein. Ich glaube, sie würden am liebsten mit mir zusammen aufs Klo gehen.«

Jake lacht. Wir erreichen eine Doppeltür aus dickem Glas, und ich stemme mich dagegen – doch sie gibt nicht nach. Eine Sekunde sieht Jake abgelenkt aus, und ich glaube schon, dass er meinen Fauxpas nicht bemerkt hat, aber dann grinst er.

»Du musst ziehen, nicht drücken. Hast du in Physik nicht aufgepasst? Hat was mit Hebelwirkung zu tun.«

»Weiß ich doch.« Hastig werfe ich mir die Locken aus den Augen und will die Tür aufreißen. Jake greift parallel nach der Klinke. Dabei legt sich seine Hand fest, aber wie zufällig auf meine. Die plötzliche Berührung fährt wie ein winziger Stromschlag durch meinen Körper.

»Ich könnte dir Nachhilfe geben.« Ein paar Sekunden drückt Jake seine Hand auf meine, dann lässt er mich los und hält mir wie ein Gentleman die Tür auf. »Ich bin ziemlich gut in Physik.«

»Vielleicht komme ich wirklich darauf zurück«, sage ich. »Ich bin nämlich ... Oh!«

Ich weiche verdutzt zurück, als im Flur plötzlich drei Mädchen vor uns sichtbar werden. Ich kenne sie aus dem Sportkurs. Oder aus Physik. Mit hochgezogenen Brauen drehen sie sich zu Jake und mir um und mustern uns verblüfft. Ich hab plötzlich das Gefühl, ertappt worden zu sein, aber ich weiß nicht, wobei.

»Hi«, sagt Jake mit einem breiten Lächeln und rückt seine Nerdbrille zurecht. »Na, wie geht's euch?«

»Oh, sehr gut«, flötet ein dunkelblondes Mädchen. »Wollt ihr beiden noch auch in den Gemeinschaftsraum, um für die Physikklausur zu lernen?«

Ich will gerade antworten, doch Jake kommt mir zuvor. Er schiebt mir die Hand auf die Schulter und zieht mich an sich, sodass ich seine Bauchmuskeln im Rücken fühle.

»Nein, ich fahre Hanna jetzt nach Hause. Schönen Abend noch, Mädels. Komm, Hanna, los geht's.«

10

Jake fährt einen riesigen, schwarzen BMW, der mit einem heftigen Satz nach vorne schießt, sobald er auch nur das Gaspedal antippt. Er dreht das Radio auf, und ein fetziger Rocksong schallt durch den Innenraum aus blitzendem Stahl und Leder. Die Karre war definitiv teuer und wird von Jake sowohl heiß geliebt als auch innig gepflegt, denn nirgendwo klebt auch nur ein winziges Staubkörnchen. Im rasanten Tempo brausen wir den Schlangenlinienpfad ins Dorf hinunter. Die hohen Tannen schwanken im Wind, Regentropfen prasseln auf die Scheibe.

Aus dem Augenwinkel beobachte ich Jake, wie er im Takt der Musik nickt und mir immer wieder ein Grinsen zu wirft. Vorhin hat er wie beiläufig nach meiner Hand gegriffen, jetzt fährt er mich nach Hause – flirtet der Kerl etwa mit mir oder bilde ich mir das nur ein? Irgendwie blicke ich bei ihm nicht durch.

Ich zucke im Geiste die Achseln. Was soll's. Zumindest muss ich jetzt nicht mit dem lahmen Bus nach Hause fahren. Weil Mom und Dad heute Termine wegen der Minigolfanlage haben, konnten sie Isabell und mich weder zur Schule fahren noch abholen. Heute Morgen haben Isabell und ich die Haltestelle des Schulbusses zehn Minuten lang gesucht, denn sie liegt über einen halben Kilometer von unserem neuen Zuhause entfernt. Wir sind fast im Eisregen ertrunken, und jetzt gießt es immer noch wie aus Eimern. Von daher: Flirten hin oder her, ich bin froh, dass ich in meinen Chucks nicht zu Fuß gehen muss, denn meine warmen Stiefel habe ich immer noch nicht gefunden.

Wohlig entspannt lehne ich mich im warmen Auto zurück. Ein angenehmer Duft hängt in der Luft, eine Mischung aus Jakes herbem Duschgel und etwas Holzigem.

»Woran denkst du?«, reißt mich seine Stimme aus den Gedanken.

Ich verdrehe die Augen. »Daran, wie wunderschön dieses Kaff doch ist. Soweit das Auge reicht nur Tannen, Tannen und nochmals Tannen. Ich frage mich, ob ich jemals genug davon kriegen werde.«

Jake lacht. »Ganz bestimmt ... *nicht.*« Er wirft mir wieder einen winzigen Blick zu, während er den Wagen weiter rasant den Berg hinunterlenkt. Bäume und Regentropfen wirbeln am Fenster vorbei.

»Bist du bereit für die zweitbeste Attraktion unseres Dorfes?«, fragt Jake. »Neben grünen Bäumen sind wir auch für den besten Kaffee der Region bekannt. Oder musst du direkt nach Hause?«

Obwohl ich Mom und Dad versprochen habe, nach der Therapiestunde sofort heimzukommen, schüttele ich nach einer Sekunde den Kopf. »Quatsch, auf gar keinen Fall. Na los, überrasch mich mit einer Portion Koffein.«

»Sehr wohl.« Jake lacht wieder und erhöht das Tempo, sodass wir in der letzten Kurve des Berges gefährlich schlingern. Mein Magen springt mir gegen die Rippen, und ich dränge eine seltsame Erinnerung, die in mir aufsteigen will, zurück.

Quietschende Reifen, ein Schrei und ...

Hupend weicht ein anderer Wagen aus, doch Jake packt einfach das Lenkrad fester und schießt in Richtung Dorfmitte davon.

Auf dem Marktplatz, der von aufwendig restaurierten Fachwerkhäusern gesäumt wird, hält Jake an und springt hinaus in den peitschenden Regen. »Bin gleich wieder da!«

Als die Tür zuknallt, ziehe ich mein Handy aus der Tasche und halte es einen Moment in den Fingern. Soll ich Mom anrufen und Bescheid sagen? Aber ich weiß jetzt schon, dass sie komplett ausrasten wird, weil ich noch etwas unternehmen will und sie mich nicht den ganzen Tag mit Argusaugen bewachen kann. Ich könnte versuchen, ihr zwanzigmal klarzumachen, dass ich neue Freunde, ein *Leben*, brauche, sie würde mir trotzdem nicht zuhören.

Aber wahrscheinlich sind Mom und Dad noch gar nicht zu Hause. Sie werden nicht merken, dass ich mich verspäte. Ich entschließe mich, nicht Bescheid zu sagen. Stattdessen rufe ich nochmal die unbekannte Nummer an, die mir gestern die kryptische Nachricht geschickt hat, aber wieder ist niemand erreichbar.

Enttäuscht streiche ich mir die Locken aus der Stirn und zucke zusammen, als Jake wieder ins Auto steigt. Er treibt den Geruch von eisigem Regen hinein. Die hellen Haarsträhnen kleben ihm nass in der Stirn und seine Brillengläser sind ziemlich verschmiert.

»Hier.« Er drückt mir einen heißen Becher in die Hand, auf dem ich den krakelig geschriebenen Namen »Klothilde« entziffere. Ich verdrehe lachend die Augen.

»Was?«, fragt Jake vollkommen ernsthaft und zieht eine Braue hoch, während er von seinem Kaffeebecher nippt. »Ist das nicht dein wirklicher

Name, mysteriöse Hanna mit dem dunklen Geheimnis?«

»Spinner.« Ich trinke ebenfalls einen Schluck und ignoriere die Andeutung. So niedlich die Grübchen des Sunnyboys auch sind, er kann vergessen, dass ich ihm irgendetwas von meiner Vergangenheit erzähle. Das ist sie nämlich – vergangen und vorbei. Deswegen bin ich hier.

»Wow, der Kaffee ist wirklich gut. Hätte ich gar nicht gedacht.«

Jake wirft sich die hellen, feuchten Haare aus den Augen. »Klar, nicht alles in diesem Dorf ist schrecklich und öde, weißt du. Oh, warte mal.« Wie beiläufig hebt er die Hand und streicht mir über die Oberlippe. Überrumpelt fahre ich zurück.

Jake grinst. »Du hattest einen kleinen Milchbart. Sah witzig aus.«

Ich reibe mir über den Mund, während ich nach einer frechen Antwort suche. Ha, dann schauen wir mal, wie weit er gehen wird. »Da kann ich ja von Glück sprechen, dass ich nicht auf meine Brüste gekleckert habe.«

Jakes blaue Augen blitzen. »Oh, damit hätte ich auch kein Problem gehabt«, versichert er. »Nur unterhalb der Gürtellinie wäre Schluss gewesen. Ich hab Anstand, klar?«

»Aber sicher.« Ich muss wider Willen lächeln.

»Hey, ich mag dein Lachen«, sagt er plötzlich. »Und deine Lederjacke und deine große Klappe. Und – deine Haare. Sie erinnern mich an ein wild brennendes Feuer. Du bist anders als die anderen. Mit dir kann man echt Spaß haben.«

»Klar, aber sicher«, sage ich und trinke einen Schluck Kaffee. »Ich komme schließlich aus Köln. Ich rieche nach Großstadt, nicht nach Waldluft. Ich bin wohl so was wie ein Alien für dich.«

»Aber eine verdammt scharfe Außerirdische«, grinst er, ehe er wieder die Hand hebt und meine Locken zur Seite streicht, um meinen Hals zu berühren. Dabei fliegt sein Blick wie heiße Fingerspitzen über mein Gesicht.

»Äh, Moment mal ...«, sage ich überrumpelt und halte prompt den Atem an, weil mir sein Duft, gemischt mit dem Geruch nach Regen, in die Nase steigt.

Jake hebt einen Mundwinkel. Die Grübchen bilden sich in seinen Wangen. Prickeln fährt meine Wirbelsäule hinauf, als er sich vorbeugt. Eine Sekunde sehe ich mich selbst in seinen blauen Augen gespielt – mein Feuerhaar, meine geröteten Wangen, das runde Kinn –, dann will ich mich von ihm losmachen, aber er hält mich fest, indem er seine Hand fest um meinen Hals legt.

»Die Großstadt riecht gut«, sagt er. »Du bist echt heiß, Hanna.«

Irgendwie tun seine Komplimente meinem angekratzten Ego plötzlich gut. Ich entspanne mich und verziehe den Mund zu einem schiefen Lächeln. »Und du bist ein ziemlicher Schleimer«, gebe ich zurück.

Jakes Finger streicheln meinen Hals, was kribbelnde Schauer durch meinen Körper schickt. Sein Gesicht ist nur wenige Zentimeter von meinem entfernt.

»Es ist die reine Wahrheit«, murmelt er heiser. Ich spüre seinen Atem auf meinen Wangen. Und dann drückt er die Lippen so schnell und fest auf meine, dass mir fast der Kaffeebecher aus der Hand fällt. Eine Schocksekunde bin ich wie gelähmt – das geht ein bisschen zu schnell und eigentlich steh ich doch überhaupt nicht auf ihn! –, aber dann schalte ich das Denken aus. Schluss mit den Grübeleien, den Erinnerungen, die mich immer wieder überfallen wollen, der Therapiestunde und Moms wütenden Augen, die mich bis in mein neues Leben verfolgen.

Ich bin einfach nur Hanna. Ich bin siebzehn. Ich bin lebendig. Ich kann vergessen.

Als Jake spürt, dass ich mich fallen lasse, küsst er mich wilder und drängender. Seine Hände fahren durch meine Locken und ziehen mich näher zu sich heran. Er knabbert an meinem Mund und spielt mit meiner Zunge. Ich seufze. Wow, er küsst ziemlich gut, offenbar hat er Erfahrung auf dem Gebiet – umso besser für mich.

Ich drücke meine Finger in seine muskulösen Schwimmer-Oberarme, während seine Lippen sich einen kitzelnden Weg meinen Hals hinunter zu meinem Schlüsselbein suchen. Unwillkürlich stöhne ich an seiner Schläfe und lege den Kopf in den Nacken, die Hände in seine breiten Schultern gedrückt.

Doch bevor ich mich versehe, wandern seine Finger unter meinen Pullover und umfassen meine Brüste. Ich öffne verdutzt die Augen und will Jake zurückschieben.

Klar, ein bisschen Ablenkung ist schön und gut, aber das geht jetzt doch zu weit, ganz egal, worüber wir vorher gewitzelt haben.

»Jake, warte mal –« Doch plötzlich erstarre ich. Denn wir sind nicht mehr allein. Jedenfalls fast.

Direkt vor der Windschutzscheibe steht ein schlankes Mädchen, dessen Silhouette von den Scheinwerfern angeleuchtet wird. Der kalte Sturm pustet ihr die langen dunklen Haare ums Gesicht. Sie trägt einen dicken Mantel mit Fellkragen und einen beigen Schal. Nieselregen fällt auf sie herab und läuft über ihre Wangen, doch sie scheint es nicht zu merken. Fassungslos starrt sie uns an, die Wangen flammend rot, die Augen glänzend wie im Fieber.

Ich zucke zusammen. Das ist die Eiskönigin Marissa, deren Telefonat ich auf der Toilette belauscht habe – und die schuld ist, dass mir der Volleyball ins Gesicht geknallt ist.

Jakes Exfreundin.

11

Jake hat Marissa nicht bemerkt, denn er ist immer noch damit beschäftigt, meinen Hals zu küssen und unter meinem Pullover herumzuspielen.

»Hey, hör auf«, ich winde mich aus seiner Umarmung und nicke nach draußen. »Schau mal!«

Jake hebt den Kopf und verengt die Augen, als er Marissa entdeckt, die immer noch wie ein Racheengel direkt vor der Motorhaube steht und uns mit riesigen Augen anstarrt. Nieselregen rinnt ihre Wangen hinunter und tränkt ihr Haar zu langen nassen Strähnen.

»Ach, das ist ja eine Überraschung«, murmelt Jake, doch ich kann seinen Ton nicht deuten.

Als könnte Marissa ihn hören, zuckt sie zusammen. Ihre Hände ballen sich zu Fäusten. Dann wirft sie sich das wellige Haar über die Schulter und dreht sich auf dem Absatz um. Jetzt sehe ich, dass hinter ihr vier weitere Mädchen stehen – ihre Freundinnen aus dem Sportkurs. Sie halten bunte Schirme in den Händen und werfen uns vernichtende Blicke zu. Nur ein Mädchen wirkt erschüttert.

Oh, das ist ja Lexa, die Vertrauensschülerin. Ihr silberblondes Haar quillt unter ihrer Kapuze hervor, und ihr Gesicht ist unter den Sommersprossen seltsam blass. Sie presst die Lippen aufeinander.

Die anderen strecken die Arme nach Marissa aus, um sie beschützend in ihre Mitte zu nehmen. Tuschelnd stecken sie die Köpfe zusammen und verschwinden um eine Ecke. Lexas entsetzter Blick schwebt noch ein paar Sekunden in der Luft, dann eilt sie den anderen nach.

Ich schlucke. Warum stellen sie sich so an? Steht Marissa etwa noch auf Jake?

Ich drücke seine Hände, die immer noch meine Brüste umfassen, nach unten.

»Lass das«, sage ich.

Jake wendet sich mir zu. Eine Sekunde blitzt Enttäuschung über sein Gesicht, dann nickt er.

»Okay, willst du jetzt nach Hause?«

***

Wenig später werfe ich die Haustür zu und trete mir die Chucks von den Füßen. Immer noch bin ich verwirrt über Jakes Anmache und die wütenden Blicke der Mädchen. Ob sie wohl –

Ich erstarre, als Moms laute Stimme aus dem Wohnzimmer erklingt.

»Hanna? Bist du das?«

Ich ducke mich. Mist. Sie ist schon zu Hause. »Ja, ich bin hier.«

Schnelle Schritte kommen näher und dann steht Mom direkt vor mir. Sie trägt einen schicken dunkelblauen Blazer und ihre goldene Haarspange. Das kann jedoch nicht davon ablenken, wie sie die Hände in die Hüften stemmt und mich wütend anfunkelt.

»Wo zum Teufel hast du gesteckt? Du hast doch versprochen, direkt nach deiner Therapiestunde nach Hause zu kommen! Hast du etwa nicht mehr daran gedacht?«

Ich zucke zusammen. »Doch, aber …«

»Lüg mich nicht an, Hanna, immer kommst du uns mit diesen Ausreden! Ich bin es wirklich leid, dir ständig ...«

Ich schalte ab und schäle mich aus meiner dünnen Lederjacke. Mom regt sich weiter auf, während ich zur Treppe schleiche, die zu meinem Zimmer hinaufführt.

»Hast du das jetzt endlich verstanden, Hanna?«, beendet Mom ihre vorwurfsvolle Rede. »Ab sofort kommst du jeden Tag sofort nach Hause. Bist du einmal nur eine Minute zu spät, hast du Hausarrest für den Rest des Jahres, klar?«

»Was?« Ich starre sie entsetzt an. »Aber, Mom, ich bin gerade mal eine Stunde später gekommen. Ich hätte anrufen sollen, aber ich war noch mit einem Schulfreund im Dorf, weil wir ...«

»Das ist mir vollkommen egal! Du musst dich endlich an unsere Regeln halten.« Mom schnaubt. »Das ist mein letztes Wort. Noch ein weiteres Zuspätkommen und du bleibst für den Rest des Jahres in deinem Zimmer.«

»Das ist nicht fair, du kannst doch nicht ...«, ich beiße mir auf die Lippe, doch dann reiße ich mich zusammen. Mom meint es ernst, sie meint es verteufelt ernst. Und sie hat jedes Recht, sauer auf mich zu sein. Nicht nur wegen meiner Verspätung.

»Okay. Ich verspreche, ich komme nicht mehr zu spät.«

Mom streicht ihren Blazer glatt und nickt. »Gut.« Sie sieht mich einen Moment an, und ich hab das Gefühl, sie will irgendetwas hinzufügen, aber sie wendet sich nur seufzend ab und verschwindet im Wohnzimmer.

Ich blicke ihr kurz nach, dann trotte ich hinauf in mein immer noch chaotisches Zimmer. Zum Glück muss ich für den nächsten Tag keine Hausaufgaben

machen, denn morgen findet der Schwimmwettkampf statt, von dem Jake erzählt hat. Das muss ein
regelrechtes Event in diesem Dorf sein, denn den
ganzen Tag fällt der Unterricht aus, damit sämtliche
Lehrer und Schüler teilnehmen können.

Ich schließe die Zimmertür hinter mir und werfe
mich aufs Bett, wo ich mir mein Handy vors Gesicht
halte – und prompt zusammenzucke.

Nein. Nicht schon wieder.

Eine neue Nachricht wird angezeigt. Eine neue
Nachricht von der gleichen unbekannten Nummer
wie gestern.

*Ich weiß, was du vorhast: Aber gieß kein Öl ins
Feuer. Das Spiel ist gefährlicher, als du denkst.*

Ich schüttele verwirrt den Kopf und rufe die Nachricht von gestern auf.

Spiel nicht mit dem Feuer.

Von wem sind diese Nachrichten? Und was soll der
Blödsinn? *Öl ins Feuer gießen. Gefährliches Spiel.*
Was zur Hölle soll das bedeuten?

Wütend drücke ich mir wieder das Handy ans Ohr,
doch natürlich nimmt niemand ab. Jetzt reicht's.

Ohne lange zu überlegen tippe ich eine Antwort ins
Display:

*Mein Feuer, meine Sache.
Lass mich bloß in Ruhe!*

12

13. Oktober, 10:02 Uhr

Am nächsten Morgen sitzen Isabell und ich ganz außen auf der Schwimmbadtribüne und blicken auf das blau glitzernde Becken hinunter. In der aufgeheizten Luft hängt schwerer Chlorgeruch. Lachen, Rufe und Pfiffe flirren in meinen Ohren.

Immer wieder denke ich über die merkwürdigen, anonymen Nachrichten nach, die ich gestern und vorgestern bekommen habe. Irgendjemand weiß etwas über meine Vergangenheit und von dem in die Luft gesprengten Auto. Aber woher? Und was will die Person? Was meint sie damit, dass ich nicht mit dem Feuer spielen oder kein Öl ins Feuer gießen soll?

Grübelnd starre ich nach unten. Vor dem Schiedsrichterpodest unterhalten sich zwei Reporter und schießen ein paar Bilder. Hinter der gläsernen Hallenrückwand blickt man auf den nahegelegenen Wald, der das gesamte Dorf wie eine Mauer einschließt.

Ein bisschen recht hatte ich doch mit meinen Vorurteilen, denn offensichtlich handelt es sich für die Dorfbewohner bei dem Wettkampf wirklich um ein Event: Lehrer und Schüler fachsimpeln um uns herum hitzig über Schwimm- und Kraultechniken. Viele von ihnen tragen die giftgrünen Schul-T-Shirts, von denen mir die Augen wehtun.

Isabell neben mir lässt sich von der begeisterten Stimmung mitreißen und starrt wie gespannt auf den Pool hinunter, obwohl die Schwimmer noch gar nicht da sind. Ich recke den Hals in Richtung Becken, während ich immer noch über die anonymen Nachrichten brüte, doch plötzlich erregen die Mädchen in der Reihe hinter uns meine Aufmerksamkeit. Mit leicht zusammengekniffenen Augen beobachten sie mich und flüstern miteinander, aber als sie bemerken, dass ich sie ansehe, wenden sie sich hastig ab.

Jetzt erkenne ich sie: Das sind die gleichen Tussis, denen ich gestern mit Jake auf dem Flur begegnet bin. Das dunkelblonde Mädchen beugt sich zu ihrer Freundin und die beiden kichern hinter vorgehaltener Hand. Ein Stich fährt durch meinen Körper, doch sofort schüttele ich das Gefühl ab. Quatsch, sie reden ganz bestimmt nicht über mich. Sie kennen mich doch überhaupt nicht, und ich hab ihnen nichts getan.

Mit steifem Kiefer drehe ich mich wieder nach vorne. Isabell zappelt aufgeregt auf ihrem Sitz herum.

»Meinst du, ich kann auch in ein Schwimmteam eintreten?«, fragt sie.

»Klar«, antworte ich. »Wenn du Lust auf rote Augen und schrumpelige Haut hast und pro Wettkampf mindestens fünf Liter Chlorwasser verschlucken willst – auf jeden Fall.«

Isabell lacht und schlägt leicht mit der Faust auf meinen Arm. »Ich würde ganz bestimmt nichts davon verschlucken. Du bist –«

Ich werde abgelenkt, denn mit einem Mal höre ich hinter mir meinen Namen. Eine Mädchenstimme flüstert: »Habt ihr davon gehört? Total peinlich, oder? Hanna hat doch tatsächlich ...« Ich kann nicht verstehen, wie der Satz weitergeht, denn die Stimme geht im Gemurmel der anderen Zuschauer unter.

Trotzdem bin ich irritiert – und verärgert. Die Mädchen lästern also doch über mich. Ich drehe mich mit finsterem Blick um, bereit, mich lautstark zu verteidigen, aber dann zucke ich zusammen. Die Eiskönigin Marissa hat sich gerade zu den Mädchen durchgeschlängelt und wirft das glänzende Haar nach hinten. Dabei bohrt sich ihr eiskalter Blick in meinen, von dem ich prompt eine Gänsehaut bekomme.

Wenn Blicke töten könnten ...

Ich hab absolut keine Lust, mich jetzt mit Marissa anzulegen, daher drehe ich mich wieder nach vorne und ignoriere das Tuscheln und Flüstern, in das sich jetzt immer wieder mein Name mischt. Selbst Isabell fällt das auf.

»Reden sie über dich?«, wispert sie mit riesigen Augen. »Ist was passiert?«

Ich schüttele beruhigend den Kopf. »Sie meinen bestimmt eine andere Hanna.«

»Hi!«, ertönt plötzlich eine laute Stimme vom anderen Ende der Reihe. Daria winkt uns heftig zu, zwei Kaffeebecher in der Hand. Ihr sonst so vanillehelles Gesicht ist gerötet, und die schwarzen Haare fallen ihr schwer und glatt auf die Schultern.

»Darf ich mal?« Ohne mit der Wimper zu zucken, quetscht sie sich an den Leuten unserer Reihe vorbei, die das Gesicht verziehen, als sie ihnen auf die Füße tritt, und lässt sich auf den freien Sitz neben mir fallen. Wie immer leuchtet ihr Augen-Make-up schwarz und dramatisch.

»Ich hab wieder verschlafen – und ich musste noch schnell Kaffee holen.« Sie drückt mir einen heißen Becher in die Hand. »Seit mein Vater ausgezogen ist, versteckt meine Mutter ihren Vorrat, weil sie meint, dass ich noch viel zu jung für so viel Kaffee bin. Sie hat echt keine Ahnung.«

»Dein Vater ist ausgezogen?«, wiederhole ich. »Das wusste ich ja gar nicht.«

Daria macht eine wegwerfende Handbewegung. »Meine Eltern haben sich vor ein paar Monaten getrennt – wegen einer Affäre. Ist das nicht ein Klischee? Jedenfalls ist mein Vater ausgezogen und ich sehe ihn kaum noch. Mit meiner Mutter verstehe ich mich nicht gerade gut. Ständig hat sie was an mir auszusetzen.« Sie rollt die Augen. »Wir sind total verschieden, aber das will sie nicht einsehen.«

»Kann ich absolut verstehen«, nicke ich. »Wenn ich mir vorstelle, dass ich alleine mit meiner Mutter zusammenleben müsste, würde ich vermutlich durchdrehen. Wir haben nämlich auch vollkommen andere Ansichten, und sie hört mir nie zu.«

Daria beugt sich näher zu mir. Ihre großen Ohrringe blitzen im Flutlicht. »Jetzt etwas viel Wichtigeres. Sag schon: Was hast du dir nur dabei gedacht?«

Ich sehe sie verwirrt an, während ich einen Schluck Kaffee trinke. Er ist nicht ganz so gut wie der, den Jake gestern besorgt hat, aber immerhin. »Was meinst du?«

Daria wedelt mit den Armen, Milchschaum spritzt aus ihrem Becher. »Veräppelst du mich? Alle reden davon, dass du –«

»Hey, Daria, hast du es schon gehört?«

Daria und ich wirbeln gleichermaßen herum. Daria kneift die dunklen Augen zusammen, als sie erkennt, dass sich das dunkelblonde Mädchen, Marissas Freundin, von hinten zu uns hinunter beugt.

»Was ist, Vivian?«, fragt Daria kurz.

»Charlotte ist heute aus der Reha entlassen worden«, erwidert sie. Sie spricht nur zu Daria und ignoriert mich vollkommen. »Sie ist wieder zu Hause, aber vermutlich kommt sie erst nächstes Jahr wieder zur Schule. Das Abi kann sie erst einmal vergessen.«

Charlotte? Ich runzle die Stirn. Ach so, das ist das Mädchen, das diesen schlimmen Unfall hatte und dessen Platz ich im Volleyballteam eingenommen habe.

»Oh, das tut mir leid«, antwortet Daria, wirkt aber plötzlich erleichtert. »Grüßt sie doch mal von mir, wenn ihr sie besucht.«

Das Mädchen nickt. Dann wirft sie einen vielsagenden Blick auf mich. »Klar. Die arme Charlotte verpasst echt eine Menge.« Damit setzt sie sich zurück auf ihren Platz und steckt mit Marissa die Köpfe zusammen.

Daria wendet sich wieder mir zu und flüstert mit zusammengezogenen Brauen: »Okay, Hanna, raus mit der Sprache: Hast du es wirklich mit Jake getan?!«

13

Ich spucke fast den Kaffee aus, den ich gerade getrunken habe, und drehe mich hastig zu Isabell um. Sie hat jedoch nichts mitbekommen und blickt weiterhin gespannt auf das Schwimmbecken hinunter, um das sich mittlerweile die Schwimmer der verschiedenen Mannschaften scharen. Die halbnackten Jungs winken ins Publikum oder dehnen ihre Armmuskeln.

»Nein!«, zische ich Daria zu. »Nein, natürlich nicht! Wer erzählt denn so was?«

Sie sieht mich aufmerksam an, dann stößt sie die Luft aus. »Ich hab mir schon gedacht, dass es nicht stimmt. Ich schätze, Jake hat das Gerücht selbst in die Welt gesetzt. Er hat seinem Kumpel erzählt, dass ihr es in seinem Auto getan hättet, und der hat es einem anderen Typen erzählt. Du hättest dich wohl unsterblich in ihn verliebt und wolltest unbedingt mit ihm schlafen, um ihn von deinen Qualitäten zu überzeugen. Aus Mitleid hat er dann nachgegeben, obwohl er nicht auf dich steht.«

Ich zucke zurück: »... Was?!«

Daria beißt sich angesichts meines entsetzten Gesichtsausdruck auf die Lippe. »Okay, dann erzähl ich den Rest, den ich gehört hab, am besten gar nicht mehr. Jake hat irgendeinen Quatsch verzapft – und sein idiotischer Kumpel hat noch einen draufgesetzt.«

Ich packe Darias Hand. »Ich glaub's nicht! Dieser Mistkerl. Los, sag mir alles –«

»Es geht los!«, unterbricht mich Isabell und krallt die Hand in meinen anderen Arm.

Der Startschuss dröhnt so laut durch die hohe Halle, dass mir fast das Trommelfell platzt. Daria reißt den Kopf nach vorne. Gerade rechtzeitig sehen wir, wie die Schwimmer von ihren Startblöcken aus ins Becken schießen.

Der Lärmpegel rast innerhalb von Sekunden nach oben und macht eine Unterhaltung unmöglich: Begeisterung explodiert in der feuchtwarmen Luft, und Lehrer und Freunde schreien sich heiser, indem sie die Jungs lautstark anfeuern. Spritzende Wasserfontänen donnern über den Beckenrand und zerplatzen auf den untersten Tribünenreihen.

Perplex beuge ich mich nach vorne, aber von dem Rennen bekomme ich rein gar nichts mit. Jake verbreitet das Gerücht, dass ich mich in ihn verknallt habe und unbedingt Sex mit ihm haben wollte? Warum zum Teufel erzählt er so einen Müll? Ist er sauer, weil ich ihn gestern nicht rangelassen hab? Was bildet sich dieser Möchtegern-›Mr. Hollister‹ eigentlich ein?!

Jetzt wird mir klar, wieso Marissa und ihre biestigen Freundinnen mich so höhnisch ansehen und über mich tuscheln: Sie halten mich für eine leicht zu habende Schlampe.

Ich kralle die Finger in meine dünne Lederjacke und beiße die Zähne zusammen. Am liebsten würde ich aufspringen, Jake aus dem Wasser zerren und ihn sofort zur Rede stellen, aber wohl oder übel muss ich dieses bescheuerte Rennen abwarten. Mit knirschenden Zähnen hocke ich auf meinem Sitz. Auch Daria rutscht unbehaglich auf ihrem Hintern herum und wirft mir immer wieder besorgte wie mitfühlende Blicke zu, die aber alles nur noch schlimmer machen.

»Das wird schon wieder«, formt sie mit den Lippen. »Jake ist ein Idiot.«

Und was für einer!

Nach ungefähr zwei Stunden ist der Wettkampf endlich vorbei und meine Wut rasant angestiegen. Jubelstürme brechen auf unseren Rängen aus, und Lehrer und Schüler fallen sich jauchzend in die Arme. Offenbar haben wir gewonnen – aber das ist mir genauso schnuppe wie die Details der peinlichen Geschichte, die Jake über mich verzapft. Ich will nichts mehr darüber hören, sonst kann ich für nichts garantieren.

Sobald die Schwimmer aus dem Wasser gestiegen sind, springe ich auf.

»Ich bin gleich wieder da«, sage ich grimmig zu Daria und Isabell. »Ich will Jake nur – gratulieren. Und die Sache klären.« Und damit dränge ich mich an den feiernden Leuten vorbei und stapfe die Treppe hinunter. Durch die aufgeheizte Luft kringeln sich meine Locken noch wilder über die Schultern als sonst, doch ich streiche sie nicht hinter die Ohren. *Feuerhaar*, hat Jake gesagt. Ha, aber offenbar hat er nicht damit gerechnet, dass er sich so schnell die Finger verbrennen würde.

Am glitschigen Beckenrand angekommen recke ich den Kopf und weiche dabei aufgeregten Unterstufenschülern und stolzen Lehrern aus. Zwei Reporter mit Aufnahmegeräten und Kameras versperren mir die Sicht. Fotoblitze glimmen auf und blenden mich.

Mit zusammengekniffenen Augen drehe ich mich ein Stück zur Seite, und ... ach da! Endlich entdecke ich Jakes große Gestalt. Er reibt sich ein paar Schritte entfernt mit einem Handtuch über das nasse Haar und spricht mit einem älteren Mann, wahrscheinlich dem Trainer. In diesem Moment verabschiedet sich der Mann und geht zum nächsten Schwimmer, worauf ich zu Jake aufschließe.

»Hi«, sage ich hinter ihm und versuche, das verräterische Beben in meiner Stimme zu unterdrücken. Nicht gleich ausrasten. Ruhig bleiben. »Herzlichen Glückwunsch zum Sieg.«

Er dreht sich zu mir um und hebt überrascht die Brauen.

»Oh, hey, Hanna«, sagt er. Er verzieht das Gesicht und reibt sich über den Nacken. »Ich wusste gar nicht, dass du da bist.«

»Die ganze Schule ist hier«, antworte ich patzig, bevor ich tief Luft hole. Nett sein. Versuch, nett zu sein. »Hör zu, gehen wir gleich einen Kaffee trinken? Mir ist da etwas zu Ohren gekommen, das ich dich fragen muss.«

Er verengt die Augen. »Ach so? Was denn?« Seine Verwirrung ist so schlecht gespielt, dass er sich sofort verrät. Meine Hände ballen sich zu Fäusten. Es ist also tatsächlich wahr, dass er diesen Blödsinn über mich herumposaunt.

»Verkauf mich nicht für dumm«, zische ich. »Du hast herumerzählt, dass ich mich an dich rangeschmissen hätte und du aus Mitleid Sex mit mir gehabt hättest. Warum tust du das? Bist du so bescheuert, dass du dich nicht mehr daran erinnern kannst, dass du *mich* geküsst hast und nicht umgekehrt?!«

Jake blickt sich über die Schulter um, aber er kann ein leichtes Grinsen nicht unterdrücken. »Sorry, da muss mein Kumpel wohl etwas falsch verstanden haben. Aber du solltest dich über die Geschichte freuen. Ich bin der heißeste Typ der Schule und das

Gerücht wird dir ganz sicher helfen, schnell in die besten Kreise aufgenommen zu werden.«

»… Was?« Eine Sekunde bin ich wie vor den Kopf geschlagen, doch dann nimmt die kochende Wut überhand. »Hast du sie noch alle?! Du …« Ich breche ab, denn auf einen Schlag merke ich, wie die Leute uns sensationslüstern anstarren und amüsierte Blicke wechseln.

»Hanna hat Jakes Abfuhr wohl nicht verkraftet«, kichert eine Mädchenstimme unterdrückt.

Meine Schultern zittern vor Zorn. Ich werde gerade zum Gespött der ganzen Schule. Und das nur wegen dieses idiotischen Dorfjungen Jake, der glaubt, er kann alles mit mir machen.

»Du Mistkerl«, knurre ich und weiche zurück. »Ich bin noch nicht fertig mir dir. Ich werde dich noch …«

Langes dunkles Haar fliegt plötzlich in glänzenden Wellen an mir vorbei, und in der nächsten Sekunde verpasst mir jemand einen harten Schlag gegen die Schulter.

»Ah!« Ich rutsche auf den nassen Fliesen weg und rudere wild mit den Armen in der Luft herum. Die Welt schwankt und kippt, belustige Gesichter und grinsende Münder blitzen vor mir auf.

»Pass auf!«, ruft eine Stimme, und irgendjemand streckt mir den Arm hin, aber … zu spät. Ich kann das Gleichgewicht nicht halten. Mit einem Schrei stolpere ich rückwärts über den Beckenrand – und stürze vor den Augen der gesamten Schule in den Pool.

Teil 2:

ABGEKARTETES SPIEL

14

»Schnell, eine Decke für Hanna!«

Die Vertrauenslehrerin Frau Kretschmann flattert wie ein aufgescheuchtes Huhn um mich herum, während ich wie ein begossener Pudel am Beckenrand stehe. Meine Klamotten, meine Haare, meine Chucks – alles ist triefend nass und stinkt nach Chlor.

Daria und Isabell sind von ihren Plätzen aufgesprungen und wuseln umher, indem sie versuchen, meine Lederjacke, die ich bei meinem Sturz verloren habe, aus dem Becken zu fischen.

Mitleidige Blicke flackern um mich herum, aber darunter mischt sich auch unterdrücktes Kichern und Tuscheln. Meine Wangen brennen wie Feuer, und ich klammere die Arme um meine zitternden Schultern.

Zum Teufel, ich bin vor den Augen der ganzen Schule in den Pool gefallen. Geht's eigentlich noch peinlicher?! Ich wünschte, irgendwo würde sich ein Loch auftun, in das ich mich stürzen könnte.

Heftig reibe ich mir das brennende Chlorwasser aus den Augen, doch dann erstarre ich. Nur am Rande bekomme ich mit, wie Frau Kretschmann mir eine Decke um den Körper hüllt. Mein Blick bohrt sich in ein Pärchen, das sich nicht mal drei Schritte entfernt aneinanderschmiegt. Ein großer blonder Typ in einer Trainingsjacke hält den Arm um ein hübsches dunkelhaariges Mädchen auf Mörderabsätzen geschlungen.

Das sind Jake – und Marissa.

Die Erkenntnis fährt wie ein Boxschlag durch meinen Körper, und ich krümme mich unwillkürlich zusammen.

Marissa. *Sie* ist es gewesen. Sie hat mich gerade zur Seite gerammt, wodurch ich auf den nassen Fliesen ausgerutscht und in den Pool gefallen bin. Und sie hat es mit voller Absicht getan.

Wie betäubt schüttele ich den nassen Kopf und lasse mich von Frau Kretschmann wegziehen, doch Marissas triumphierender, eiskalter Blick verfolgt mich.

Tja, Hanna, jeder bekommt das, was er verdient. Ich hab gewonnen – und jetzt sieh genau hin.

Ich sollte wegschauen, verschwinden, mich verkriechen, aber ich kann mich nicht abwenden. Marissas Show gilt nur mir. Sie zieht eine dunkle Braue hoch, ehe sie die Hände um Jakes Hals schlingt – und ihn leidenschaftlich auf den Mund küsst.

Und in diesem Moment wird mir alles klar. So klar, dass ich mich frage, ob ich bisher mit Tomaten auf den Augen durch das Dorf gewandert bin. Ich unterdrücke ein heiseres wie entsetztes Keuchen.

Ich sehe Jake vor mir, wie er mir im Krankenzimmer zu zwinkert und mit mir flirtet – direkt vor den Augen seines Kumpels Sebastian. *»Ich freu mich schon auf deine Willkommensfeier.«*

Im Schulflur hat Jake plötzlich den Arm um mich gelegt und posaunt, dass er mich nach Hause fährt – vor den Augen von Marissas Freundinnen. Danach ist er mit mir zum Marktplatz gefahren und hat sein Auto direkt vor dem einzigen Café des Dorfes platziert, um mir die Zunge in den Hals zu stecken. Weil er wusste, dass Marissa und ihre Freundinnen früher oder später an dem Auto vorbeispazieren und uns garantiert entdecken würden.

Jetzt hat er noch einen draufgesetzt, indem er das idiotische Gerücht verbreitet hat, dass ich mich ihn verliebt hätte und unbedingt mit ihm schlafen wollte. Und dann …

Fassungslos starre ich Jake und Marissa an. Frau Kretschmann drängt mich in Richtung Ausgang. Dennoch flimmern ihre Gesichter weiter vor meinen Augen, eng einander geschmiegt, die Lippen aufeinandergepresst.

Jake hat das alles allein für Marissa inszeniert. Er wollte sie eifersüchtig machen. Er wollte sie zurück.

Und ich bin nichts weiter als ein Kollateralschaden seines Plans.

Das kriegt der Mistkerl zurück!

15

18 Tage später

01. November, 00:23 Uhr

Wir haben seine Leiche gefunden.
Und du bist schuld an seinem Tod.

Die grelle Halogenschiene an der Decke sticht in meine Augen, sodass ich blinzeln muss. Kalt und feucht scheuert das Kleid an meinen nackten Beinen, auf denen sich prompt eine harte Gänsehaut aufrichtet. Meine Schultern unter der Decke zittern. Obwohl der Raum keine Fenster hat, höre ich draußen den Wind heulen und den Regen gegen die Mauer klatschen. Die schwarzen Tannen schwanken, die Büsche rascheln.

›Wir haben seine Leiche gefunden.‹

Nein, schicke ich ein stummes Stoßgebet zum Himmel. Das stimmt nicht. Das darf einfach nicht stimmen. Bitte nicht, ich darf nicht schon wieder schuld sein.

Ich versuche, ruhig zu atmen, mich zu konzentrie-

ren, doch stattdessen beiße ich so fest die Zähne zusammen, dass meine Schläfen vor Anspannung zu pochen anfangen.

Wie konnte alles nur so verdammt schieflaufen? Was haben wir uns bloß dabei gedacht?

Die beiden Männer in den Uniformen, die gerade hereingekommen sind, beobachten mich mit steinernem Kiefer. Dann drückt der linke Polizist die gespreizte Hand auf den Tisch.

»Wir wissen, wozu du fähig bist, Hanna«, erklärt er mit kalter Stimme. »Du hast es schon einmal getan. Und jetzt wollen wir wissen, warum du nicht damit aufhören kannst.«

16

17 Tage zuvor

15. Oktober, 07:59 Uhr

Obwohl ich mir wünschte, nie wieder einen Fuß in die Schule zu setzen, komme ich natürlich nicht drum herum. Nicht nur das Gerücht, dass ich mit Jake Sex hatte, ist das Gesprächsthema Nummer eins. Auf dem Schulflur spricht auch jeder davon, wie Marissa mich als ihre nicht ernst zu nehmende Konkurrentin in den Pool gestoßen und sich Jake zurückgeholt hat.

»Jake und Marissa waren das Traumpaar der Gutenberg«, hat Daria erzählt. »Anfang des Jahres haben sie sich getrennt. Jake war danach ziemlich fertig.«

Ja, er war fix und fertig – und er wollte sie zurück. Und dafür kam ihm die dumme Neue gerade recht. Er ist mir nicht nur an die Wäsche gegangen, hat auf meinen Gefühlen herumgetrampelt und mich vor der ganzen Schule als naives Dummchen blamiert – nein, der Mistkerl hat mich *benutzt*. Benutzt, um seine biestige Ex eifersüchtig zu machen, damit sie zu ihm zurückkommt.

Und er hat es geschafft.

Ich beiße die Zähne so fest zusammen, dass sie fast knirschen, als ich die Treppe zur Mathestunde hinaufsteige.

Jake ist ein gemeiner, eingebildeter Dreckskerl – und Marissa dümmer, als ich dachte, wenn sie auf einen so dämlichen Trick hereinfällt.

Sie sind das perfekte Paar.

Am liebsten würde ich schnurstracks zu Jake marschieren und ihm eine knallen, aber ich reiße mich zusammen. Ich wollte hier von vorne anfangen; ich wollte nett und brav sein und keinen neuen Ärger heraufbeschwören. Deswegen unterdrücke ich meinen Zorn und stapfe, ohne mich nach Jakes blondem Wuschelkopf umzusehen, weiter die Marmorstufen hinauf.

»Ich freue mich richtig, dass Marissa und Jake wieder zusammen sind«, sagt ein rotblondes Mädchen zu ihrer Freundin, als ich an ihnen vorbeikomme. »Ich kann mich gar nicht mehr erinnern, warum sie im Januar Schluss gemacht haben.«

Die andere nickt und wirft einen vielsagenden Blick auf mich. »Sie passen toll zusammen. Marissa ist klug und schön. Und keine Schlampe.«

Ihre Freundin kichert. »Das ist wahr.«

Autsch.

Ein pickeliger Typ aus der Mittelstufe fragt mich zwei Stufen später, ob ich ihn auch mal ranlasse – oder ob ich mich dann unsterblich in ihn verliebe. Seine halbstarken Kumpels lachen sich fast tot. Ich würde dem Winzling gerne eine scheuern, aber ich drängele mich wortlos an ihm vorbei. Dabei versuche ich, den hochroten Kopf so aufrecht wie möglich zu halten, obwohl ich mich lieber in der Toilette einschließen und vor Wut schreien würde.

Nett sein. Brav sein, bete ich mir vor. *So ist es schon schlimm genug. Mach es nicht noch schlimmer.*

Aber das ist unglaublich schwer, denn – das wird mir plötzlich messerscharf klar – schon in der ersten Woche bin ich zur größten Lachnummer des Dorfes geworden. Mein Neuanfang ist ein absoluter Fehlstart. Und alles nur wegen Jake. Das Schlimmste ist, dass ich ihn nicht einmal toll oder attraktiv fand. Ich wollte absolut nichts von ihm. Aber das wird mir niemals jemand glauben.

Und das Zweitschlimmste ist, dass er ebenfalls auf die Strokes, meine Lieblingsband, steht. Es wird Zeit, dass ich mir eine neue suche.

Mit einem bösen Knurren erklimme ich gerade die letzte Stufe, da werden Schritte hinter mir laut. »Hanna, warte!« In der nächsten Sekunde steht Daria neben mir und mustert mich besorgt. Heute trägt sie ihr schwarzes Haar in einem dicken geflochtenen Zopf. Ihre großen Creolen schaukeln. »Alles okay? Wie geht's dir? Ich hab dich angerufen, aber du bist nicht drangegangen.«

»Es geht mir hervorragend«, antworte ich zähneknirschend. »Wirklich toll.«

Daria tätschelt meinen Arm, ehe sie mich mit sich zieht und den gaffenden Leuten um uns herum böse Blicke zuwirft. »Mach dir nichts draus. Die Idioten glauben, sie spielen bei ›Gossip Girl‹ mit, dabei ist das eher ›The Walking Dead‹.«

Ich schaffe es, mein Gesicht zu einem Grinsen zu verziehen. »Danke. Aber ich mag ›The Walking Dead‹ sogar.«

»Ich auch. Aber die werden schon aufhören zu glotzen, sobald irgendein anderes Thema aufkommt.«

Ich nicke, auch wenn ich nicht überzeugt bin. Mein Ruf ist dahin. Für immer. »Klar. Hey, kann man in diesem Dorf eigentlich irgendwo tanzen gehen? Meine Eltern drehen dann bestimmt durch, aber ich muss dringend auf andere Gedanken kommen.«

»Versteh ich«, Daria nickt. »In der nächsten Stadt gibt's eine Disco, aber ich würde nicht mitkommen. Weißt du, das war nicht nur ein Spaß, als ich gesagt hab, dass ich jetzt Höchstleistungen bringen muss. Ich muss eigentlich nonstop lernen, sonst schaffe ich das Abi nächstes Jahr womöglich nicht.«

»Ernsthaft?«, sage ich. »Kein Spaß mehr wegen der Schule?«

Daria nickt wieder. »Ich war in letzter Zeit ziemlich abgelenkt und muss mich jetzt aufs Wesentliche konzentrieren.« Dann lacht sie auf. »Hört sich an, als wäre ich der totale Oberstreber. Aber eigentlich will ich nur nicht durchfallen und noch länger hier versauern. Meine durchgeknallte Mutter hat sich in den Kopf gesetzt, dass ich nach der Schule eine Ausbildung in der Bank mache, in der sie arbeitet. Aber das kann mir unter keinen Umständen vorstellen. *Brr.*« Sie schüttelt sich. »Allein bei dem Gedanken wird mir schon ganz anders. Ich wollte immer auf eine Journalistenschule gehen, aber das Studiengeld ist so unfassbar teuer. Keine Ahnung, wie ich das bezahlen soll. Das Schulgeld ist jetzt schon so hoch. Mein Vater hat bestimmt keine Lust, auch noch diese Kosten zu übernehmen.«

»Du könntest dich für ein Stipendium bewerben«, schlage ich vor, dann seufze ich. »Von deiner Motivation sollte ich mir eine Scheibe abschneiden. Ehrlich gesagt sehe ich mich selbst auch noch nicht mit einem Abizeugnis in der Hand winken.«

»Dann können wir uns ja ab sofort gemeinsam anstrengen«, grinst Daria. »Ich kann zwar nicht mit einer fetten Party auffahren, aber vielleicht gibt's eine Alternative, wie wir dich auf andere Gedanken bringen können. Komm, gehen wir ins Büro der Schülerzeitung. Ich hab immer einen Notfallvorrat Schokolade da, den wir jetzt –«

»Hanna!«, unterbricht sie eine laute Stimme.

Wir drehen uns um und entdecken Jake, der winkend die Treppe hinaufsprintet. Die Schüler der unteren Klassen machen ihm automatisch Platz und quetschen sich mit ihren Rucksäcken gegen das Geländer. Lieber würde ich mich die Stufen hinunterstürzen, als mit ihm zu sprechen. Allein der Klang seiner Stimme bringt mich auf die Palme.

»Gehen wir«, sage ich zu Daria und drehe mich demonstrativ weg, doch schon ergreift seine starke Hand meinen Arm und hält mich fest.

»Ich will nur kurz mit dir reden. Bitte.«

»Du hast doch gehört, dass sie keinen Bock auf dich hat«, knurrt Daria. »Hast du kein ultrawichtiges Schülersprechertreffen zu organisieren? Oder musst du nicht wieder ein gemeines Gerücht verbreiten?«

Jake ignoriert sie und drückt seine Finger fester in meinen Arm. Mein Magen dreht sich wütend um, als ich daran denke, wie seine Hand unter meinen Pullover gewandert ist.

»Nenn mir einen Grund, wieso ich auch nur ein Wort mit dir reden sollte, du Lügner«, zische ich.

Er zuckt zurück, dann nickt er. »Das mache ich. Wenn wir alleine sind.«

Ich wechsele einen Blick mit Daria. Sie hat die dunklen Brauen zusammengezogen und die Arme vorm Körper verschränkt.

»Bitte«, fügt Jake hinzu. »Es dauert nur fünf Minuten.«

Ich stoße die Luft aus. »Fünf sinnlose Minuten, die ich niemals zurückbekommen werde. Na schön, bringen wir es hinter uns.«

17

Jake schleppt mich in den leeren Gang mit dem Lehrerzimmer und dem Büro der Schülervertretung. Als wir voreinander stehen, zucken seine Lippen, als würde er eine Bemerkung zurückhalten wollen. Ich starre auf seinen Mund und ärgere mich darüber, dass ich sofort daran denken muss, wie toll er küssen kann.

»Also, was willst du?«, frage ich zwischen zusammengebissenen Zähnen. »Ich hab nicht viel Zeit. Für jemanden wie dich schon gar nicht.«

Er streicht sich die hellen Haare aus der Stirn. »Hör mal, ich will nicht, dass du schlecht von mir denkst. Ich finde dich echt cool und witzig. Aber im Schwimmbad ist es total dumm gelaufen. Marissa und ich haben gerade erst ...«

»Lass es!«, stoppe ich ihn und werfe mir heftig eine Locke aus dem Gesicht. »Es ist mir vollkommen egal, was mit Marissa und dir ist. Sonst noch was?«

Er verzieht das Gesicht. »Ich verstehe, dass du sauer bist. Das war bescheuert von mir weiter zu erzählen, dass wir geknutscht haben. Sebastian muss da ein paar Sachen falsch verstanden haben.« Er lügt so schlecht, dass ihm am liebsten eine scheuern würde, aber ich kann mich gerade so zusammenreißen.

»Ich möchte – na ja, die Wogen glätten«, fährt er – scheinbar zerknirscht – fort. »Ich hab keine Lust auf Streit und Ärger. Vielleicht können wir ja Freunde sein. Hier, warte mal ...« Er öffnet seine Tasche und zieht einen kopierten Bogen heraus. Irritiert starre ich darauf. »*Klausur 12.1 – Physik Grundkurs*« steht ganz oben. Und darunter »*Aufgabe 1: Berechnen Sie den ...*«. Und dann ...

»Was. Ist. Das?«, presse ich hervor. Ich reiße ihm die Seiten aus der Hand und überfliege den Inhalt. Nein, ich habe mich nicht getäuscht. Das ist tatsächlich die Physik-Klausur, die wir nächste Woche schreiben werden. Inklusive ausführlicher Antworten.

»Jake, was soll das?! Bist du total bescheuert?!«

»Hey, nicht so laut!«, er blickt sich um, doch außer uns ist niemand zu sehen. Er beugt sich näher zu mir. »Das ist mein Friedensangebot. Du hast doch gesagt, dass du schlecht in Physik bist. Aber jetzt fällst du garantiert nicht durch. Damit sind wir quitt und vergessen das Ganze einfach.« Er legt den Kopf schief, doch als ich ihn immer noch fassungslos anblicke, setzt er nach: »Ich hab's nett gemeint.«

Endlich reiße ich mich aus meiner Schockstarre. Wild schüttele ich den Kopf und wedele gleichzeitig mit der Klausur vor seiner Nase herum. »Ich lass mich ganz bestimmt nicht bestechen, nur damit du meinst, dass zwischen uns wieder alles gut ist. Die Klausur kannst du dir sonst wohin stecken!«

»Jetzt bleib mal locker«, Jake tritt einen Schritt zurück und verengt die Augen. »Es war echt nicht leicht, an die Klausur ranzukommen. Jetzt kannst du dich perfekt vorbereiten, und deine Note ist gerettet. Eigentlich solltest du mir dankbar sein.«

Das ist zu viel. Obwohl ich mich die ganze Zeit wie verrückt zusammengerissen habe, explodiert nun heiße Wut in meinem Kopf.

»Dankbar?!«, schreie ich. »Wofür denn zum Teufel?! Dafür, dass du mich komplett verarscht hast und die Leute sich über mich kaputtlachen? Oder dafür, dass du mich jetzt auch noch zum Betrügen animieren willst?! Danke für nichts, du Vollpfosten! Lass mich einfach in Ruhe, ich bin fertig mit dir!«

»Reg dich doch nicht so auf! Ich wollte dir –«, Jake bricht verdutzt ab, denn in diesem Moment schlägt die Tür vom Lehrerzimmer auf – und ausgerechnet der Physiklehrer Doktor Mattis kommt heraus. Er trägt einen lächerlichen Pullunder mit Rautenmuster und etwas zu große Hosen aus Tweedstoff.

»Was ist hier los?«, fragt er über seiner randlosen Brille. »Warum brüllt ihr hier so herum? Jakob? Hanna?«

Ich weiche erschrocken zurück. Siedend heiß wird mir klar, dass ich immer noch die Physikklausur in der Faust halte. Hastig verstecke ich sie hinter dem Rücken.

Und das ist der Fehler.

Scheiße.

Doktor Mattis' Blick durchbohrt mich, als könnte er riechen, dass etwas faul ist. Mit zusammengekniffenen Augen baut er sich vor mir auf.

»Hanna Vogelsang, was hast du da in der Hand?«

»Ich ...«

Mir wird gleichzeitig heiß und kalt. Was jetzt? Wegrennen? Alles erklären? Jake die Klausur in die Hand drücken? Sie schnell zerreißen und aufessen? Oh, Hilfe, was soll ...

»Mach schon, Hanna, zeig, was du da hast.« Ungeduldig wackelt Doktor Mattis mit dem Kopf.

Mein Arm zittert, als ich ihn in Zeitlupe hebe. »Das kann ich erklären –« Doch der Lehrer reißt mir den Klausurbogen weg, bevor ich zu Ende sprechen kann. Überraschung und Zorn wischen alle Farbe aus seinem Gesicht.

»Doktor Mattis, ich wollte das gerade regeln«, erklärt Jake. »Ich habe Hanna gesehen, wie sie ... wie sie die Klausur eingesteckt hat und sie zur Rede gestellt.«

»Was?«, ich schnappe nach Luft. »Nein, das stimmt nicht! Jake hat mir die Klausur gegeben, ich hab nichts getan!«

Der Lehrer wechselt einen Blick zwischen Jake und mir. Zwischen Jakes blonden Brauen hat sich eine steile Falte gebildet; er blickt angestrengt an mir vorbei, Doktor Mattis aber offen ins Gesicht. Ich beiße die Zähne zusammen, denn es ist nicht schwer zu erraten, wem der Lehrer glauben wird – seinem klugen Lieblingsschüler und engagiertem Schülersprecher oder der schwierigen Neuen mit der dunklen Vergangenheit. Das Ganze ist so unfair und gemein, dass ich am liebsten schreien würde.

»Du bist so ein Mistkerl!«, fauche ich wutentbrannt. »Wie kannst du nur ...«

»Hanna! Ich bitte dich, mäßige deinen Ton!«, Doktor Mattis schlägt mit der zusammengerollten Klausur in seine Handfläche wie mit einem Schlagstock. »Macht schon, verschwindet in euren Unterricht. Aber ich verspreche, das wird ein Nachspiel haben.«

18

Zu Hause erzähle ich erst einmal nichts von der »gestohlenen« Klausur. Mom ist nämlich seltenerweise bestens gelaunt und ich möchte nicht riskieren, sie mit dieser Geschichte direkt wieder wütend zu machen, nachdem sie schon wegen einer Nichtigkeit wie meinem Sturz in das Schwimmbecken ausgerastet ist.

»Hanna, du musst wirklich besser aufpassen!«, hat sie gemeckert. »Ich kann nicht fassen, wie tollpatschig du immer bist. Am Ende brichst du dir noch den Hals!«

Wenn sie erfährt, dass ich angeblich eine Klausur geklaut habe, wird sie garantiert ausflippen.

Nach dem Unterricht wurden Jake und ich zum Schuldirektor – dem Opa mit dem Siegelring und dem Wollanzug – zitiert, der uns gleichermaßen aufmerksam wie ernst ins Gesicht sah. Ich zitterte am ganzen Körper vor Wut, als Jake eiskalt wiederholte, er hätte mich dabei beobachtet, wie ich die Klausur mit den Lösungen eingesteckt hätte. Die ganze Zeit sah er nicht in meine Richtung, was mich noch rasender machte.

»Das ist gelogen!«, protestierte ich sofort. »Ich hab doch überhaupt keine Ahnung, woher ich die Klausur hätte nehmen sollen! Jake hat als Schülersprecher dagegen Zugang zu allen möglichen Büros!«

»Ich habe es gar nicht nötig, eine Physikklausur zu stehlen«, hielt Jake dagegen. »Ich stehe in Physik bei einer Eins.«

»Gut, Jakob, ich glaube dir«, sagte Direktor Treibholz nach einem Moment Schweigen. »Allerdings spricht Hannas Wort gegen deines. Hanna, du hast unbestreitbar Probleme in Physik. Daher würde ich dich bitten, ab morgen täglich eine Stunde mit Herrn Doktor Mattis den Stoff der vergangenen Monate durchzuarbeiten. Er weiß bereits Bescheid und wird eine neue Klausur stellen.«

Mit offenem Mund starrte ich ihn an. Auch wenn der Direktor es diplomatisch ausgedrückt hatte, so kapierte ich, was hier unter der Oberfläche ablief: Er glaubte an meine Schuld, aber weil er keine Beweise hatte, konnte er mich nicht offiziell bestrafen. Daher brummte er mir die zusätzlichen Nachhilfestunden auf, was in einer anderen Sprache nichts als »Nachsitzen« bedeutete.

Mit immer noch hochroten Wangen vor Wut hocke ich jetzt am Abendbrottisch und schneide heftig an meinem Brot herum. Nur mit halbem Ohr höre ich Mom, Dad und Isabells Unterhaltung zu, denn ich bin damit beschäftigt mir vorzustellen, dass die Brotscheibe Jakes Gesicht ist.

Erst benutzt er mich, um seine eiskalte Ex wiederzubekommen, dann verbreitet er gemeine Lügen und jetzt will er mich auch noch bestechen, damit ich alles vergesse. Auf welchem Planeten lebt der Idiot eigentlich? Ich werde niemals vergessen, was für ein Scheißkerl er ist. Wie kann ich es ihm nur ...

Als plötzlich ein Name fällt, der mir bekannt vorkommt, rutscht mir fast das Messer aus der Hand.

»Mom und ich hatten heute einen Termin mit einem renommierten Architekten im Ort«, sagt Dad und häuft sich neuen Salat auf den Teller. »Goldammer heißt er. Er wird bald zu uns kommen und das ganze Durcheinander auf dem Minigolfplatz in Augenschein nehmen. Er kennt die Anlage noch von früher und meint, dass man eine Menge daraus machen kann.«

»Goldammer?«, wiederhole ich stirnrunzelnd. »Eine Marissa Goldammer geht in meine Stufe.« Die Hexe hat mich erst mit einem Volleyball angegriffen und dann in den Pool gestoßen. Ich hasse sie. Genauso wie ich Jake hasse.

»Hanna, man spricht nicht mit vollem Mund«, sagt Mom scharf. »Und sitz aufrecht, sonst bekommst du einen Buckel wie Tante Elisabeth.« Sie rollt die Alufolie von ihrem geliebten Appenzeller-Käse ab. Prompt schießt mir ein übler, stechender Geruch in die Nase. Keine Ahnung, wieso Mom diesen Stinkekäse so gerne isst. Mir wird schon allein von dem Geruch schlecht.

Ich schlucke meine unwirsche Antwort hinunter, setze mich aber auch nicht gerader hin. Mom beobachtet mich mit zusammengekniffenen Augen. Als sie sieht, dass ich mich weiter mit den Ellenbogen auf dem Tisch abstütze, seufzt sie genervt und rückt ihre goldene Haarspange zurecht.

»Ich habe mich heute beim Einkaufen mit einer Frau unterhalten«, sagt sie. »Sie hat mir ein bisschen von den Goldammers erzählt. Der Architekt Stephan Goldammer ist Marissas Vater. Und dann gibt es noch einen älteren Bruder, Valentin.« Sie macht eine bedeutungsschwangere Pause und sieht uns aufmerksam ins Gesicht. Ich verdrehe die Augen. Mom liebt Klatschgeschichten – außer wenn sie selbst betroffen ist. Dad und Isabell hören auf zu kauen, um nichts zu verpassen.

»Die Frau hat mir erzählt, dass die Familie Goldammer in den letzten Jahren einige Probleme hatte.
Die Mutter ist vor drei Jahren an Krebs gestorben.
Sie haben das Architekturbüro gemeinsam geleitet,
und ihr Tod hat den Vater aus der Bahn geworfen.
Mit der Firma ging es schleichend bergab, weil sie
fast keine neuen Aufträge erhalten haben. Stellt euch
vor, sie standen Anfang dieses Jahres noch kurz vor
dem finanziellen Ruin, weswegen sie fast ihr Haus
verkaufen und Marissa von der Schule nehmen
mussten. Eine plötzliche Erbschaft hat sie glücklicherweise gerettet.« Mom verengt die Augen und
wirft mir einen kurzen Blick zu. »Aber kaum hatten
sie diese Krise überwunden, musste Valentin eine
Haftstrafe antreten.«

»Was?«, sage ich mit vollem Mund und vergesse
für einen Moment meinen Ärger auf Jake – und den
stinkenden Käsegeruch in meiner Nase. »Marissas
Bruder ist im Gefängnis? Das ist ja krass!«

Isabell stößt mich unter dem Tisch an, sodass ich
den Bissen hinunterschlucke.

Mom blickt mich streng an. »Entsetzlich würde es
wohl eher treffen. So etwas kann eine ganze Familie
zerstören.«

»Was ist passiert?«, fragt Dad besorgt.

Moms manikürte Finger fahren über die Tischplatte. »Valentin hat jemanden überfahren und
schwer verletzt, aber sofort den Unfallort verlassen,
ohne die Polizei oder einen Krankenwagen zu rufen.«

Schweigen senkt sich über dem Abendbrottisch
herab. Ich hab das Gefühl, irgendetwas schnürt mir
die Luft ab. Auch Dad ist neben mir erstarrt. Isabell
rutscht auf ihrem Hintern herum.

Mom streicht sich seufzend über das blonde Haar.
»Das Opfer hat zum Glück überlebt. Valentin war

betrunken, hat die Polizei später festgestellt. Das und seine Fahrerflucht haben dazu geführt, dass das Urteil sehr streng ausgefallen ist, obwohl er noch jung ist. Fünf Jahre hat er bekommen.«

Ich schüttele den Gedanken an den Unfall, den Marissas Bruder verursacht hat, ab und streiche mir eine Locke hinters Ohr. Fünf Jahre? Wo hab ich das noch mal gehört? Ach so!

Plötzlich erinnere ich mich an Marissas Telefonat, das ich an meinem ersten Tag an der Gutenberg unfreiwillig belauscht habe.

»Nein, es sind nicht nur ein paar Monate!«, hat sie gesagt. *»Fünf Jahre, es sind fünf verdammte Jahre! ... Natürlich, aber ich bin aber trotzdem so – wütend. Ich hasse die ganze Situation so sehr.«*

Jetzt machen ihre kryptischen Worte Sinn: Höchstwahrscheinlich hat sie mit ihrem Bruder telefoniert. Offenbar geht es ihm im Knast nicht gerade gut. Kein Wunder also, dass sie so mies drauf ist. Ich könnte fast Mitleid mit ihr haben – wenn sie nicht so ein fieses, eiskaltes Miststück wäre.

Auch Dad runzelt die Stirn. »Warum hast du mir das denn nicht schon vorher erzählt, Greta? Wenn die Goldammers so viele Probleme haben, sollten wir vielleicht einen anderen Architekten wegen der Minigolfanlage beauftragen.«

Mom schüttelt den Kopf. »Im Gegenteil, durch unseren Auftrag helfen wir den Goldammers, die Krise hinter sich zu lassen. Außerdem sind die Referenzen der Firma hervorragend, denn –« Das Telefonklingeln unterbricht sie.

»Nanu?«, Mom hebt eine Braue. »Wer kann das denn noch sein?«

Sie steht auf und nimmt den Hörer ab, natürlich ohne den Stinkekäse in die Alufolie zurückzustopfen. Ich nehme wieder das Messer in die Hand und

säbele an meiner Brotscheibe herum, während ich
über Marissa nachdenke. Ich finde es reichlich übertrieben, dass sie mit einem Burberry-Schal, golde-
nem iPhone und Pradastiefeln herumstolziert, wo
ihre Familie doch erst Anfang des Jahres vor dem finanziellen Aus gerettet wurde. An ihrer Stelle würde
ich mich etwas bescheidener zeigen. Ich meine – das
hier ist schließlich das letzte Kuhdorf und nicht New
York. Aber, okay, das ist nicht mein Problem. Damit
soll sich Jake rumschlagen.

Ich steche das Messer in die Kruste meines Brotes.
Am liebsten würde ich dem Mistkerl …

Plötzlich stößt mich Isabell mit dem Bein an. Sie
nickt zu Mom, die blass geworden ist und die Fingern um das Telefon zusammenkrallt.

»Verstehe«, sagt sie mit maskenhaftem Gesicht.
»Natürlich, wir kümmern uns darum. Danke für den
Anruf.«

Als sie zurück zum Tisch stapft, hat sie den Mund
zu einem festen Strich zusammengepresst. Das Herz
rutscht mir in die Hose. *Scheiße.* Hoffentlich war das
nicht –

»Das war Direktor Treibholz.« Mom gräbt die Finger zwischen die Brauen, als würde ein heftiger Mig-
räneanfall hinter ihrer Stirn hämmern. »Hanna, warum zum Teufel hast du eine Physikklausur gestoh-
len? Und warum hast du uns das nicht erzählt?«

»Weil ich es nicht war!«, rufe ich sofort. »Ich hab
nichts getan, Jake wollte mir etwas anhängen!«

Mom lässt den Arm fallen und stemmt die Hände
in die Hüften. »Herrgott nochmal, ich verstehe
nicht, wie du jeden verdammten Tag etwas Neues
anstellen kannst. Weißt du eigentlich, was du uns
damit antust? Ich dachte, du hättest aus der Vergangenheit gelernt. Wir haben es doch wirklich schon
schwer genug.«

Ich knalle mein Besteck auf den Tisch. Isabell zuckt zusammen. »Ich hab dir gerade gesagt, dass ich überhaupt nichts gemacht habe! Jake hat die Klausur geklaut, es aber so aussehen lassen, als wäre ich es gewesen. Der Mistkerl wollte mich reinlegen. Aber dir ist total egal, was ich rede, du hörst mir ja nie zu!«

»Das ist doch Blödsinn, Hanna.« Mom schüttelt mit hartem Kiefer den Kopf. »Wieso sollte dieser Jake so etwas tun? Nein, eine Klausur zu stehlen ist genau deine Handschrift. Du bist sowieso so schlecht in Physik.«

Das Blut schießt mir ins Gesicht. »Ja, aber ich war es trotzdem nicht. Kapierst du das? Ich war es nicht! Warum glaubst du mir eigentlich nie?!«

»Hanna, beruhig dich«, bittet Dad, aber ich achte nicht auf ihn.

Mom stößt ein wütendes Lachen aus. »Das fragst du ernsthaft? Zum Beispiel, weil du versprochen hast, dich hier endlich zusammenzureißen? Aber was ist passiert? Na? Den ersten Tag kommst du mit einer blutigen Nase nach Hause und am zweiten Tag fällst du in einen Pool! Du gibst uns überhaupt keine Möglichkeit, dir auch nur ansatzweise zu vertrauen!«

»Mama, das war nicht Hannas –«, meldet sich Isabells leise Stimme zu Wort, aber Mom ist noch nicht fertig: »Und jetzt fängst du sogar an zu klauen! Was kommt als Nächstes? Bringst du jemanden um? Denk doch auch mal an uns. Du zerstörst nicht nur dein eigenes Leben, zum Teufel noch mal!«

Das Ganze ist so unfair, dass ich am liebsten losheulen würde, aber ich dränge die Tränen mit aller Macht zurück. »Du verstehst mich kein bisschen!« Ich springe so heftig auf, dass der Stuhl auf den Boden kracht. »Und du willst mich auch gar nicht verstehen! Dir ist es piepegal, was ich denke oder mache oder was die Wahrheit ist!«

»Dann sag uns verdammt nochmal endlich, warum ... Hey, bleib hier, wenn ich mit dir rede!«

»Hanna, warte!«, ruft mir auch Dad hinterher, aber ich poltere schon nach oben und knalle so wild die Zimmertür hinter mir zu, dass die Wände wackeln. Wutentbrannt stampfe ich mit dem Fuß auf und raufe mir die Haare, bevor ich mich aufs Bett werfe und das Gesicht ins Kissen presse. Meine Augen brennen, und ein riesiger Kloß drückt mir die Luft ab. Moms gebrüllte Worte hallen in meinem Kopf wider. Dass sie keinen Zweifel daran hat, dass ich die Klausur geklaut habe und betrügen wollte, fühlt sich wie ein Boxhieb in den Magen an.

Sie hat mir nicht verziehen, dass ich das Auto in die Luft gesprengt habe, nein, mehr noch, sie *hasst* mich. Egal, was ich mache, alles wird immer schlimmer.

Ich beiße die Zähne zusammen, damit ich nicht laut und erbärmlich aufschluchze. Jakes breites Grinsen blitzt vor mir auf. Die blonden Haare, die er mit der Hand noch mehr verwuschelt. Die eiskalte Arroganz, mit der er mich im Schwimmbad angesehen ist. Seine Lippen, die sich auf Marissas pressen. Die geheuchelte Nettigkeit, mit der er sich heute bei mir einschleimen wollte.

Ich bohre das Gesicht so fest ins Kissen, dass weiße Sterne vor meinen Augen aufblitzen.

Jake, diese miese kleine Ratte, ist an meinem schrecklichen Leben schuld. Wegen *ihm* ist Mom ausgerastet und behandelt mich weiterhin wie eine absolute Schwerverbrecherin. Wegen *ihm* lacht die ganze Schule über mich. Wegen *ihm* muss ich wie ein

Trottel nachsitzen und habe in Physik ganz unterirdische Karten. Wegen *ihm* falle ich jetzt womöglich durchs Abi, weil mich die Lehrer noch strenger als vorher beobachten. Wegen *ihm* ist mein ganzes Leben ein Reinfall!

Ich kralle die Hände in das Kissen. Am liebsten würde ich Jake die Grübchen aus dem Gesicht kratzen, und ...

Eine Vibration auf meinem immer noch provisorischen Nachttisch lässt mich zusammenzucken. Heftig atmend werfe ich mich auf die Seite und erkenne, dass mein Handy blinkend anzeigt, dass ich eine neue Nachricht bekommen habe. Ist die etwa von Jake? Hat er irgendwie meine Nummer herausgefunden? Großer Gott, ich bringe ihn um, wenn er sich jetzt schon wieder bei mir einschmeicheln will, nachdem er mich beim Direktor ins Messer hat laufen lassen!

Schnaubend umarme ich wieder mein Kissen. Am besten gucke ich mir die Nachricht gar nicht an, sonst kann ich für nichts garantieren.

Ein paar Augenblicke halte ich durch, hänge mit knirschenden Zähnen auf der Seite und wünsche die ganze Welt zum Teufel. Aber dann wird die Neugierde zu groß. Verdammt. Seufzend strecke ich mich zur Seite und angele das Handy vom Nachttisch.

Doch die Nachricht ist gar nicht von Jake. Das sehe ich sofort, auch wenn eine unbekannte Nummer als neuer Kontakt angezeigt wird.

Ich runzle entgeistert die Stirn. Ernsthaft? Schon wieder eine anonyme Nachricht? Wegen der Aufregung der letzten Tage habe ich komplett vergessen, herauszufinden, von wem die ersten beiden – *Ich gebe dir einen guten Rat: Spiel nicht wieder mit dem Feuer* und *Gieß kein Öl ins Feuer. Das Spiel ist gefährlicher, als du denkst* – stammen.

Soll ich die Nachricht einfach löschen, ohne sie zu lesen? Immerhin hab ich auch so schon genug Probleme. Ich nage an meiner Lippe, doch dann gebe ich mir einen Ruck und klicke die Meldung an. Meine Augen werden riesengroß.

Hey, Hanna,
ich hab gehört, was heute passiert ist.
Willst du dich mit mir treffen?

19

Das Anwesen ist nicht weit von unserem Haus entfernt – mit dem Fahrrad fünf Minuten –, aber das Grundstück könnte nicht gegenteiliger aussehen. Während an unserem windschiefen Häuschen grüner Efeu hinaufwächst und ein paar kitschige Gartenzwerge im Vorgarten grinsen, hebt sich das mehrstöckige, moderne Gebäude wie eine Prominentenvilla gegen den violetten Abendhimmel ab.

Ich lehne mein Rad an die Mauer, wo ich einen Moment unschlüssig stehen bleibe und an einem Matschfleck an meiner Jeans herumreibe. Ich habe mich auf Zehenspitzen hinausgeschlichen und bin über einen winzigen Wanderweg gefahren, weil ich Mom und Dad nicht um Erlaubnis für diesen späten Ausflug bitten wollte. Mom hätte sowieso »nein« gesagt. Ich hoffe, sie merken nicht, dass ich weg bin. Ach, aber selbst wenn doch: Schlimmer kann's zwischen uns sowieso nicht mehr werden.

Der kalte Wind treibt mir die Locken ins Gesicht, als ich über die Marmorplatten auf die Villa zu gehe. In die Wiese eingelassene LED-Lampen strahlen das Haus von unten an und lassen es mit seinen bodentiefen Fenstern noch ausladender erscheinen. Als ich klingele, wird die Tür innerhalb von Sekunden aufgerissen.

»Hi, schön, dass du da bist!«

Lexas strahlendes Lächeln erscheint im Türrahmen. Sie trägt eine sportliche pinke Winterjacke mit Pelzkragen, und ihr langer silberblonder Pferdeschwanz schwingt über ihre Schultern.

Ihre Begeisterung prallt gegen mich wie heiße Luft auf eine Schlechtwetterfront.

»Mama, ich fahre kurz ins Dorf, bis später!«, ruft sie über die Schulter, worauf die Antwort ertönt: »Gut, Schätzchen, pass auf dich auf!«

»Ins Dorf? Wieso denn ...«, fange ich überrumpelt an, aber Lexa antwortet nicht, sondern zieht nur die Haustür hinter sich ins Schloss und packt meinen Arm. Irritiert lasse ich mich ein Stück in Richtung der riesigen Garage mitschleifen, doch als sich das automatische Licht vor dem Tor einschaltet, reiße ich mich los. Eine kalte Windböe fegt über das gepflegte Rasenstück und wirbelt meine Locken durcheinander.

»Was soll das?«, frage ich. »Sag mir doch einfach hier, was du von mir wolltest. Wieso müssen wir ins Dorf fahren?!« Wo wir womöglich auf Jake und Marissa treffen werden, worauf ich ungefähr genauso viel Lust habe, wie meinen Kopf in einen brennenden Ofen zu stecken.

Lexa ignoriert mich, fasst in ihre Jackentasche und holt einen Schlüsselbund mit einem pinken Fellball als Anhänger heraus. Mit einem Piepsen öffnet sich das Garagentor nach oben und macht den Blick auf drei blitzende Autos frei: Einen nagelneuen schwarzen Smart, einen riesigen Geländewagen und ein dunkelblaues Cabriolet. Mir bleibt der Mund offenstehen. Die Wollbergers müssen wirklich stinkreich sein. Irgendwie macht mich das noch wütender.

»Beruhig dich, wir fahren doch gar nicht ins Dorf«, sagt Lexa, als könnte sie meine Gedanken lesen. Ihre wasserblauen Augen blicken mich ernst und forsch an. »Ich will dir etwas zeigen. Und ich verspreche, es wird dir gefallen.«

***

»Jetzt sag mir doch endlich, wohin du willst«, verlange ich zum dritten Mal. Lexa und ich brausen in ihrem Smart eine ausgestorbene Landstraße entlang, die von hohen dunklen Tannen gesäumt wird. Nieselregen fällt auf die Windschutzscheibe und trübt die Sicht.

»Wart's ab«, antwortet Lexa nur, während sie konzentriert in die Dunkelheit blickt, obwohl es dort rein gar nichts zu sehen gibt. Ich wette, eine Hirschkuh, die plötzlich die Straße kreuzt, ist das Spannendste, was in diesem Dorf passieren kann – abgesehen von der neuen, dämlichen Schülerin aus Köln, die sich nach nicht mal zwei Tagen – angeblich – unsterblich in den Mr. Sunnyboy der Gutenberg verknallt und mit ihm ins Bett – oder eher Auto – steigt. Ich rolle die Augen und werfe mich mit verschränkten Armen in meinem Sitz zurück. Die Inneneinrichtung des Wagens ist topmodern und blitzblank; in der Luft hängt ein blumig-frischer Duft von Lexas Parfum. Am Armaturenbrett ist eine kleine weiße Kunstblume befestigt, und der pinke Fellball an Lexas Schlüsselbund schlägt immer wieder gegen ihr Bein. Neben dem Plüschball funkelt ein zweiter Anhänger, den ich in der Dunkelheit nur schemenhaft erkennen kann. Als wir unter einer Straßenlaterne hindurchsausen, die den Innenraum für den Bruchteil einer Sekunde mit gelbem Licht überflutet, stelle ich fest, dass es sich um ein Foto von ihr und Sebastian – Jakes Schwimmkollegen – handelt. Er hat den Arm um sie geschlungen und sieht aus, als hätte er im Lotto gewonnen.

Ich unterdrücke ein Schnauben. Lexa führt wirklich das perfekte Leben: Sie ist schön, reich, klug und hat einen tollen Freund, der sie vergöttert. Obendrein ist sie auch noch nett, engagiert sich als Vertrauensschülerin und ist der Star der Volleyballmannschaft. Weil ich meinen ältesten Kapuzenpulli trage, der Nagellack wie üblich ziemlich abgesplittert ist und meine Wangen rot und fleckig leuchten, fühle ich mich prompt wie ein Fehler im System. Was will Miss Perfect von mir?

... Ach so! Warum hab ich nicht gleich daran gedacht?

»Ich weiß, was du vorhast«, sage ich und presse die verschränkten Arme fester um meine Seiten. Ein heftiger Wind heult gegen das Autodach, als wir um eine Kurve fahren. »Ich weiß, warum du mich sprechen wolltest.«

»Ach ja?«, Lexa runzelt die sommersprossige Stirn, sieht aber weiterhin durch die Windschutzscheibe nach draußen.

»Du willst die nette Vertrauensschülerin spielen, damit ich dir mein Herz ausschütte«, erwidere ich. »Du heuchelst Mitleid, aber in Wirklichkeit willst du nur wissen, was zwischen Jake und mir gelaufen ist, damit du etwas zum Erzählen hast, richtig? Meine Güte, könnt ihr Dorfbewohner mich nicht einfach in Ruhe lassen?!«

Lexa schweigt ein paar Sekunden. Als sie spricht, hört sich ihre Stimme belegt an, aber sie versucht es zu unterdrücken: »Das glaubst du von mir?«

Ich zucke schnaubend die Achseln, obwohl ich keine Ahnung hab, was ich noch denken soll. Ich fühle mich schrecklich – gedemütigt, wütend, verletzt und voller Selbstmitleid –, da tut es gut, endlich Dampf abzulassen. Aber vielleicht ist Lexa die falsche Person dafür.

»Sorry«, seufze ich. »Ich hatte einen beknackten Tag. Nein, eigentlich hatte ich ein beknacktes *Jahr*. Hör zu, machen wir es kurz: Ich hab's *nicht* mit Jake getan und mich auch nicht in ihn verliebt. Eigentlich konnte ich ihn vorher nicht mal richtig leiden. Er hat mich mit seinem Geschleime überrumpelt, weswegen ich zugelassen habe, dass er mich küsst. Er hat sich nur an mich rangemacht, um Marissa eifersüchtig zu machen, damit sie zu ihm zurückkommt. Das war schon alles. Ich kann dir also keine tollen Lästergeschichten bieten.«

»Das hab ich mir schon gedacht«, erwidert sie und biegt scharf auf einen holprigen, düsteren Waldweg ab. Ich muss mich in den Türgriff krallen, um nicht komplett durchgeschüttelt zu werden.

»Was willst du dann?«, frage ich. »Sag mir jetzt endlich, wo wir hinfahren!« Zweige klatschen gegen die Scheibe, und Holz bricht unter den Reifen.

Lexa antwortet nicht und hält den Wagen stattdessen so abrupt an, dass ich fast mit der Stirn gegen die Windschutzscheibe knalle.

»Okay, wir sind da.«

»Was?«, ich starre in die nieselnden Schatten, die vor der Scheibe flackern. »Was soll denn hier sein?« Die Hauptstraße liegt mindestens zweihundert Meter entfernt. So weit das Auge reicht, schwanken dichte Tannen und Büsche vor der Motorhaube. Regen läuft in langen Streifen die Scheibe hinunter.

Lexa stößt die Fahrertür auf. »Das wirst du schon noch sehen. Steig aus – oder hast du etwa Angst?« Sie zieht in der Finsternis belustigt die Brauen hoch, sodass ich ebenfalls und umso heftiger die Tür aufmache und nach draußen springe. Meine Chuckssohlen versinken im Waldboden. Tropfen fallen auf meine Stirn und meine Schultern. Eisig fährt der

Wind unter meine dünne Lederjacke und heult in meinen Ohren.

Shit, ich muss wirklich dringend meine Stiefel finden. Und meinen Wintermantel. Und Mütze und Handschuhe.

»Es ist nicht weit. Komm – und sei leise.« Lexa setzt die Kapuze ihrer dicken pinken Jacke auf und huscht durch das Unterholz davon. Es ist so dunkel, dass ich sie nach wenigen Schritten kaum noch sehen kann. Ich ziehe die Schultern zu den Ohren und verharre einen Moment, doch dann gebe ich mir einen Ruck und stolpere ihr mit einem mulmigen Gefühl im Bauch hinterher.

Lexa, die Super-Sportlerin, legt ein zügiges Tempo vor, und schon nach wenigen Metern, die ich mich durch kratzige Büsche und über knorrige Wurzeln kämpfe, zucken Seitenstiche durch meinen Körper. Unsere Schritte verursachen knackende und schmatzende Geräusche, in die sich das Heulen des Sturmes mischt. Irgendwo schreit eine Waldeule. Die Luft ist so kalt, dass mein Atem feuchten Nebel vor meinen Lippen aufsteigen lässt. Mein Körper zittert vor Kälte.

Als ich mich durch eine halbhohe Hecke zwänge, klatscht plötzlich ein scharfer Ast in mein Gesicht. Ich unterdrücke einen kleinen Schrei – und ärgere mich zu Tode über Lexas schmunzelnd erhobene Braue, mit der sie sich in der Finsternis zu mir umdreht. Verdammt, ich lasse mich von diesem dämlichen ›Herr der Ringe‹-Wald ganz bestimmt nicht einschüchtern!

Endlich öffnet sich die dichte, dunkle Baumreihe, und wir stehen auf einer kleinen Lichtung. Ich beuge mich keuchend nach vorne und drücke die Hände auf die Oberschenkel. Meine Füße fühlen sich an, als wäre ich durch einen eisigen See gewatet, soviel Wasser und Schlamm ist durch den Stoff gedrungen.

»Wo zum Geier ...«

»Psst«, macht Lexa und zieht mich am Arm zu sich. »Nicht so laut. Schau, da vorne.« Sie weist mit dem Finger geradeaus.

Ich reibe mir die Wange, auf der der dämliche Ast ein scharfes Pochen hinterlassen hat, und hebe den Blick.

»Oh!« Überrascht ziehe ich die Luft ein. Ich war so sehr damit beschäftigt, in der Dunkelheit nicht über Stöcke, Steine und Wurzeln zu fallen, dass ich kaum auf die immer größer werdenden Lichter geachtet habe, auf die wir geradewegs zu gestolpert sind. Jetzt erkenne ich, dass es sich um beleuchtete, bodentiefe Fenster handelt. Der riesige, moderne Bungalow mitten im Wald ist nur noch etwa fünfzehn Meter von uns entfernt, wird aber durch einen breiten Pool von uns getrennt. Weißer Dampf steigt aus dem blau glitzernden Wasser und vernebelt die Sicht auf die hellerleuchteten Räume. Der Pool erinnert mich an den Schwimmwettkampf, und prompt krallt sich ein wütendes Ziehen in meinen Bauch. Gleichzeitig schüttele ich verblüfft den Kopf: Wir haben Oktober. Wie dekadent muss man sein, dass man zu dieser Jahreszeit noch heißes Wasser in sein Schwimmbecken pumpt? Himmel, hier müssen noch reichere Leute als Lexas Eltern wohnen.

Plötzlich kommt mir ein neuer Gedanke. Will Miss Perfect etwa endlich einmal böse sein? Hat sie irgendwie von meiner kriminellen Vergangenheit erfahren und hält mich für die perfekte Komplizin – für was?!

»Lexa, willst du hier etwa einbrechen?«, zische ich.

»Bist du irre? Die Leute hier haben garantiert eine

ausgefuchste Alarmanlage und werden uns sofort entdecken!«

»Blödsinn!« Lexa zieht mich ein Stück weiter nach links, wo sich uns eine perfekte, freie Sicht auf den Bungalow bietet, wir aber gleichzeitig von einer halbhohen Hecke verborgen werden. Der Regen wird dichter und fällt in langen Fäden auf uns nieder. Zornig will ich meinen Arm aus ihrer Umklammerung ziehen und sie anschnauzen, was zur Hölle sie vorhat, da flammt plötzlich Licht im Zimmer direkt gegenüber auf. Ich zucke zusammen, weil wir von unserer Position aus einen hervorragenden, glasklaren Blick ins Innere des Raums haben: Die Vorhänge sind weit auseinandergeschoben, sodass wir direkt in ein protziges Schlafzimmer mit einem breiten, ungemachten Bett, einer Vitrine mit dutzenden Pokalen und einem riesigen Flatscreen an der Wand sehen. Neben der geschlossenen Tür ist ein bodentiefer Spiegel angebracht.

Ich reiße die Augen auf, als plötzlich eine Person in unser Blickfeld tritt: Ein junger Typ mit nacktem Oberkörper und blondem Wuschelhaar. Teufel noch mal, das ist ja ...

»Jake?!«

20

Fassungslos schüttele ich den Kopf. Meine Locken kleben mir feucht an den Wangen, und mein Atem wirbelt weiße Wölkchen auf. Regen prasselt auf meine Schultern und ins Gebüsch.

In seiner gewohnten *Mir-gehört-die-Welt*-Art stolziert Jake in seinem Luxuszimmer auf und ab und telefoniert mit seinem iPhone, wobei er sich immer wieder mit der Hand durch die hellen Haare fährt. Dabei tanzen die Muskeln auf seinem nackten Oberkörper und in seinem Oberarm.

In mir schnürt sich alles zusammen.

»Was soll das?«, zische ich Lexa zu. »Warum sind wir hier? Warum spionieren wir Jake hinterher?«

Lexa verzieht das Gesicht. Ihre hellblauen Augen glitzern in der Dunkelheit. »Ich will dir zeigen, dass der Schwachkopf Jake es ganz bestimmt nicht wert ist, dass man seinetwegen auch nur eine einzige Träne weint. Glaub mir, gleich beginnt die Show.«

Perplex blicke ich von Lexas sommersprossigem Gesicht und dem hellerleuchteten Schlafzimmer hin und her.

»Was?«, sage ich verdattert. »Was für eine Show? Lexa, du ...«

»Sei endlich still und sieh hin!« Sie drückt mich hinter den stacheligen Busch, der uns Sichtschutz bietet. Irgendwo über uns schreit eine Waldeule. Nebeliger Dampf steigt aus dem Pool, verhindert aber nicht, dass ich genau erkennen kann, was sich in Jakes riesigem Zimmer abspielt: Er beendet gerade das Telefonat und wirft das Handy achtlos auf sein zerwühltes Bett. Dann reckt er die muskulösen Arme zur Decke, dehnt und streckt sich, ehe er sich vor den blitzenden Spiegel an der Wand stellt. Langsam dreht er sich von links nach rechts, streicht prüfend über seine festen Bauchmuskeln und seine Hüften, bevor er sich frontal davorstellt und den Arm anwinkelt, um seinen Bizeps zu prüfen. Dann dreht er sich wieder zur Seite und presst beide Hände auf seine Pobacken, ehe er einen Ausfallschritt macht, um seine straffen Beinmuskeln zu betrachten.

Wir sind zu weit weg, um Jakes Gesichtsausdruck genau zu erkennen, aber ich wette, dass ein selbstgefälliges Grinsen seine Lippen verzieht. Oh ja, ihm gefällt, was er sieht, er ist sich seines stahlharten Körpers, seiner Ausstrahlung und Wirkung vollends bewusst. Dabei ist er nichts anderes als ein eingebildeter, idiotischer Dorfjunge!

Ich rechne halb damit, dass er seinem Spiegelbild gleich einen Kuss aufdrückt, doch plötzlich erstarrt er. Sein Blick richtet sich fest auf den Spiegel, doch er sieht nicht mehr sich selbst an, sondern ...

»Mist!«, flüstert Lexa und drückt mich nach unten, damit wir uns tiefer hinter die schützende Hecke ducken. Meine Knie und Hände pressen sich in die feuchte Erde. Heftig fegt eine Windböe über uns hinweg und wirbelt spitze Äste in meine Locken. Ich halte den Atem an und luge durch den Busch zum Haus. In diesem Moment löscht Jake das Licht.

Lexa springt geduckt auf. »Komm, wir verschwinden!«

***

Wie die Wilden rennen wir durch das knackende Unterholz zurück zum Auto, das immer noch am Rand des Waldes steht. Keuchend springe ich auf den Beifahrersitz, während Lexa sofort Gas gibt und zurück auf die Landstraße schießt.

Mein Herz trommelt in der Brust. »Oh Mann«, ich werfe mir die feuchten Locken aus der Stirn. »Das war knapp!«

»Keine Sorge, Jake kann uns nicht gesehen haben, dafür ist es im Wald viel zu dunkel«, sagt Lexa, während sie in eine Kurve düst. »Geht's dir jetzt besser? Jake ist nichts weiter als ein arroganter Affe, der sich selbst mehr als alles andere liebt. Er verdient es kein Stück, dass du dich seinetwegen schlecht fühlst.«

»Danke«, erwidere ich. »Das war richtig cool. Hey, wir hätten faule Eier gegen seine Scheibe schmeißen sollen. Er hätte sich garantiert zu Tode erschreckt!« Ich unterdrücke ein Kichern, dann werde ich wieder ernst. »Aber, Lexa, irgendwie kapiere ich immer noch nicht, was das alles soll. Ich meine – wieso hast du das getan? Wieso hast du mich hergebracht, um mich aufzuheitern? Du kennst mich doch gar nicht.«

Lexa leckt sich die Lippen. Ihre Hände krallen sich plötzlich fester in das Lenkrad.

»Was ist?«, frage ich verwirrt.

Sie nickt langsam, dann stößt sie ein Seufzen aus. »Weißt du, ich fahre fast jede Woche hierher und beobachte Jake. Dabei male ich mir aus, was ich mit diesem arroganten Mistkerl gerne alles anstellen würde.«

Verblüfft starre ich sie an. Nieselregen fliegt gegen die Scheibe. »Aber wieso das denn?«

Lexa drückt die Finger so heftig um das Steuer, dass ihre Fingerknöchel weiß hervortreten.

»Jake hat dich wegen Marissa benutzt. Und mir hat er fast das Gleiche angetan.«

Sie holt tief Luft. »Er hat mich erpresst.«

21

»Erpresst?«, wiederhole ich perplex. »Wieso? Womit?«

An der Scheibe fliegen die dunklen Tannen vorbei, dünne Streifen Regenwasser verschleiern die Sicht.

»Er hat sich an mich herangemacht, kurz vor der Schülersprecherwahl im Sommer. Und ich war dumm genug, auf ihn reinzufallen.« Lexas Stimme klingt plötzlich kühl und beherrscht, aber ich nehme trotzdem das leichte Beben darin wahr. Starr blickt sie hinaus in die Dunkelheit, während wir über die ausgestorbene, nasse Landstraße brausen.

»Jake und ich waren die einzigen Kandidaten; wir waren Konkurrenten. Das war irgendwie aufregend, weil wir gleichzeitig miteinander ausgegangen sind. Doch als Jake hatte, was er wollte, hat er mich eiskalt fallengelassen – und mich erpresst, meine Kandidatur zurückzuziehen.«

Ich starre sie an. Als wir unter einer Straßenlaterne hindurchfahren, blitzt mich ihr blasses, wütend verzerrtes Profil an.

»Was hat er getan?«, frage ich, obwohl ich nicht weiß, ob ich die Antwort wirklich hören will.

Sie stößt ein böses Lachen aus und krallt die Hände so fest ins Lenkrad, dass ich Angst habe, sie könnte es gleich abreißen. »Er hat Fotos von mir gemacht, als wir allein waren. Unzweifelhafte, erotische Fotos. Ich hab mir nichts dabei gedacht. Mir gefiel es sogar, dass er mich so sexy fand. Aber dann hat er gedroht, die Bilder ins Internet zu stellen, sie allen seinen Freunden zu schicken und sie in der ganzen Schule aufzuhängen, wenn ich nicht als Schülersprecherkandidatin zurücktrete. Er wollte das Amt unbedingt, weil es sich gut in seiner Bewerbung für die private Uni, an die er gehen will, machen würde. Ich bin aus allen Wolken gefallen, war fassungslos – und unfassbar wütend. Heute frage ich mich, wie ich so bescheuert sein konnte, ihm und seiner schleimigen Art auf den Leim zu gehen. Ich hätte wissen müssen, dass er überhaupt nicht an mir interessiert war. Ich habe nachgegeben, Jake ist Schülersprecher geworden – und seitdem hasse ich ihn noch mehr. Jedes Mal, wenn ich ihn sehe, würde ich ihn am liebsten erwürgen. Gleichzeitig lacht er sich ganz sicher über mich und meine Dummheit kaputt.«

Schweigen senkt sich über uns, doch ich spüre Lexas Wut wie eine heiße Welle, die gegen meine Wangen schlägt.

»Das gibt's doch nicht«, sage ich verblüfft. »Jake ist absolut irre. Warum bist du nicht zu einem Lehrer gegangen? Du hättest doch sicher Hilfe bekommen.«

Lexa presst die Lippen zusammen. Eine silberblonde Strähne hat sich aus ihrem Zopf gelöst und fällt über ihre Wange, aber sie streicht sie nicht zurück. Der Wind heult in den Baumkronen und wirbelt feuchte Blätter gegen die Autoscheibe. Plötzlich weiß ich, dass sie irgendetwas zurückhält. Irgendwas hat Jake ihr noch angetan, was über diese Erpressung hinausgeht. Meine Nackenhaare stellen sich alarmiert auf.

»Ich hatte Angst«, sagt sie nach einem Moment. Regenwasser spritzt auf, als wir über eine Pfütze brausen. »Armselig, oder? Als Jake mir die Fotos gezeigt und mich erpresst hat, hab ich gesagt, dass er spinnt und dass ich mich garantiert nicht von so etwas einschüchtern lasse. Aber dann ...« Sie hält die Luft an. Als sie sie schließlich ausstößt und weiterspricht, habe ich das Gefühl, dass eine riesige Last von ihr abfällt. Ich wette, sie hat noch nie jemandem davon erzählt. »Jake hat mich gepackt, geschüttelt und angebrüllt, dass er noch viel weiter gehen würde, wenn ich mich noch länger querstelle. Ich hatte noch wochenlang blaue Flecken an den Oberarmen, weswegen ich nur lange Oberteile tragen konnte. Doch anstatt mich zu wehren, habe ich klein beigegeben. Jake hat seinen Willen bekommen. Weil ich Angst hatte. Ich war ein Feigling.«

Eine Gänsehaut überzieht meinen Nacken. Ich spüre, dass alle Farbe aus meinem Gesicht gewichen ist. »Oh Gott, Lexa. *Du* hast nichts falsch gemacht, das ist dir doch klar, oder? Jake ist ein krankes Arschloch. Er hat dir wehgetan und noch mehr Prügel angedroht. Der Kerl gehört hinter Gitter!« Oder in eine psychiatrische Anstalt für Gewaltverbrecher. Er sollte dringend eine Therapie machen.

Und nicht ich.

Lexa beißt die Zähne zusammen. »Klar, ich weiß, dass er der Böse von uns beiden ist, aber das ändert nichts daran, dass er gewonnen hat. Ich war einfach – schwach und feige. Das werde ich mir nie verzeihen. Aber jetzt ist es zu spät.« Sie wendet sich mir zu. Ihre Augen glänzen feucht. »Du bist nicht die Einzige, die ein Opfer von Jakes Plänen geworden ist. Das wollte ich dir sagen. Du bist nicht alleine. Für Jake ist das alles ein krankes Spiel – er benutzt die Menschen, wie es ihm gerade passt.«

Der Sturm rauscht gegen das Autodach. Ich balle die Hände zu Fäusten und sehe plötzlich Jake vor mir, wie er als selbstverliebter Gockel in seinem Zimmer auf und ab stolziert, sich selbst im Spiegel begafft und sich für den Größten hält. Dabei ist er nur eins: Ein riesiges Arschloch, das so tief gesunken ist, dass er sich tatsächlich an Mädchen vergreift und mit ihnen spielt, als wären sie Marionetten. Ekel und Wut überfallen mich und lassen meine gespannten Fäuste beben.

Mein Blick fällt auf Lexas Schlüsselbund, auf das Bild von ihr und Sebastian.

»Sebastian ist ein Kumpel von Jake«, stelle ich fest. »Lexa, du musst ihm sagen, was Jake dir angedroht und mit dir gemacht hat. Sebastian kann doch nicht weiterhin Spaß mit Jake haben und ihn für seinen Freund halten!«

Lexa zuckt zusammen und lenkt den Smart in eine Kurve. »Seit ich mit Sebastian zusammen bin, geht es mir besser. Ich will ihm nichts sagen. Ich will ihn nicht mit hineinziehen. Nächstes Jahr werden Jake und er sowieso an verschiedene Unis gehen, dann erledigt sich das Problem wie von selbst. Bitte, Hanna, sag niemandem etwas. Ich will nicht, dass die Geschichte die Runde macht.«

Ich nicke nach einem Moment. »Okay, ich halte dicht. Aber trotzdem – Jake kann nicht einfach so davonkommen. Er darf die Menschen nicht so benutzen, wie es ihm gefällt.«

Mein Herz schlägt vor Begeisterung schneller, als mir eine Idee kommt.

»Lexa, du hast gesagt, dass es jetzt zu spät ist. Aber das ist es nicht. Wir können den Spieß immer noch umdrehen und das Spiel nach unseren Regeln aufziehen, um Jake einen Denkzettel zu verpassen.«

Sie stößt ein bitteres Lachen aus. »Oh ja, das wäre super.«

Das Bild verfestigt sich in meinem Kopf, wird immer größer, bunter, greller, lässt sich nicht abschütteln. Eine Hoffnung, wie ich mein Leben wieder auf die Reihe kriege, und alles vergessen kann, was passiert ist.

Ich nicke wild. Meine Fingerspitzen kribbeln. »Lexa, ich mein's ernst: Wir müssen es Jake heimzahlen. Er darf mit so einem Scheiß nicht durchkommen. Irgendjemand muss ihm zeigen, wo die Grenze ist. Das sind wir uns selbst schuldig.«

Ihre Augen werden groß. »Was hast du vor?«

Ich lecke mir über die Lippen. »Ich weiß schon genau, was wir tun werden.«

Teil 3:

NEUE SPIELREGELN

22

6 Tage später

21. Oktober, 10:32 Uhr

Die Englischstunde zieht sich wie Kaugummi. Ich werfe zum gefühlt dreihundertsten Mal einen Blick auf die Wanduhr, aber die Zeiger bewegen sich immer noch im Schneckentempo weiter.

Noch acht Minuten.

Ich schlage die Beine links herum übereinander und puste mir eine Locke aus der Stirn.

Noch sieben Minuten und vierzig Sekunden.

Ich kreuze die Beine andersherum. Die selbe Locke fällt mir wieder übers Auge.

Sieben Minuten und fünfzehn Sekunden.

Ich trommele mit dem Kuli auf meinem Block herum.

Sechs Minuten und fünfzig Sekunden.

Ich presse die Hand gegen die Stirn.

»Hanna, geht's dir nicht gut?«, flüstert Daria neben mir. Ihr Haar ist zu einem strengen Dutt gebunden, und wie gewohnt leuchtet ihr Augen-Make-up schwarz und dramatisch. Im Gegensatz zu mir hat sie ihre aufgeschlagene Seite schon vollgekritzelt, während mein Block noch vollkommen jungfräulich auf der Tischplatte ruht. Sie nimmt ihr Versprechen, sich für die Schule ein Bein auszureißen, offenbar ziemlich ernst. Ernster als ich jedenfalls.

»Alles okay«, antworte ich leise und setze mich gerade hin. Verdammt, ich muss mich zusammenreißen, aber das Adrenalin knistert jetzt schon so wild durch meine Adern, dass ich kaum stillsitzen kann. Ich kann es nicht erwarten, hier rauszukommen und endlich loszulegen! Aber Daria darf sich keine Sorgen machen. Ich muss sie unbedingt aus allem raushalten; es reicht, wenn ich mich selbst in Gefahr bringe.

»Wirklich«, füge ich flüsternd hinzu. Daria wirft mir einen zweifelnden Blick zu, vertieft sich dann aber wieder in ihre Aufzeichnungen.

Doktor Faustmann, ein grauhaariger Mann Anfang sechzig in einem Tweedsakko, schreitet mit erhobenem Kopf durch die Tischreihen, die Nase in einer Reclam-Ausgabe von Macbeth vergraben. Ich presse die Sohlen fest auf den Boden, denn vor Anspannung zwingen mir meine Füße einen schnellen Takt auf.

Noch fünf Minuten und zwanzig Sekunden.

Ich kaue auf meinem Daumennagel herum und pule den schwarzen Lack darauf ab.

Noch drei Minuten und fünfundvierzig Sekunden.

Ich male ein schiefes Galgenmännchen auf meinen Block und drücke mir die Hand auf den Mund, um mein aufgeregtes Grinsen zu verbergen.

Noch eine Minute.

Ich spanne den Rücken an. ... Und endlich, nach einer gefühlten Ewigkeit, ist es genau Viertel vor Elf.

Showtime.

Ich hebe die Hand und sage meinen Text: »Doktor Faustmann, kann ich kurz auf die Toilette gehen?«

Der Lehrer hebt die buschigen Brauen. »*Sure, Miss Hanna*, aber komm schnell wieder, sonst verpasst du den bedeutungsvollsten Akt.«

Oh, den verpasse ich garantiert nicht.

»Danke.« Ich stehe hastig auf und hoffe, dass sich meine Hand nicht zu deutlich in der Bauchtasche meines Pullis wölbt. Als ich an Marissas Platz ganz außen vorbeigehe, bohrt sich ihr kalter und gleichzeitig höhnischer Blick in meinen. *Ich hab dich besiegt, Hanna. Jake gehört mir.*

Ich sehe schnell zur Seite, plötzlich noch euphorischer, weil die arrogante Eiskönigin keine Ahnung hat, was ich vorhabe.

Wer zuletzt lacht, lacht am besten.

Als ich auf dem stillen Flur stehe, drücke ich die Faust in meiner Bauchtasche zusammen und blicke mich um. Niemand zu sehen.

Perfekt.

Geschwind husche ich über den blitzenden Marmorboden und lasse die Toiletten hinter mir zurück. Stattdessen steuere ich auf die Treppe zu, die ins Erdgeschoss – und zum Ausgang – führt. Als ich unseren Treffpunkt – die Steinskulptur eines Philosophen am oberen Ende der Treppe – erreiche, klopft mein Herz gegen die Rippen. Über mir baumelt ein Kronleuchter und wirft flackerndes Licht auf den polierten Boden. An der Fensterscheibe zum Schulhof laufen Regentropfen hinunter.

Ich recke den Kopf in Richtung des Gangs, aus dem Lexa jeden Moment auftauchen muss. Als Vertrauensschülerin hat sie Zugang zu allen Stundenplänen, weswegen sie leicht herausfinden konnte, dass mittwochs um elf Uhr alle Klassen bis auf eine einzige Unterricht auf der anderen Seite des Gebäudes haben. Die Chance, dass wir erwischt werden, wenn wir das Schulhaus verlassen, ist also gering. Jedenfalls hoffe ich das, denn sonst ... Ich schüttele den Kopf. Quatsch, es wird klappen!

Ich knibbele schwarzen Lack von meinem Daumennagel und trete von einem Fuß auf den anderen. Als ich endlich Schritte höre, die sich aus dem gegenüberliegenden Flur nähern, mache ich einen erleichterten Schritt nach vorne, doch dann erstarre ich. Zwei Schatten – nicht einer – steuern auf mich zu.

»Jakob Ginsberg ist ein absoluter Ausnahmeschwimmer«, höre ich eine Frau sagen. »Beim letzten Wettkampf hat er seinen eigenen Spitzenrekord sogar noch gebrochen.«

»Das war wirklich beeindruckend«, erwidert ein Mann. »Er wird sich für ein Vollstipendium an der Sporthochschule in Niedersachsen bewerben. Mein Empfehlungsschreiben geht diesen Monat raus.«

Mist, das sind zwei Lehrer! Hektisch wirbele ich herum, doch hinter mir erhebt sich nur die glatte Mauer mit dem Fenster.

Scheiße!

Weil ich keine andere Möglichkeit habe, ducke ich mich hinter die ausladende Skulptur und mache mich so klein wie möglich. Mein Herz klopft gegen die Rippen. Über mir prasselt der Regen gegen die Fensterscheibe.

»Es gibt wenig Schüler, die noch engagiert sind«, höre ich die Frau sagen, jetzt so laut, als wäre sie nur wenige Meter entfernt. Ich ziehe den Kopf noch weiter ein und presse die Hände in meiner Bauchtasche aneinander.

Bitte, seht nicht hier herüber, bitte, geht einfach weiter ...

»Jakob ist ein guter Junge«, fährt die Lehrerin fort. »Ich habe mich sehr gefreut, dass er Schülersprecher geworden ist. Wir können ihm wirklich vertrauen. Er wird es sicher sehr weit bringen.«

Meine Schultern zittern von meiner verkrampften Haltung, gleichzeitig ballt sich Wut in meiner Brust zusammen. Wie können sich alle Leute nur derart von Jake blenden lassen?!

»Jakob ist tatsächlich sehr vernünftig und erwachsen«, sagt die Männerstimme. »Davon können sich die meisten Schüler eine Scheibe abschneiden. Heutzutage sind ...«

Wie ein starres, zusammengepresstes Paket lausche ich. Täusche ich mich oder werden die Schritte und Stimmen ... leiser? Ich hebe den Kopf ein winziges Stück an. Die Lehrer haben den Gang zu den Klassenräumen erreicht. Als sie um die Ecke verschwinden, ohne sich umzudrehen, sacken meine Schultern erleichtert nach unten. Das war haarscharf.

Ich springe auf. Wo bleibt Lexa? Sie müsste doch längst hier sein.

Ich fummele das Handy aus meiner Hosentasche. Tatsache, vor wenigen Sekunden hat sie mir eine Nachricht geschrieben.

Hanna, SORRY, ich kann nicht weg!
Doktor Bischof lässt überraschend einen Test schreiben.
Lass es uns auf nächste Woche verschieben.

Wie betäubt lese ich ihre Nachricht ein zweites Mal. Dann balle ich die Hand um das Smartphone zusammen. Das kann doch nicht wahr sein. Was jetzt? Zurückgehen und wirklich auf nächste Woche warten? Klar, das wäre das Vernünftigste, denn ohne Lexa würde ich es vielleicht nicht schaffen. Mehr noch: Ohne Lexa ist die Chance viel größer, dass ich erwischt werde. Dann werde ich garantiert wieder von der Schule fliegen.

Ich beiße die Zähne zusammen, als Mom wütendes, enttäuschtes Gesicht vor mir aufblitzt. »Hanna, wie kannst du uns das immer wieder antun?!«

Aber ... aber wer weiß, ob es nächste Woche überhaupt klappen wird. Vielleicht kommt wieder etwas dazwischen. Diese Chance heute ist perfekt.

Angespannt kaue ich auf meiner Lippe herum. Ich muss mich entscheiden. Sofort. Sonst bleibe ich viel zu lange weg, und Doktor Faustmann beginnt sich zu wundern.

»Jakob Ginsberg ist ein guter Junge«, höre ich die Stimme der Lehrerin im Ohr. *»Ich habe mich sehr gefreut, dass er Schülersprecher geworden ist.«*

Ein Ruck geht durch meinen Körper. Hab ich gerade ernsthaft daran gedacht, unseren Plan nicht durchzuziehen?! Jake hat eine Abreibung verdient, die sich gewaschen hat. Ich werde die Sache erledigen – und wenn es das Letzte ist, was ich tue!

Wie der Wind stürze ich die Treppe hinunter, doch im stillen Foyer angekommen, bleibe ich einen Moment stehen und blicke mich um. An der riesigen Pinnwand neben der Treppe hängen allerhand Flyer und Zettel mit Nachhilfe- oder Verkaufsangeboten von Videospielen und Schulbüchern. Auch Jakes Flyer für die Halloweenfeier – *Grusel an der Gutenberg* – sind darunter. Am liebsten würde ich sie abreißen und zerfetzen, aber das wäre zu auffällig und würde viel zu viel Zeit kosten.

Niemand ist zu sehen, und abgesehen vom heulenden Wind ist alles still, daher flitze ich mit einem letzten Blick über die Schulter durch die hohe Halle und ziehe die schwere Holztür auf. Draußen fegt mir ein eisig-feuchter Nieselregen entgegen, weswegen ich meine Kapuze über den Kopf ziehe. Am liebsten hätte ich meine dicke Jacke angezogen, die ich endlich in einem der letzten Umzugskartons gefunden habe, aber Doktor Faustmann hätte sich sicher gewundert, wenn ich mich für einen Toilettenbesuch wetterfest hätte einkleiden wollen.

Der Himmel über den immergrünen Baumwipfeln hängt voller schwarzer Wolken, die als düstere Schatten über den leeren Vorplatz treiben. Meine Chuckssohlen – die dicken Stiefel sind weiterhin verschollen – quietschen über die Schottersteine, als ich geduckt den Lehrerparkplatz hinter mir lasse und um die Hausecke biege, wo sich mir ein weiterer, etwas kleinerer Platz eröffnet. Ein hüfthoher Metallzaun trennt das Plateau vom Wald, der dahinter steil abfällt.

Ich stoppe. Denn hier stehen sie: Die Autos der Schüler.

Die Gutenberg ist eine exklusive Privatschule, daher ist es kein Wunder, dass fast alle Oberstufenschüler mit einer eigenen Nobelkarre vorfahren. Etwa fünfzig Wagen reihen sich aneinander, deren dunkle Windschutzscheiben vom Regen feucht glitzern. Ganz vorne steht Darias kleiner, dunkelblauer VW mit den aufgemalten Wimpern über den Scheinwerfern und einer Discokugel am Rückspiegel. Wenn wir gemeinsam Schulschluss haben, nimmt sie mich meist mit hinunter ins Dorf. Neben Darias Wagen erhebt sich Lexas blitzsauberer Smart. Nichts deutet daraufhin, dass wir vor Kurzem durchs matschige Unterholz zu Jakes Haus gebrettert sind.

Noch einmal werfe ich einen Blick auf das Schulhaus, doch als sich nichts rührt, wende ich mich den Autos zu, die direkt am Zaun stehen. Und hier ist er: Jakes riesiger, protziger BMW. Trüber Regen prasselt aufs Autodach, doch der Lack schimmert wie frisch poliert.

Frisch poliert.

In dieser Sekunde erstarre ich zu Eis. Der glänzende Lack erinnert mich an den teuren Mercedes, den ich in die Luft gejagt habe. Bevor ich es verhindern kann, tauchen die Bilder der Vergangenheit vor mir auf: Ich, wie ich vom Rad springe und auf den silbernen Wagen in der Einfahrt zugehe. Ich, mit Tränen verschmiertem Gesicht, wie ich einen Kanister hebe und Benzin über dem Wagen auskippe. Ich, wie ich das Feuerzeug heraushole. Der teure Wagen, der in die Luft fliegt. Ich, wie ich weggeschleudert werde. Das schreckliche Gefühl, dass nichts besser geworden ist, im Gegenteil alles ist nur noch ...

Ich schüttele wild den Kopf. Stopp! Das ist vorbei, das ist Geschichte. Und das hier – das ist etwas anderes. Jake hat mich zum Narren gehalten und die arme Lexa erpresst und bedroht. Er verdient, dass ich ihn dort treffe, wo es ihm am meisten wehtut: Er liebt sein Auto abgöttisch und wird rasen vor Wut, sobald er mein Werk zu Gesicht bekommt.

Mit einer leisen, aber lästigen Stimme im Ohr, die mich aufhalten will – *sei vernünftig* –, gehe ich auf Jakes Wagen zu. Ich spanne die Hand zu einer kalten Faust, bevor ich sie gegen die Seitentür schlage. In diesem Wagen ist der Mistkerl mir an die Wäsche gegangen. Jetzt werde ich dafür sorgen, dass so schnell kein Mädchen mehr in seiner Angeberkarre einsteigt.

Los geht's.

Die leise, helle Stimme in meinem Kopf, die mich zurückhalten möchte, verstummt. Ich hocke mich zwischen Jakes Auto und den Wagen daneben, fummele in meiner prallen Bauchtasche herum – und ziehe einen Autoschlüssel hervor. Immer noch kann ich nicht fassen, dass Lexa ihn wirklich besorgen konnte. Jetzt können wir von Glück sprechen, dass Jake und ihr neuer Lover Sebastian tatsächlich gute

Freunde sind. Deswegen konnte Lexa gestern unauffällig bei ihnen herumstehen – und Jake den Schlüssel aus der offenen Sporttasche stibitzen, als er mit seiner üblichen Wichtigtuerei beschäftigt war. Im Grunde war das der erste Schritt unserer Rache, denn Jake hat sich tierisch über den verschwundenen Schlüssel aufgeregt. Die Haushälterin hat dem verwöhnten Idioten natürlich sofort den Ersatzschlüssel gebracht. Tja, aber umso besser für uns, denn unsere Aktion wäre gestorben, wenn er heute nicht mit dem Auto vorgefahren wäre.

Eine Sekunde genieße ich noch den Anblick des makellosen, vollkommen überteuerten Wagens.

Das wird genial. Das wird richtig, richtig genial – nein, es wird hammermäßig. Unsere Rache wird in die Geschichte der Gutenberg eingehen!

Dann öffne ich das Auto – *Piep!* – und reiße die Fahrertür auf. Das Armaturenbrett blitzt, und wie beim letzten Mal klebt kein einziger Krümel an den schwarzen Sitzen.

Ein Glucksen unterdrückend krabbele ich ins Auto und schließe die Tür, damit mich, sollte doch jemand vorbeikommen, niemand bemerkt. Kurz überlege ich, ob ich die Musikanlage anschmeiße, aber ich entscheide mich dagegen. Ich muss mich beeilen, sonst wird noch jemand misstrauisch, wo ich so lange bleibe. Hastig greife ich wieder in meine Bauchtasche und werfe drei schmale Gegenstände auf den Beifahrersitz: Einen fest und mehrfach in Alufolie verpackten Käse, eine kleine Tube schwarzer Schuhcreme und eine zusammengedrückte, halbabgerollte Klopapierrolle.

Wer hätte gedacht, dass dieser widerliche Appenzeller-Käse, den Mom heiß und innig liebt, mal zu etwas Sinnvollem zu gebrauchen wäre?

Grinsend ziehe ich die Folie ab – und muss fast augenblicklich würgen, weil mir sein ekelhafter Geruch in die Nase schießt – eine Mischung aus verdorbenen Eiern, deftigem Kuhmist und verrotteter Müllhalde. Ich halte die Luft an, trotzdem kommen mir fast die Tränen, als ich die Alufolie komplett abgewickelt habe und den stinkenden Käseklotz unter den Fahrersitz schiebe. Ich packe die Schuhcreme und presse einen Kringel der schwarzen Paste heraus – direkt auf das Lenkrad. Mit dem weichen Schwämmchen an der Kuppe reibe ich die Creme in das Leder ein – aber nicht so tief, als dass sie wirklich einzieht.

Der widerliche Gestank wird Jake bereits so sehr den Kopf verdreht haben, dass er garantiert nicht mehr darüber nachdenken wird, was noch auf ihn wartet. Kräftig wird er nach dem Lenkrad greifen und eine schmierige Überraschung erleben.

Ich muss bei dem Gedanken lachen, doch dadurch füllt sich das ekelhafte Käsearoma in meinen Mund, sodass ich unwillkürlich husten muss. Gott, das stinkt vielleicht!

Ich schmiere eine weitere, dicke Ladung Schuhcreme auf das Lenkrad, packe dann das Toilettenpapier und stoße die Tür auf. Draußen sauge ich gierig die frische, kalte Luft ein und blicke mich um, doch immer noch bin ich ganz allein auf dem Parkplatz. Der Wind pfeift in meinen Ohren, Nieselregen peitscht in mein Gesicht.

Weiter geht's.

Die Schuhcremetube in der Faust beuge ich mich über das Auto, direkt auf die Windschutzscheibe. Alle sollen lesen, was Jake für eine fiese Ratte ist. Ich will gerade die Paste für den ersten Buchstaben herausdrücken, da blitzt es in meinem Augenwinkel. Ich fahre erschrocken in Richtung Schulgebäude herum.

146

Dann zuckt ein weiterer Blitz am dunklen Himmel auf, gefolgt von einem tiefen Donnergrollen.

Ich atme aus. Ein Gewitter, nur ein Gewitter. Okay, Beeilung.

Ich packe die Tube fester und male die Buchstaben dick und sorgfältig auf die Scheibe. Der dichte Regen verschmiert sie, trotzdem wird es ewig dauern, die klebrige Creme abzuwischen. Genial!

Mein Atem wirbelt feuchte Wölkchen auf. Ich bin gerade beim letzten Buchstaben angekommen, da lässt mich ein Knirschen zusammenfahren. Ohne zu atmen drehe ich den Kopf und lausche. Der Wind heult in den Bäumen, rauscht über den Kies und weht mir fast die Kapuze vom Kopf. Und dann höre ich es wieder, diesmal ohne jeden Zweifel: Das sind Schritte, die direkt auf den Parkplatz zusteuern.

Verdammt, da kommt jemand!

23

Ohne nachzudenken werfe ich mich zwischen Jakes und dem nächsten Auto auf den feuchten Kiesboden, doch im letzten Moment sehe ich noch einen Schatten, der um die Ecke auf den Parkplatz biegt. Zitternd kauere ich mich ganz klein zusammen und blicke unter dem fremden Wagen hindurch in Richtung Einfahrt. In mein Sichtfeld treten zwei Füße in ausgelatschten Turnschuhen, die sich langsam, aber unaufhaltsam nähern. Ich presse die Hände gegen Mund und Nase, damit man mein Atmen nicht hört.

Wer ist das? Ein Schüler, der früher Schulschluss hat oder schwänzt? Ganz egal, denn wenn er mich hier erwischt, Jakes Autoschlüssel in der Tasche, eine Tube Schuhcreme in der Hand, kann ich mich ganz bestimmt nicht damit herausreden, dass ich zufällig vorbeigekommen bin. Klar, wenn Jake eins und eins zusammenzählt, wird er sowieso wissen, dass ich es gewesen bin, aber ohne Beweise kann er mir nichts anhaben. Außer wenn mich jetzt jemand erwischt!

Oh Himmel, bitte schau nicht auf die Windschutzscheibe, auf die in riesigen Lettern »WICHSER« geschrieben habe. Bitte wundere dich nicht darüber und sieh nicht nach, was das zu bedeuten hat. Bitte geh einfach zu deinem verdammten Auto und hau ab!

Ich presse mich so flach auf den Boden, dass meine Wange über die Steine scheuert. Meine wilden Stoßgebete werden nicht erhört, denn die Beine kommen jetzt so nah, dass ich sie unter Jakes Auto fast berühren könnte. Ich kneife die Augen zusammen. Die Person wird auf jeden Fall die Aufschrift sehen. Sie wird sich darüber wundern und um das Auto herumgehen. Sie wird mich entdecken und Alarm schlagen, und dann ...

Ich reiße die Augen auf, denn ein knackendes Geräusch, wie von einem Feuerzeug, dringt durch das Rauschen des Windes an mein Ohr. Wenige Sekunden später trifft mich der Rauchgeruch. Die Schuhcremetube bohrt sich in meine Seite, aber ich bleibe stocksteif liegen. Die Sekunden ziehen sich endlos dahin, ich wage kaum zu atmen oder zu hoffen.

Die Person raucht, bis plötzlich eine ärgerliche Stimme nach ihr ruft: »Lilo! Wo steckst du? Die Lieferung ist da!«

Ein unterdrücktes Stöhnen, dann fällt die Zigarette zu Boden, wo sie mit dem Schuh ausgetreten wird. Dann macht sich die Person auf den Weg zurück zum Schulhaus. Geschafft.

Stille senkt sich um mich, und ich atme stöhnend aus. Das war knapp. Verflucht knapp. Wahrscheinlich war das eine Kantinenmitarbeiterin, die – mitten im Regen! – derart genüsslich mit dem Rauchen beschäftigt war, dass sie keinen Blick auf die verschmierte Windschutzscheibe geworfen hat. Glück im Unglück, würde ich sagen.

Ich rappele mich auf, aber dann kommt mir ein erschreckender Gedanke. Mist, wenn die Küchenleute jetzt mit dem Mittagessen anfangen, dann bin ich schon viel zu lange weg. Ich muss mich beeilen.

Ich zerre die ziemlich zerdrückte Klopapierrolle aus der Tasche. Wie der Wind wickele ich das weiße

Papier ab, das mit hellgelben Enten bedruckt ist, und werfe die langen Streifen kreuz und quer über das Autodach, den Kofferraum und die Motorhaube. Das Papier klebt feucht und rissig an dem polierten Lack und verspottet den angeberisch polierten Glanz.

Als die Rolle leer ist, trete ich einen Schritt zurück und blicke begeistert über mein Werk. Jake wird erst die Kinnlade runterfallen, dann wird er das weiße Kinderklopapier wutentbrannt wegreißen – und dadurch das Wort »WICHSER« auf der Frontscheibe entblößen. Und wenn er einsteigt, trifft ihn der faulige Gestank direkt ins Gesicht ... und seine Hände fassen in die dicke Schuhpaste. Er wird rumbrüllen, sich die Haare raufen und mit Farbe versauen – und alle werden über ihn lachen!

Ein weiterer Blitz zuckt über den dicht bewölkten Himmel, dann ertönt ein Donnergrollen. Geduckt flitze ich zum Rand des Parkplatzes, wo ein niedriger Zaun die Autos vom Wald trennt. Weit hole ich aus und schmeiße die Schuhcreme, Jakes Autoschlüssel und die leere Klopapierrolle den Abhang hinunter, wo sie im Dickicht aufprallen und verschwinden. Dort wird niemand die Sachen finden.

Unter Blitz und Donner haste ich zurück zum Eingang. Heißes Adrenalin durchrauscht meine Adern und am liebsten würde ich singen und tanzen, doch ich verzichte und lege lieber einen Zahn zu. Bevor ich ins Klassenzimmer zurückstürme, mache ich einen kurzen Stopp auf der Toilette, wo ich meinen feuchten Pullover ausziehe, die schwarzen, schmierigen Hände wasche und mir schnell die Locken unter dem Handtrockner durchpusten lasse. Als ich die Hände auf das Marmorwaschbecken stütze, strahlen mir meine grünen Augen so glücklich wie schon lange nicht mehr entgegen.

Danke, Jake, du bist offenbar doch für etwas gut.

Als ich wenige Sekunden später die Klassenzimmertür hinter mir schließe, hat sich nichts verändert: Doktor Faustmann stolziert immer noch mit vorgestreckter Brust durch die Tischreihen. Seine nasale Stimme und das Kritzeln von Stiften hängt in der Luft. Mittlerweile sind wir beim letzten Akt angekommen. Der Lehrer wirft mir einen kurzen Blick zu, unterbricht jedoch nicht seinen Vortrag.

Ich kann mein stolzes Lächeln kaum unterdrücken, als ich zurück auf meinen Stuhl falle. Mit einem Blick auf die Uhr stelle ich fest, dass ich etwa fünfzehn Minuten weg war. Okay, das ist lang, aber offenbar auch nicht zu auffällig gewesen.

Daria schiebt mir ihren Block herüber und zieht die Augenbrauen so weit nach oben, dass sie fast in ihrem schwarzen Haaransatz verschwinden. Ich lächele ihr zu, bevor ich auf die aufgeschlagene Seite blicke.

Alles okay? Wo warst du so lange? Hast du Marissa auf dem Klo getroffen? Ich hoffe, es gab keinen Cat-Fight, den ich verpasst habe.

Ich starre auf den Zettel, dann drehe ich den Kopf zur Tür. Tatsache. Marissas Platz ist leer.

»Keine Ahnung, wo sie ist, hab sie nicht gesehen«, kritzele ich hastig zurück. In diesem Moment öffnet sich die Tür, und Marissa klackert mit ihren Mörderabsätzen hinein. Ich starre sie an, aber sie ignoriert alle Blicke und gleitet anmutig zurück auf ihren Stuhl, wo sie die langen, schlanken Beine übereinanderschlägt. Langsam steckt sie ihr Handy zurück in die Tasche und zieht ihren Burberry-Schal zurecht.

Ach, vermutlich hat sie wieder mit ihrem Knasti-Bruder telefoniert. Zum Glück sind wir uns nicht auf der Toilette – wieder mal – begegnet, das wäre ein ziemlich bescheuertes ...

»*Miss Hanna*, du hast leider den zweiten Akt verpasst«, reißt mich Doktor Faustmanns Stimme aus
den Gedanken. »Wärst du wenigstens so freundlich,
uns die nächste Strophe vorzulesen?«

***

»Hast du Lust, noch mit zu mir zu kommen und einen zu Kaffee trinken?«, fragt Daria, als wir nach
Schulschluss – und nach Ende meiner Physiknach-
hilfe – die Treppe ins Erdgeschoss hinuntersteigen.
In der Eingangshalle summen die Stimmen. »Ich
hab null Bock auf den blöden Englischaufsatz, vielleicht schreibe ich ihn einfach nicht. Hanna? Hanna,
was ist denn los?«

»Was?« Ich zucke zusammen und ziehe meine Tasche höher auf die Schulter. »Sorry, ich war etwas in
Gedanken. Was hast du gesagt?«

»Ob du noch mit zu mir kommen willst. Wir lassen
die Englischhausaufgaben sausen und quatschen«,
wiederholt sie und legt den Kopf schief. »Was ist
denn los? Du bist so rot wie ein ganzer Tomaten-
strauch.«

»Nichts, nichts«, beeile ich mich zu sagen und
lasse mir die Locken auf die Wangen fallen. Kein
Wunder, dass mein Kopf wie eine Sirene leuchtet:
Ich fiebere danach, endlich auf den Schülerparkplatz
zu stürmen, aber davon darf Daria nichts mitbekommen. Ich unterdrücke ein Seufzen. Ich würde ihr so
gerne von meinem witzigen Streich erzählen. Sie
würde mit Sicherheit begeistert sein. Aber sollte ich
doch auffliegen, dann will ich nicht, dass sie Ärger
bekommt, weil sie etwas wusste. Vielleicht erzähle
ich es ihr in ein paar Monaten, wenn Jakes präpa-
riertes Auto schon in die Geschichte der Gutenberg
eingegangen ist.

Ach, übrigens: Das war ich damals!

Ich unterdrücke ein Grinsen und greife nach Darias Arm. »Hey, hast du gerade ernsthaft vorgeschlagen, keine Hausaufgaben zu machen? Du wolltest dich doch zusammenreißen und wie verrückt fürs Abi pauken, um hier rauszukommen, erinnerst du dich?«

Sie verzieht gespielt beleidigt das Gesicht. »Seit wann bist du denn so verdammt strebsam?«

»Quatsch, bin ich gar nicht. Ich sage das nur, weil du mein Vorbild bist. Wenn du nicht mehr für die Schule lernst, an wem soll ich mich dann noch orientieren? Vielleicht an Lexa, die in allen Fächern bei einer Eins steht und obendrein noch Vertrauensschülerin und Kapitänin der Volleyballmannschaft ist? Dann kann ich mich auch direkt im Pool ertränken.«

Daria lacht. »Okay, überzeugt. Dann Kaffee *und* Englischhausaufgaben – vielleicht.«

Ich nicke, bevor ich mich wieder unauffällig über die Schulter umblicke. Auf der Treppe und im Foyer wuseln die Leute mit ihren Rucksäcken und Schultaschen durcheinander, doch Jakes blonden Wuschelkopf kann ich nirgendwo entdecken. Aber er ist bestimmt noch nicht weg – seinen Wutanfall hätte ich garantiert bis nach drinnen gehört.

Nebeneinander treten Daria und ich aus der Doppeltür auf den eleganten Vorplatz der Schule. Mittlerweile hat es aufgehört zu regnen, und eine milchige Sonne glitzert in den tiefen Pfützen auf dem Kies. Plötzlich lässt mich ein dumpfes Brummen zusammenzucken.

»Hey«, ich stoße Daria an. »Ich glaube, das ist dein Handy.«

Sie bläst die Backen auf. »Das ist garantiert meine Mutter, die sich über irgendetwas aufregen will. Da geh ich nicht ran.«

Ich nicke. »Verstehe ich. Aber vielleicht solltet ihr euch mal aussprechen.«

»Tja, vermutlich«, seufzt Daria. »Aber nicht jetzt am Telefon.«

Wir drängeln uns durch die Menge in Richtung Schülerparkplatz, wo ich mein Glück kaum fassen kann. Mindestens dreißig Leute hängen schon auf dem Platz herum, lehnen gegen ihre Autos, rauchen oder tippen auf ihren Handys herum. Perfekt, auf so viele Zuschauer hätte ich nicht zu hoffen gewagt!

Ich höre verhaltenes Lachen, wahrscheinlich, weil die meisten schon das Klopapier auf Jakes Angeber-karre entdeckt haben und genauso gespannt wie ich auf seine Reaktion warten. Von dem Mistkerl fehlt jedoch immer noch jede Spur.

Jakes Parklücke wird von einer Gruppe kichernder Mädchen verdeckt, die sich über ihr Smartphone beugen. Ich will gerade näher auf sie zu schlendern, um nochmal stolz mein Werk zu betrachten, doch das permanente Brummen aus Darias Tasche lenkt mich ab. Daria bemerkt meinen Blick und verdreht genervt die Augen, bevor sie am Taschenreißver-schluss herumnestelt.

»Mama gibt nie auf, wenn es darum geht, mich in den Wahnsinn zu treiben«, knurrt sie, bevor sie ihr Handy hervorreißt und ans Ohr drückt. »Ja? Was ist denn?! ... Nein, keine Ahnung, wo der Schlüssel ist, ich hab ihn überhaupt nicht gesehen. ... Na super, mach das doch einfach.«

Mit einem tiefen Stöhnen steckt sie das Handy weg. Blasse Sonnenstrahlen fallen auf ihr Haar und lassen es tiefschwarz glänzen. »Ich wünschte, mein Vater würde sich bei mir melden und mich aus die-sem Alptraum mit ihr befreien. Ich hab ewig nichts von ihm gehört.«

Ich drücke ihren Arm. »Das wird schon wieder. Hey, ich komm wirklich noch mit zu dir, okay? … Ach, Mist, ich hab ja versprochen, dass ich jeden Tag sofort nach Hause – oh!«

Ich bleibe perplex stehen, als sich die Menge vor Jakes Auto teilt. Meine Augen werden riesengroß. Das kann doch nicht wahr sein. Nein, das darf einfach nicht stimmen. Verdammter Mist, wie ist das …

»Hanna?«, Daria legt den Kopf schief. »Was ist? Geht's dir nicht gut?«

Ich bringe keinen Ton heraus und starre nur fassungslos in die Parklücke, in der vor nicht mal drei Stunden Jakes dickes Auto stand. Jetzt ist sie verlassen, kein Klopapier klebt auf den Steinen, keine Schuhcreme präsentiert Jakes wahres Gesicht. Nichts. Das Auto ist verschwunden.

Und mit ihm meine gesamte Racheaktion.

24

Auch am nächsten Tag hab ich keine Ahnung, wie Jake vom Schülerparkplatz verschwinden konnte, ohne dass jemand sein beschmutztes Auto sehen konnte. Er muss schon vor Schulschluss zu seinem Wagen gegangen sein – und hat ihn klammheimlich weggefahren. Klar, er hat sich sicher schwarzgeärgert, aber ohne Publikum befriedigt mich das nicht mal ansatzweise.

Wie ein König sitzt Jake heute im Physiksaal, ein paar Plätze von mir entfernt und mit einem breiten Grinsen im Gesicht. Er schleimt sich bei Doktor Mattis ein, indem er prahlt, wie kniffelig und anspruchsvoll die Hausaufgaben doch gewesen sind. Natürlich hatte er sämtliche Aufgaben richtig.

Von dem Physiksaal aus kann ich auf den Schülerparkplatz blicken: Jakes Auto ist blitzblank geputzt und glänzt im milden Sonnenlicht. Nichts erinnert daran, wie ich gestern bei dem aufziehenden Gewitter darum gekämpft habe, ihm eine Lektion zu erteilen. Ich hab so viel riskiert – und alles war total umsonst.

Wie kann dieser Blödmann nur so viel Glück haben?

Ich kaue auf meinem Daumennagel herum, von dem der schwarze Lack abblättert, und presse meinen Stift so fest aufs Papier, dass fast die Mine abbricht. Ich bin so enttäuscht, dass ich nicht mal Lexa davon erzählt habe, dass ich unseren Racheplan alleine durchgezogen habe – denn es hat ja nicht funktioniert.

Doktor Mattis kritzelt wilde Formeln und Berechnungen an die Tafel, von denen ich trotz der Nachhilfe immer noch nichts verstehe. Jakes süffisantes Lächeln, mit dem er mich immer wieder bedenkt, trägt ebenfalls nicht zu meiner Konzentration bei.

Ich weiß, dass du es warst, will er mir sagen. *Aber ich bin schlauer, als du denkst.*

Mit zusammengebissenen Zähnen ziehe ich mein Handy aus der Tasche und verstecke es in meinem Block.

»Hast du Lust auf einen Serienabend bei mir? Brauche ein bisschen Ablenkung«, tippe ich an Daria. Innerhalb von Sekunden blinkt mein Smartphone. Ich hebe leicht die Seite an, um Darias Antwort zu lesen.

»Klaro. Ich freu mich schon. Um sechs bei dir?«

»Yes«, tippe ich zurück. *»Bring doch noch ...«*

»Hanna Vogelsang, was soll das?«, Doktor Mattis steht plötzlich hinter mir und greift an mir vorbei nach meinem Handy. »In meinem Unterricht herrscht ein strenges Mobiltelefonverbot. Wenn du wissen willst, wie sich die Handystrahlung physikalisch zusammensetzt, dann pass jetzt besser auf, sonst schneidest du bei der nächsten Klausur miserabel ab.«

Ich werde rot. »Tut mir leid.« Ein paar Mädchen kichern, doch dann trifft mich Jakes triumphierender Blick.

Jeder bekommt das, was er verdient, formt er mit den Lippen, als sich der Lehrer umdreht. Wutentbrannt drücke ich den Stift noch fester aufs Papier. Ich kann es kaum noch abwarten, wenn unser Spiel in die zweite Runde geht, und wir ...

Knack!
Ich zucke zusammen, als die Mine plötzlich durchbricht.

Wenig später trabe ich neben Daria in den Gemeinschaftsraum der Oberstufe, weil wir eine Freistunde haben. Sie hat danach Latein, ich muss zu meinem nächsten Termin bei Doktor Wolf. Immer noch halte ich die sinnlosen Therapiestunden vor ihr geheim – in der Hoffnung, dass ich sowieso bald nicht mehr hingehen muss.

Daria wirft sich auf das letzte freie Sofa in der Ecke. Sie trägt eine gepunktete Bluse, die mit einer Schleife am Hals geschlossen wird, und natürlich ihre riesigen Creolen. Gegen das Fenster darüber klatscht heftiger Regen, doch weil im Kamin ein Feuer knackt, ist es hier ziemlich gemütlich. Plaudernde Stimmen summen in der warmen Luft, und es duftet nach frisch aufgebrühtem Kaffee. Eine Privatschule zu besuchen hat definitiv auch Vorteile.

»Ich hab schlechte Nachrichten«, sagt Daria grimmig. »Ich muss unseren Serienabend verschieben. Die Bankfiliale meiner Mutter veranstaltet einen Tag der offenen Tür, und ich hab total vergessen, dass ich versprochen habe, vorbeizukommen und Kuchen zu verkaufen. Worauf ich ungefähr gar keine Lust hab. Dann lieber Englisch pauken, statt mich von Omas in die Wange kneifen zu lassen.« Sie steckt die Nase so tief in ihren Kaffeebecher, dass ihre Stimme ganz dumpf klingt. »Und gleich muss ich auch noch zu Direktor Treibholz, um über die nächste Ausgabe der Schülerzeitung zu reden.« Sie stöhnt auf. »Nennt man das nicht ›Einschränkung der Pressefreiheit‹? Dieser Diktator will jeden Monat über jeden noch so winzigen Artikel diskutieren und ihn sogar vorher lesen. Nervig!«

»Du Arme, mein Beileid.« Ich setze mich neben sie und unterdrücke ein deprimiertes Seufzen. Die verpatzte Racheaktion und Jakes höhnische Blicke wurmen mich ganz schön.

Daria sieht mich mit schief gelegtem Kopf an. »Hanna, was ist denn eigentlich los? Seit gestern bist du total schlecht drauf. Ist was mit deinen Eltern? Hast du dich wieder mit deiner Mutter gestritten? Glaub mir, niemand versteht dich besser als ich, was das angeht.«

Ich zucke ertappt zusammen. »Nein, alles in Ordnung. Das – Lernen und die Nachhilfe stresst mich nur ziemlich.«

Daria runzelt die Stirn. Ich kann sehen, dass sie mir nicht glaubt. »Geht es um Jake? Bist du noch sauer auf ihn? Hey, ich kann gerne zu ihm rübergehen und ihm eins über den Schädel geben, wenn's dir dann besser geht.«

»Danke, klingt verlockend«, ich versuche ein Grinsen und trinke dann schnell einen Schluck Kaffee, bevor ich betont gleichmütig die Schultern zucke. »Aber das ist doch längst Geschichte«, ich versuche gelangweilt zu klingen. »Ich will gar nicht mehr darüber reden, sondern das Ganze so schnell wie möglich vergessen.« Hastig wechsele ich das Thema: »Wie war es denn gestern noch mit deiner Mutter?«

Darias Blick verdüstert sich. »Schrecklich. Sie lag mir wieder stundenlang in den Ohren, dass ich mich endlich für eine Ausbildungsstelle bei der Bank bewerben soll. Und dann wollte sie meine Englischhausaufgaben sehen, die ich allerdings nicht gerade engagiert erledigt hatte. Deswegen konnte ich nicht ›nein‹ sagen, ihr beim Tag der offenen Tür zu helfen.«

»Total ärgerlich. Aber vielleicht kannst du ja danach noch vorbeikommen.« Ich wühle in meiner Tasche. »Mann, wo steckt nur mein Physikbuch? Ich wollte mir doch die Aufgaben markieren, die wir zu Hause erledigen sollen, aber ich hab's vorhin natürlich vergessen. Wo hab ich es nur – oh!« Ich schnappe nach Luft und lasse prompt die Tasche fallen.

»Was ist?«, Daria schaut von ihrem Kaffeebecher auf und hebt eine schwarze Braue. »Hat sich eine Spinne in deinem Physikbuch versteckt?«

Ein paar Sekunden bin ich so perplex, dass ich nicht antworten kann. Dann schüttele ich den Kopf. »Nee, Quatsch, da ist nichts. Ich hab mich nur irgendwie – erschreckt.«

»Erschreckt vor dem Physikbuch?«, fragt sie belustigt. »Kann ich total verstehen. Quantenphysik und Elektrik – absolut gruselig.«

Ich lache und hoffe, dass meine Stimme nicht kippt.

Während Daria weiter von ihrem Kaffee nippt und sich über die Englischhausaufgaben beschwert, wende ich mich unauffällig etwas ab und ziehe nach tiefem Luftholen den Reißverschluss meiner Tasche wieder auf.

Ich muss mich getäuscht haben. Bitte, lass das Ding verschwunden sein. Bitte, sei nicht mehr da. Bitte ...

Shit.

Meine Lippen pressen sich zusammen, denn nichts hat sich geändert: Zwischen Heftern und Stiften blitzt mir eine halbabgerollte Klopapierrolle entgegen, die mir aufs Unheimlichste bekannt vorkommt. Langsam, als hätte ich Angst, mich zu verbrennen, ziehe ich sie ein Stück hervor. Das dünne Papier reißt sofort ein. Hellgelbe Entchen tanzen auf weißem Grund.

Die Toilettenpapierrolle sieht der Rolle verdammt ähnlich, die ich über Jakes Auto geworfen habe.

25

Immer noch vollkommen perplex starre ich auf das Klopapier in meiner Tasche. Wer hat es darin versteckt? Wie konnte das passieren, ohne dass ich es merke?

Und was soll das bedeuten?

Mit einem Ziehen im Bauch springe ich auf. Daria sieht mich verwirrt an. »Was ist denn? Ist dir schlecht? Du bist total blass.«

»Alles okay, ich – ich muss kurz – auf Toilette«, stammele ich, bevor ich die Tasche an mich drücke und aus dem Gemeinschaftsraum stürme.

Auf dem Flur suche ich mir eine ruhige, uneinsehbare Ecke und hole die Papierrolle aus der Tasche und drehe sie in den Händen. Tatsache. Das ist das gleiche mit albernen Enten bedruckte Toilettenpapier, das ich über Jakes Auto geworfen habe.

Ich presse die Hand darum zusammen – und merke, dass sich in der Mitte ein harter Gegenstand befindet. Ich greife mit den Fingern hinein und ziehe ein schweres, silbernes Feuerzeug heraus, das mit einem Zettel umwickelt ist.

Perplex halte ich die Luft an. Meine Finger zittern plötzlich, als ich den aufgerollten Zettel löse.

Verbrenn dich nicht!
Dieses Spiel spiele ich viel besser als du, Schlampe.

Eine Sekunde bin ich verwirrt, aber dann verenge ich grimmig die Augen. Okay, jetzt wird mir alles klar. *Jake* hat mir die Rolle – und das Feuerzeug – in die Tasche gesteckt. Als Warnung, dass er weiß, dass ich sein Auto präpariert habe. Deswegen hat er mich vorhin so triumphierend angesehen. Er wusste, was mich erwarten würde.

Dieses Spiel spiele ich besser als du.

Das Schlimme ist, dass er recht hat. Dieser Mistkerl ist gerissener, als ich dachte, sonst hätte er das Auto nicht klammheimlich vom Parkplatz wegfahren können. Und: Wie zum Geier hat er es geschafft, die Rolle in meine Tasche zu stecken, ohne dass ich es merke?

Schlampe.

Meine Hand ballt sich um die fast leere Klopapierrolle und das Feuerzeug zusammen. Jetzt beleidigt er mich auch noch. Was bildet sich der arrogante Blödmann eigentlich ein? Mit zusammengekniffenen Lippen fahre ich über das Reibrad des Feuerzeugs.

Verbrenn dich nicht.

Ist das eine Drohung? Will er mir sagen, dass er bald zurückschlagen wird? Ha, der Mistkerl ahnt ja gar nicht, was Lexa und ich geplant haben.

Ein Funken wirbelt hervor und schon schießt eine zentimeterlange Flamme aus dem Feuerzeug.

Wow. Das ist ein Sturmfeuerzeug, ein hochwertiges Ding, das selbst bei starkem Wind nicht ausgeht. Klar, der reiche Angeber schickt mir natürlich kein Plastikteil von der Tankstelle, sondern will mir unter die Nase reiben, dass er's sich leisten kann, eine Menge Kohle zu investieren, um mich zu ärgern.

Die rote Flamme zuckt. Mein Magen hebt sich, als sich das leuchtende Feuer in meinen Pupillen spiegelt. Ohne dass ich es verhindern kann, ist die Vergangenheit plötzlich wieder so präsent wie am ersten Tag – ich rase auf meinem Rad die Straße entlang, kippe Benzin über das Auto, die Explosion wirft mich auf den Boden.

Warum habe ich das getan? Was ist ...

»Hanna?« Als Daria, ihre Tasche über der Schulter, neben mir auftaucht, kriege ich fast einen Herzinfarkt. Sie lacht mich an und streicht sich eine schwarze Strähne aus dem Gesicht.

»Seh ich richtig? Du rauchst? Hey, leih mir doch gleich eine Kippe, vor Englisch kann ich ein bisschen Entspannung gebrauchen. Lass uns –«

»Hier seid ihr!«

Daria und ich zucken gleichermaßen zusammen, als hinter uns plötzlich der blonde Schopf der Vertrauenslehrerin Frau Kretschmann auftaucht. Sie drückt die Hände so fest vor ihrem fliederfarbenen Pullover zusammen, dass ihre Fingerknöchel weiß leuchten. Ihr sonst so freundliches Gesicht ist blass und ernst.

Hastig stopfe ich das Klopapier und das Feuerzeug zurück in meine Tasche, doch die Lehrerin achtet gar nicht darauf.

»Gut, dass ich dich endlich gefunden habe, Hanna«, sagt sie streng. »Komm bitte mit. Direktor Treibholz möchte mit dir über eine ernste Sache sprechen. Er erwartet dich in seinem Büro. Sofort.«

Daria zuckt neben mir überrascht zusammen. Ich spüre, wie die Farbe aus meinem Gesicht weicht.

»Wieso?«, frage ich wie gelähmt. »Was ... was ist passiert?«

»Das würde der Direktor gerne unter vier Augen mit dir besprechen«, Frau Kretschmann zieht die Brauen zusammen. »Es ist sehr wichtig. Komm jetzt, Hanna.«

Ich hole tief Luft, dann bewege mich wie im Traum
auf die Lehrerin zu.
»Verdammt«, ist das Einzige, was ich denken kann.
»Wer hat mich gesehen? Wer hat mich verraten?«

26

Direktor Treibholz' Büro ist groß und lichtdurchflutet. Die schweren Vorhänge sind weit auseinandergeschoben, sodass man über das Dorf mit seinen roten Dächern blicken kann. Weicher Nieselregen läuft an den Scheiben hinunter. Auf dem Schreibtisch dampft eine Teekanne und verströmt einen warmen Duft nach Kräutern.

Ein Kloß schnürt mir die Luft ab, als ich langsam auf den Sessel vor dem Schreibtisch gleite. *Hätte ich doch bloß auf Lexa gehört und den Streich nicht alleine durchgezogen. Hätte ich ihn doch niemals durchgezogen. Hätte ich bloß auf meine innere Stimme gehört, die mich gewarnt hat. Garantiert fliege ich jetzt wieder von der Schule – wegen eines bescheuerten, kindischen Spaßes, der noch nicht einmal etwas geändert hat. Wie konnte ich nur so dumm sein und wieder alles riskieren?*

Fest drücke ich die Lippen aufeinander, um nicht verzweifelt aufzulachen. Okay, ruhig bleiben. Vielleicht ... ganz vielleicht geht es auch um etwas anderes. Ja, möglicherweise möchte der Direktor nur wissen, wie mir die ersten Wochen auf seiner Schule gefallen haben. Eine Art Feedbackgespräch, um –

Als sich die Tür öffnet, zucke ich zusammen. Direktor Treibholz setzt sich mir gegenüber an den Schreibtisch. Wie immer trägt er einen altmodischen grauen Wollanzug und seinen Siegelring.

»Guten Tag, Hanna«, sagt er. Seine Augen blicken mich offen an, doch ich erkenne die ernste Anspannung dahinter. »Schön, dass du da bist. Möchtest du einen?«

Ich verstehe erst nicht, was er meint, aber dann – ach so, der Tee – schüttele ich den Kopf. Immer wieder reibe ich neue Nagellacksplitter von meinen Fingernägeln.

»Bist du sicher? Es ist ein guter Tee«, der Direktor schenkt sich die heiße Flüssigkeit in eine Tasse. »Na, schön. Hanna, ich möchte mit dir über ein wichtiges Thema sprechen.« Er macht eine kurze Pause, in der sich meine Nerven zum Zerreißen anspannen.

Bitte frag mich, ob ich schon Freunde gefunden habe. Frag mich, wie ich mittlerweile in Physik klarkomme und ob der Nachhilfeunterricht bisher geholfen hat. Frag mich, wie ...

»Hanna, du hast gestern den Kurs von Doktor Faustmann verlassen. Ich würde gerne wissen, wo du in dieser Zeit warst.«

Wie erstarrt hocke ich auf der Sesselkante. Sämtliche Hoffnung, dass es bei unserem Gespräch um etwas anderes gehen könnte, löst sich ins Nichts auf.

Er weiß es. Er weiß von Jakes verwüstetem Auto. Und er weiß – oder glaubt zumindest –, dass ich es war. Aber woher? Wer hat mich gesehen? Hat Jake ihm etwa einen Hinweis gegeben?

»Ich ...«

Was soll ich tun? Soll ich die Wahrheit sagen? Oder alles abstreiten, die Unschuldige spielen? Mein Nacken fängt an zu schwitzen, weil ich spüre, dass ich schon viel zu lang zögere.

»Ich – ich war auf der Toilette«, antworte ich ausweichend. »Ich habe Doktor Faustmann gefragt, ob ich die Klasse verlassen darf und bin dann rausgegangen.«

Direktor Treibholz nickt. »Doktor Faustmann sagte, dass du dem Unterricht über fünfzehn Minuten ferngeblieben bist. Das ist ein ziemlich langer Zeitraum für einen Toilettenbesuch, findest du nicht?«

Mist.

»Mir war – etwas schlecht, deswegen bin ich zu den Toiletten im Erdgeschoss gegangen«, murmele ich und stecke meine verräterisch bebenden Hände unter meine Schenkel. »Ich dachte, ein bisschen Bewegung würde mir guttun.«

Direktor Treibholz sieht mich ein paar Sekunden an, ehe er nach seinem teuren Montblanc-Kugelschreiber greift und ihn in den Fingern dreht. »Jakob Ginsbergs Auto wurde gestern zwischen elf und zwölf Uhr beschädigt. Ein schwerer Fall von blindem Vandalismus. So etwas haben wir an dieser Schule noch nie erlebt. Glücklicherweise hat Jakob frühzeitig einen Hinweis bekommen, dass sein Wagen ramponiert wurde. Daraufhin hat er mir Bescheid gegeben, um zu verhindern, dass noch weitere Autos beschädigt werden.«

Ich kann meine Überraschung und Wut kaum verbergen. Das gibt's doch nicht! Jake hat meinen Streich dazu genutzt, sich als Held darzustellen, dem die Sicherheit der Schule wichtig ist. Er ist so ein gottverdammter Heuchler. Garantiert hat er niemandem erzählt, dass »Wichser« auf seiner Scheibe stand.

Ich bin so in meinen zornig kreisenden Gedanken versunken, dass ich aufschrecke, als Direktor Treibholz fortfährt: »Ich habe die Polizei informiert. Sie wird dem Fall nachgehen, denn ich dulde auf meiner Schule keinen Vandalismus.«

Ich fahre zusammen. »Die Polizei?« Aber es war doch bloß ein harmloser Scherz.

Der Direktor nickt sehr ernst, als könnte er meine Gedanken lesen. »Vandalismus ist ein Verbrechen. Die Polizei wird die Verantwortlichen finden. Hanna, du bist gestern, als es passiert sein muss, zur Toilette im Erdgeschoss gegangen. Richtig?«

Ich nicke ebenfalls, plötzlich wie elektrisiert.

Er sieht mich aufmerksam an, als warte er, dass ich meine Antwort revidiere, dann räuspert er sich. »Im Erdgeschoss gibt es nur eine Herrentoilette. Bist du sicher, dass du dort warst und nicht an einem anderen Ort?«

Ich beiße mir innen auf die Wange. Verdammt, ich bin so eine Idiotin. Eine Sekunde denke ich daran, doch die Wahrheit zu sagen, mich für alles bisher Gesagte zu entschuldigen, aber dafür ist es jetzt zu spät. Jetzt würde er mir kein einziges Wort mehr abkaufen.

»Sie haben recht«, improvisiere ich hastig. »Ich war natürlich oben auf der Toilette. Aber ich bin … nach unten gegangen, um mich zu bewegen. Ich habe – ich habe mir noch die Flyer und Aushänge am schwarzen Brett angesehen. Deswegen war ich etwas länger nicht in der Klasse.« Ich halte die Luft an und presse die Handflächen auf das Stuhlpolster. Mein Magen pocht vor Anspannung.

Bitte glaub mir. Bitte frag nicht noch einmal nach. Ich wollte doch nur, dass Jake einen Denkzettel erhält. Es ist doch gar nichts Schlimmes passiert.

Scharf blickt mich der Direktor durch seine Brillengläser an und klopft langsam mit seinem Kugelschreiber auf die Tischplatte. An der Scheibe wirbeln ein paar braune Herbstblätter vorbei. Kräuterdampf steigt aus der Teetasse.

»Während des Unterrichts solltest du nicht durchs Schulhaus wandern«, erklärt er schließlich streng. »Du hast eine Menge Stoff aufzuholen. Konzentrier dich in Zukunft in erster Linie auf das Lernen. Wenn es dir nicht gut geht, gehst du sofort ins Krankenzimmer. Hast du bei deinem Gang zum schwarzen Brett möglicherweise aus dem Fenster gesehen und jemanden auf dem Schulgelände bemerkt?«

Ich schüttele den Kopf. »Nein. Niemanden.«

Er wartet, ob ich noch etwas hinzufüge, aber ich schweige. Meine Wangen brennen. Ich will nur noch hier raus.

»Also gut, wenn dir noch etwas einfällt, dann melde dich bei mir oder einem Lehrer«, sagt der Direktor. »Jede Kleinigkeit kann wichtig sein. Ein Auto zu beschädigen ist kein Kavaliersdelikt. Es ist eine Straftat. Das müsstest du wissen.«

Ich grabe die Fingernägel das Stuhlpolster. »Ja.«

Direktor Treibholz erhebt sich, geht zur Tür und öffnet sie. »Deine Sitzung bei Doktor Wolf hat schon angefangen. Beeil dich, dann kommst du nicht allzu sehr zu spät.«

Als ich durch die Tür schlüpfe und mich ermahne, nicht wie eine Wilde davon zu rennen, höre ich Direktor Treibholz noch sagen: »Frau Kretschmann, bringen Sie bitte Daria Petrova in mein Büro. Sie ist ...«

Die Tür klappt zu, die Stimme erstirbt.

Wenig später schleppe ich mich die Treppe zur psychologischen Praxis von Doktor Wolf hinauf. In meinem Kopf drehen sich die Gedanken wie auf einem Karussell.

Der Direktor ahnt etwas, sonst hätte er mich nicht verhört. Das Einzige, was ihn abhält, mich direkt der Polizei auszuliefern, ist, dass ihm die Beweise fehlen. Doch die wird er auch ganz bestimmt nicht finden.

Hoffe ich.

Den Käse hat Jake doch garantiert sofort in den Wald geschmissen. Auf der Folie sowie auf Jakes Autoschlüssel und der Schuhcremetube befinden sich zwar meine Fingerabdrücke, aber die Sachen liegen irgendwo zwischen den Tannen, und so weit wird er doch niemals ...

»Hier bist du! Wir müssen reden.«

Vor Schreck fällt mir meine Schultasche von der Schulter und kracht auf den Boden. Ich presse mir die Hand aufs wild schlagende Herz und kralle mich mit der anderen an der Wand fest.

»Tut mir leid, ich wollte dich nicht erschrecken«, Lexa, in einem engen pinken Pullover, sieht sich über die Schulter um, bevor sie die Hände in die Hüften stemmt. Ihre silberblonden Haare fallen ihr ums wütende Gesicht. »Okay, und jetzt sag schon: Was hast du dir dabei gedacht?!«

Ich schüttele den Kopf. »Wobei denn?«

Lexa kneift die wasserblauen Augen zusammen, ehe sie sich näher zu mir beugt: »Du weißt genau, um was es geht. Die Vertrauenslehrerin Frau Kretschmann hat mir gerade von dem ›Vandalismus‹ auf dem Schülerparkplatz erzählt, damit ich die anderen Schüler informiere und warne. Hanna, du hättest Jakes Auto auf keinen Fall alleine präparieren dürfen. Das war unglaublich unvorsichtig. Alles Mögliche hätte schiefgehen können. Musstest du deswegen in Direktor Treibholz' Büro? Hat dich etwa jemand beobachtet?«

»Alles in Ordnung«, beruhige ich sie hastig. »Er hat keine Beweise, und Jake hat den Wagen längst reinigen lassen. Der Mistkerl hat mehr Glück als Verstand gehabt, aber beim nächsten Mal kommt er uns nicht so einfach davon.«

Lexa stößt einen überraschten Laut aus. »Nächstes Mal? Hanna, es wird kein nächstes Mal geben, wenn dich Direktor Treibholz jetzt auf dem Radar hat. Frau Kretschmann sagte, dass sogar die Polizei informiert wurde. Das ist Jake nicht wert, dass wir uns seinetwegen Ärger einheimsen!«

»Was?« Ich sehe sie entsetzt an, doch dann beiße ich mir auf die Lippe. Natürlich, wir *müssen* aufhören. Die Polizei ist an dem Fall dran, und wir kommen in Teufels Küche, wenn wir auffliegen. Ich sollte mich an meinen ursprünglichen Plan halten: Von vorne anfangen, keinen Ärger mehr machen, niemanden mehr enttäuschen.

Aber ... gleichzeitig breitet sich eine riesige Leere in meiner Brust aus, als ich mir vorstelle, dass es einfach vorbei sein soll. Jake kommt ungeschoren davon, lebt weiter sein protziges Dorfjungenleben und spielt mit den Menschen, wie es ihm gerade passt. Und ich hocke alleine in meinem Zimmer, wo mich ungehindert die Geister der Vergangenheit bestürmen können. Und am Ende werde ich noch ...

Nein, die Rache an Jake ist wichtig, sie ist elementar – ich kann nicht aufhören!

»Wir passen beim nächsten Mal einfach noch besser auf, dann wird garantiert nichts passieren. Lexa, wir müssen es ihm heimzahlen. Der Mistkerl nimmt uns überhaupt nicht ernst. Schau her.« Ich ziehe die Klopapierrolle und das Feuerzeug aus der Tasche und präsentiere ihr den Zettel.

Verbrenn dich nicht!
Dieses Spiel spiele ich viel besser als du,
Schlampe.

Lexa runzelt die Stirn, als sie die kurzen Sätze liest.
»Ich fasse es nicht«, murmelt sie. »Jake ist –«
»Oh, hi, Lexa!«

Lexa und ich zucken gleichermaßen zusammen. Die dunkelblonde Freundin von Marissa steht hinter uns und zieht ihre Tasche höher auf die Schulter. In der Hand hält sie einen kleinen Blumenstrauß mit rosa Rosen. Als sie mich erkennt, zuckt ihr Mundwinkel verächtlich.

»Ach, erklärst du Hanna gerade die Sitten der Schule? Dass man zum Beispiel nicht direkt am ersten Tag mit einem Typen ins Bett steigt? Glaub mir, dieses Vorhaben ist edel, aber sinnlos.«

Ich schnappe nach Luft. »Spinnst du –«

Lexa unterbricht mich. »Was gibt's, Vivian?«

Ich zittere vor Wut, während Vivian überheblich die Brauen hochzieht und dann auf die Blumen in ihrer Hand nickt. »Wir wollen Charlotte besuchen. Die Arme trägt noch eine Halskrause und kann sich kaum bewegen. Wir wollen sie ein bisschen aufheitern.«

Lexa streicht sich fahrig durch das helle Haar. »Oh, schöne Idee. Ich – ich komme eventuell später nach. Fahrt schon mal vor und grüßt sie.«

Vivian nickt. »Klar, ich sehe schon, du bist beschäftigt. Aber glaub mir, im Gegensatz zu Charlotte ist *sie* ein hoffnungsloser Fall. Eine Schlampe wird immer eine Schlampe bleiben.« Sie wirft mir noch einen kurzen, höhnischen Blick zu und verschwindet um die Ecke.

»Tut mir leid, was sie gesagt hat«, murmelt Lexa. »Das war dumm und gemein. Ich rede später mit ihr.«

Ich schüttele böse den Kopf. »Quatsch, das macht alles nur noch schlimmer. Es ist zu spät: Ich hab meinen Ruf für immer weg. Und alles nur wegen Jake.«

Lexa legt mir die Hand auf den Arm und senkt die Stimme. »Hör zu, ich bin auch stinksauer auf ihn –

aber wenn das Risiko besteht, dass du dir selbst Ärger einhandelst, sollten wir Schluss machen. Ich weiß, es ist total ungerecht, aber man kriegt leider nicht immer das, was man möchte.«

Obwohl ich nicht gemein zu Lexa sein will, ziehe ich meinen Arm weg und schnaube: »Ich hab gewusst, dass du das sagst. Du bist ja auch rundherum perfekt und hast alles, was du dir wünschst. Du hast keine Ahnung, wie es ist, ich zu sein. Die Rache an Jake ist das einzig Gute an meinem Leben.«

Sie zuckt verwirrt zurück. »Wieso das denn?«

Ich beiße die Zähne zusammen, plötzlich selbst verwirrt über meine Worte. »Ach, egal. Ich bin einfach sauer und enttäuscht, dass wir gescheitert sind. Nicht mal rächen kann ich mich richtig. Klar, ich verstehe, dass du nicht mehr mitmachen willst. Aber es wurmt mich, dass Jake immer noch nicht bekommen hat, was er verdient. Das ist einfach nicht fair.«

Lexa zupft an einer silberblonden Haarsträhne herum, während sie an ihrer Unterlippe nagt. »Ich bin ebenso wenig perfekt wie du. Ich hab gegenüber Jake einfach klein beigegeben, statt mich zu wehren. Manchmal denke ich, dass ich mich so verhalten habe, weil er das von mir erwartet hat. Die liebe, nette Lexa macht immer alles richtig. Nur nicht anecken, nur keinen Streit heraufbeschwören. Aber bin ich wirklich so? Manchmal hab ich das Gefühl, dass mich niemand wirklich kennt. Du dagegen verstellst dich nicht und bist ehrlich und direkt.«

»Unsinn«, sage ich. »Du kennst mich nur nicht richtig.«

Lexa presst die Lippen aufeinander, als wäre sie bereit, mir ebenfalls zu widersprechen, aber dann strafft sie abrupt die Schultern. »Dann sollten wir einander besser kennen lernen. Zum Beispiel bei einer zweiten Runde gegen Jake.«

Ich sehe sie mit offenem Mund an. »Echt?«

Sie nickt. »Du hast recht: Wir sind noch nicht fertig mit ihm. Das eine Mal ist er davongekommen, aber jetzt drehen wir den Spieß wirklich um.«

Mein Herz macht einen erleichterten Sprung. Ich beuge mich näher zu ihr und senke die Stimme. »Ich hab schon eine Idee. Hör zu, das Ganze steigt bei der Halloweenfeier ...«

27

Halloween

31. Oktober, 19:35 Uhr

Der Bass der Musik pumpt durch die Flure der Sport- und Schwimmhalle. Das Gebäude ist nicht wiederzuerkennen: Das Licht ist abgedunkelt worden, und an den hohen Wänden spannen sich schwarze Spinnennetze. Kerzen in grinsenden Kürbisköpfen leuchten in den Ecken.

Das Zentrum der Party ist die Turnhalle: Hier dreht sich ein Scheinwerfer an der Decke, der alle paar Augenblicke weiße Blitze über die Tanzfläche schickt. Dunstiger Nebel zieht um die Beine der Tanzenden. Flatternde schwarze Umhänge, blutunterlaufene Augen und spitze weiße Zähne wirbeln umher. Nur die Musik ist alles andere als gruselig: Rihanna schallt durch die Luft, und ich denke Augen rollend, dass man lieber mich als Musikverantwortliche eingespannt hätte.

»Buh, Hanna, ich hab dich!«, zwei Skeletthände packen mich und wirbeln mich herum. Isabells weiß angemaltes Gesicht lacht mich an. Über ihren Lippen zeichnen sich scharfkantige Zähne ab, und unter ihren Augen liegen schwere schwarze Ringe.

»Tut mir leid, das sagen zu müssen, aber du siehst viel zu harmlos aus«, grinse ich, worauf meine Schwester eine Grimasse schneidet.

»Quatsch, ich sehe zum Fürchten aus. Wie der Tod!«

»Wenn du der Tod bist, wundere ich mich, dass alle ihn fürchten«, gebe ich zurück.

»Ich werde dich noch das Fürchten lehren«, Isabell lacht noch einmal und verschwindet dann in der Menge. Ich sehe ihr nach und freue mich, dass sie so viel Spaß hat. Dann drehe ich eine erste Runde durch die Halle, die mich an den Mädchen des Volleyballteams vorbeiführt. Sie scharen sich um einen Tisch mit glibberig-grünen Getränken und werfen die Haare über die Schultern. Ihre langen, muskulösen Beine stecken in knappen roten Hotpants und sportlichen Kniestrümpfen. Nur an ihrer kunstvoll verlaufenen Schminke und dem mit roter Farbe beschmierten Volleyball kann man erahnen, dass sie vermutlich als Zombie-Volleyballspielerinnen verkleidet sind. Ich entdecke zwischen ihnen auch Lexas langen weißblonden Pferdeschwanz.

»Die haben den Sinn von Halloween nicht verstanden«, sagt eine Stimme hinter mir naserümpfend. »Sie wollen wie immer nur die Jungs heiß machen.«

Ich fahre herum. »Daria! Wow, du bist ja doch gekommen!«

»Klar, ein lernfreier Abend muss auch mal sein«, grinst sie. Sie trägt einen Haarreifen mit spitzen Katzenohren und ein Nietenlederband um den Hals. »Komm, stürzen wir uns ins Grusel-Getümmel.«

Während wir an kichernden Hexen oder Zähne fletschenden Werwölfen vorbei schlendern, sehe ich mich unauffällig nach Jake um, doch weil die meisten bis zur Unkenntlichkeit geschminkt sind, kann ich ihn nirgendwo entdecken.

Ich balle die Hand zur Faust und umschließe damit das schmale Plastikröhrchen, das Lexa besorgt hat. Sie trägt das gleiche in ihrer Tasche; eine von uns wird Jake heute erwischen. Heute zahlen wir es ihm endlich so heim, wie er es verdient.

Daria legt zwischen aufgestellten Totenköpfen und Plastikgrabsteinen einen verrückten Tanz hin. Lachend drehe ich immer wieder den Kopf in alle Richtungen, doch in der nebeligen Dunkelheit kann ich Jakes Wuschelkopf immer noch ausmachen. Plötzlich schiebt sich von hinten eine Hand auf meinen Arm.

»Er geht gerade zur Toilette«, raunt jemand mir zu.

Lexa.

Ich drehe mich nicht zu ihr um, doch ich nicke zum Zeichen, dass ich verstanden habe.

»Ich muss mich jetzt um die Eröffnungsrede kümmern«, fügt sie flüsternd hinzu. »Kümmerst du dich um Jake?«

Ich nicke wieder. Lexa lässt mich los und verschwindet in der Menge.

»War das Lexa?«, fragt Daria über den Bass der Musik. »Was wollte sie denn?«

»Oh, äh – nichts besonderes«, antworte ich und sehe zur Seite. »Als Vertrauensschülerin fühlt sie sich verpflichtet, sich regelmäßig nach meinem Wohlbefinden zu erkundigen.«

Daria lacht. »Das ist typisch für sie!«

Ich lächele auch, aber ein Stich fährt durch mein Herz. Ich will Daria nicht anlügen und würde ihr so gerne von unserem neuen Plan erzählen, der diesmal

178

garantiert aufgehen wird. Doch ich reiße mich zusammen. Nein, Daria ist meine Freundin, und sie hat nichts mit unserer Rache zu tun. Wenn sie so wenig wie möglich weiß, ist das am besten für sie. Es reicht, wenn nur ich – und Lexa – möglicherweise Ärger kriegen.

»Bin gleich wieder da«, sage ich zu Daria.

Auf dem Weg zur Toilette kommen mir zwei kichernde Zombiemädchen entgegen, von Jake fehlt jedoch jede Spur. Mist, er ist mir entwischt!

Weil ich nicht stundenlang auf dem Gang auf der Lauer liegen kann, marschiere ich in die Mädchentoilette nebenan, wo ich die Hände auf das Waschbecken stütze und mir ins bläulich geschminkte Gesicht starre. Heute bin ich zur Abwechslung einmal froh um meine wilden Haare: Auftoupiert und verfilzt fallen sie mir über die Schultern und auf das lange, schmutzig-weiße Kleid.

Auch die Toilette ist passend für Halloween geschmückt; auf dem Boden flackern Kerzen in schwarzen Laternen, die ich wegen meiner Abneigung gegen Feuer angestrengt ignoriere. Eine Girlande mit Totenköpfen zieht sich über die gekachelte Wand. Dumpf vibriert die Partymusik durch die Mauer. Ich will gerade in einer der Kabinen verschwinden, da geht die Tür links daneben auf und knallt fast gegen meine Stirn. Ein großes schlankes Mädchen taucht dahinter auf, das in ein Schneewittchenkostüm – mit ultrakurzem Rock – gehüllt ist. Über ihre weiße Wange zieht sich eine ziemlich echt aussehende Platzwunde. Als sie mich erkennt, kneift sie die blauen Augen zusammen.

Marissa.

»Ach, hi, Hanna«, sagt sie von oben herab. »Nettes Kostüm. Was bist du? Ein ungezogenes, ermordetes Kind?«

»Eine Wasserleiche«, erkläre ich. »Und du? Schnee-Flittchen?«

Marissa stößt ein überhebliches Schnauben aus. »In diesem Raum sehe ich nur *ein* Flittchen.« Sie drängt sich an mir vorbei zum Waschbecken und wäscht sich die Hände. Dann wirft sie mir im Spiegel einen scharfen Blick zu.

»Wasserleiche?« Sie rümpft die Nase. »Das passt doch gar nicht zu dir. Wäre nicht ein Brandopfer besser gewesen?«

Ich starre sie perplex an. »Wie kommst du –?«

Doch Marissa wirft sich nur das lange Haar über die Schulter und marschiert auf ihren Stilettos nach draußen. Ich blicke ihr nach.

Brandopfer? Hat sie auf meine Vergangenheit angespielt? Aber ... woher sollte sie davon wissen?

Ich stürme aus der Mädchentoilette, um Marissa zu folgen, aber ich krache direkt in einen groß gewachsenen Jungen hinein. Lichtblitze wirbeln aus der Partyhalle in den Gang und erhellen flackernd sein Gesicht.

»Oh, sorry, hab dich nicht gesehen«, entschuldigt sich der Typ. Er trägt eine schwarze Perücke, und der aufgestellte Kragen verdeckt zur Hälfte sein weiß geschminktes Gesicht. Dennoch sticht mir sofort sein funkelnder Blick ins Auge – und die Grübchen, die sich in seinen Wangen bilden, als er sich mir zu wendet.

Jake. Verkleidet als Dracula.

»Ach, hey«, sagt er betont lässig, als er mich ebenfalls erkennt. In der Hand hält er einen leuchtend roten Becher mit einem schaumigen Getränk. »Cooles Kostüm, Hanna.«

»Danke«, sage ich, obwohl mich sein süffisanter Blick sofort auf die Palme bringt. Himmel, am liebsten würde ich ihn an Ort und Stelle erwürgen, aber ich kann mich gerade so zurückhalten. Ruhig bleiben. Die Situation ist perfekt.

Los geht's.

Ich setze einen betont finsteren Blick auf. »Ich muss weiter.«

»Stopp, warte mal«, Jake streckt die Hand nach mir aus, und dabei schwappt etwas Flüssigkeit aus seinem Becher.

»Was ist?«, ich verschränke die Arme. »Willst du mir wieder eine Klausur unterschieben? Oder Klopapier mit Enten? Ich hab keine Angst vor dir.«

»Klopapier? ... Quatsch, Hanna, hör mal, das mit der Klausur ist blöd gelaufen«, Jake verzieht – so wie er sicher hofft – schuldbewusst das Gesicht. »Aber ich hätte mir gewaltigen Ärger eingeheimst, wenn ich gestanden hätte.«

»Und deswegen musstest du *mir* die Sache in die Schuhe schieben? Du bist echt das Letzte. Lass mich in Ruhe.« Ich wende mich demonstrativ ab. Mittlerweile kenne ich Jake so gut, dass ich weiß, dass er mich zurückhalten wird.

Ich weiß genauso gut wie du, wie man Spielchen spielt, und bin ebenfalls klüger, als du denkst.

»Hanna!«, ruft er mir auch wirklich hinterher. Ein Lichtblitz zuckt durch den Flur, Rihanna schmettert schon wieder *Shine bright like a diamond.*

Ich drehe mich um und frage extra genervt: »Was ist?!«

»Es tut mir leid. Ehrlich. Wieder mal«, Jake seufzt. Wenn ich ihn mittlerweile nicht so gut kennen würde, würde ich ihm seine Reue fast abkaufen. »Ich hab von Anfang bis Ende totalen Mist gebaut, das weiß ich. Ich hoffe, du kannst mir irgendwann verzeihen, und wir können von vorne anfangen.«

Jake tritt einen Schritt vor, als würde er mich umarmen wollen. Ich weiche automatisch zurück, doch dann reiße ich mich zusammen. Aus der Turnhalle ist kreischendes Lachen zu hören. Der Bass klopft in den Wänden.

»Schon gut«, sage ich ruhig. »Schnee von gestern.« Ich hoffe, er bemerkt nicht, wie ich die Zähne zusammenbeiße.

»Wow, das freut mich total«, schnurrt Jake. »Dann sind wir ab jetzt *Freunde*?« Er betont das Wort so unanständig, dass ich fast würgen muss. Breit lächelnd kommt er noch näher, und ich lasse zu, dass sich seine Arme um mich schließen. Er riecht nach pudriger Schminke und billigem Kunsthaar. Dennoch steigt mir darunter sein holzig-frischer Duft in die Nase, der mich zusammenzucken lässt – vor Ekel.

Jake versteht meine Reaktion offenbar anders, denn prompt schiebt er eine Hand in mein Haar und presst die andere fest in meinen Rücken.

Okay, das reicht. Ich löse mich von ihm, halte aber seinen Ärmel fest.

»Klar, Jake«, wiederhole ich, doch innerlich schüttelt es mich. »Wir sind *Freunde*.«

Seine blauen Augen weiten sich. »Hanna, du bist wirklich cool.«

»Hey, Jake!«, ertönt plötzlich eine laute, begeisterte Stimme hinter uns. »Was treibst du da schon wieder? Ich dachte, du stehst in letzter Zeit nur auf die zwei großen ›M‹s: Marissa – und sexy Mamas. Hi, Hanna, alles klar?«

Ein als Horror-Arzt verkleideter Typ – Sven heißt er, glaube ich – taucht neben uns auf und grinst übers ganze blutverschmierte Gesicht. Ich ziehe schnell meinen Arm zurück.

»Ach, halt doch die Klappe«, grinst Jake zurück. »Ich kann doch auch nichts dafür, dass ich so gut aussehe.«

Sein Kumpel lacht so heftig, als wäre das der Witz des Jahrtausends. Ich dagegen würde Jake gerne eine knallen, aber ich lächele, so nett ich kann. »Viel Spaß noch beim Feiern. Und bei deiner Rede gleich, Jake.«

Er nickt gutgelaunt. »Danke. Ich muss mich jetzt noch ein wenig vorbereiten. Bis später mal.« Mit wehendem Umhang verschwindet er mit dem Horror-Arzt in Richtung Turnhalle.

Als sie weg sind, lehne ich mich gegen die stuckverzierte Wand und atme tief aus. Das Röhrchen, das halb in meinem Ärmel versteckt ist, zittert vor Aufregung. Es ist leer.

Ich kann nicht fassen, dass ich es tatsächlich geschafft habe, den Inhalt in seinen Becher zu schütten, ohne dass er es gemerkt hat. Die Umarmung war die perfekte Ablenkung.

Jake, du bist ein absoluter Idiot, das wirst du bald schmerzlich feststellen müssen. Deine Selbstverliebtheit bricht dir das Genick.

Ich ziehe das Handy aus meiner winzigen Tasche.

»Erledigt«, schreibe ich an Lexa, worauf sie sofort mit einem Daumen nach oben antwortet.

»Das Spiel kann beginnen.«

28

»Liebe Freunde, ich freue mich sehr, dass wir auch dieses Jahr wieder unsere legendäre Halloweenfeier veranstalten dürfen!«

Die Musik ist leiser gestellt worden, und die vielen Monster, Hexen und Zombies drängen sich kichernd vor der provisorisch aufgebauten Bühne aneinander. Daria ist schon ein bisschen beschwipst, dabei gibt es offiziell überhaupt keinen Alkohol. Aber ein paar Jungs haben Bier in die Schule geschmuggelt und unauffällig in ein paar Becher – unter anderem in Jakes – gefüllt.

In seinem Dracula-Kostüm steht Jake neben Lexa und der Vertrauenslehrerin Frau Kretschmann, die abgesehen von zwei rot blitzenden Teufelshörnern wie immer aussieht, auf dem hüfthohen Podest und zieht das Standmikro näher zu sich heran. Ein Scheinwerfer leuchtet ihn frontal an.

»Mein besonderer Dank richtet sich dabei an die Vertrauensschülerin der Oberstufe: Lexa setzt sich schon seit Jahren mit ganzer Kraft und vollem Herzen für uns alle ein. Ihretwegen hat diese Party einen ganz besonderen Sinn, denn der Erlös der Eintrittsgelder geht an das regionale Kinderkrankenhaus. Vielen Dank, Lexa, du bist ein tolles Vorbild!«

Halbherziger Applaus erklingt. Lexa lächelt strahlend, und ich bewundere sie für ihr Schauspieltalent.

Ich hätte Jake für seine schleimige Rede vermutlich schon längst eine runtergehauen.

Zwei Mädchen vor mir kichern.

»Jake ist ja so süß«, flüstert die Linke. »Guck mal, wie breit seine Schultern sind,«

»Oh ja, und seine Stimme ist so sexy«, haucht ihre Freundin. »Und dann ist er noch unglaublich nett, obwohl er so gut aussieht. Das ist echt selten.«

Ich rolle die Augen. Oh Mann, wie können diese Hühner ernsthaft auf sein Geschleime reinfallen?! Ach ja ... Ich fahre mir ertappt durch das auftoupierte Haar, als mir einfällt, dass auch ich ihm zuerst auf den Leim gegangen bin.

Der Kerl ist gut. Aber ich bin besser. Gleich wird ihn niemand mehr anhimmeln.

Meine Muskeln spannen sich an, als ich das leichte, fast unhörbare Stocken in Jakes Stimme bemerke, als er fortfährt. Geht es los? Oder hab ich mich getäuscht?

»Ich bin erst seit ein paar Monaten Schülersprecher, aber bereits jetzt sehr stolz auf dieses Amt. Und zwar in erster Linie wegen euch. Danke also auch an jeden von euch. Danke, dass ihr mich gewählt habt. Klar, es ist nicht immer leicht, aber ich gebe mein Bestes, um unsere Schule und alle Schüler auch in Zukunft so gut wie möglich zu vertreten ...« Plötzlich stoppt Jake, schluckt schwer und räuspert sich, ehe er langsamer weiter spricht: »Jetzt wird Lexa gemeinsam mit Frau Kretschmann mit dem Kostümwettbewerb beginnen. Macht alle mit, es lohnt sich ...« Wieder bricht er ab. Seine Hand zittert, als er sich über die mit einem Mal ziemlich verschwitzte Stirn wischt.

»Die Siegergruppe ... die Siegergruppe fährt mit Frau Kretschmann über ein Wochenende nach Berlin. Ist das nicht ... großartig?«

Jake verzieht das Gesicht, als würde er das absolut nicht großartig finden. Seine Gestalt beginnt ganz leicht zu beben, sein geschminktes Gesicht verliert fast alle Farbe. Er steckt die Finger in seinen Kragen, um ihn zu weiten. Seine Pupillen flackern unruhig hin und her. Frau Kretschmann wirft ihm einen verwirrten Blick zu. Neues Flüstern wird hinter mir laut.

»Was ist denn mit ihm los?«

»Er sieht ja schlimm aus.«

»Er soll mal besser runter von der Bühne steigen.«

Ich presse die Hände zu triumphierenden Fäusten. Es funktioniert!

»Ich bitte alle ... alle, die am Kostümwettbewerb teilnehmen wollen, stellt euch jetzt in einer Schlange ... einer Schlange neben der Bühne auf.« Jake kneift die Augen zusammen, als würde ihn plötzlich das Licht blenden. Als er sie wieder öffnet, krallt er die Hände in das Standmikro und reißt es fast um. Ein Quietschen fährt durch die Lautsprecherboxen. Ein paar Mädchen schreien auf vor Schreck.

»Jakob? Alles in Ordnung?«, fragt Frau Kretschmann.

»Ja, ich ... ich bin nur ...«, Jake schwankt zur Seite und gefährlich nahe an den Bühnenrand, das Gesicht leichenblass und verzerrt. Dabei zerrt er das Mikro mit sich, das mit einem krächzenden Geräusch über das Podest schleift. Sein Keuchen hallt schwer und stockend durch die Lautsprecherboxen. Immer mehr Schweißperlen glänzen im Scheinwerferlicht.

»Was geht denn bei dem?«, flüstert Daria, ohne den Blick von Jake abzuwenden.

Ich hab das Gefühl, alle halten den Atem an.

Jake torkelt umher, seine Hand rudert in der Luft herum und greift ins Nichts. Frau Kretschmann macht einen Schritt auf ihn zu – aber dann stolpert Jake im runden Lichtkegel der Lampen über den Bühnenrand. Ein Schrei geht durch das Publikum. Das Mikrophon, das er immer noch umklammert, kracht auf den Hallenboden und zerbricht in zwei Metallstücke. Jake fällt wie ein nasser Sack hinterher, doch weil er mit einem Fuß an der Bühne hängenbleibt, knallt nur sein Oberkörper auf den Boden.

Eine Sekunde passiert nichts. Jake will sich stöhnend aufrichten, stützt sich auf die Unterarme, würgt und keucht – und fängt plötzlich zu kotzen an.

29

Wie eine Welle kippt die Stimmung in der Turnhalle. Alle schreien wild durcheinander und rennen naserümpfend davon. Jemand schaltet die grellen Deckenlampen an, die das ganze Elend mit erbarmungsloser Helligkeit überfluten.

Jake stöhnt und würgt weiter schaumiges Bier auf den Hallenboden und seinen Dracula-Mantel. Immer noch hängt er wie eine verdrehte Marionette zwischen Bühne und Boden. Seine Schultern beben wie bei einem heftigen Schluckauf, und er wirkt total weggetreten.

»Iiiih«, machen die gleichen Mädchen, die ihn gerade noch angehimmelt haben, und wenden sich angewidert ab. »Das ist ja ekelhaft.«

Ich muss mich zusammenreißen, um nicht loszulachen. Frau Kretschmann beugt sich mit sorgenvoll verzerrtem Gesicht zu Jake hinunter, doch sofort wird ihre Miene hart.

»Jakob, das wird ein Nachspiel haben«, höre ich sie über das Stimmengemurmel fauchen. »Wie viel Alkohol hast du heute getrunken? Meine Güte, als Schülersprecher solltest ein Vorbild für die jüngeren Schüler sein.« Sie wendet den Kopf. »Sebastian, André, macht schon, holt eurem feinen Freund etwas Wasser und helft ihm von der Bühne.«

»Nein, danke, Frau Kretschmann«, antwortet ein riesiger Typ, der als Hulk verkleidet ist, von der

Seite. Er hält sein iPhone hoch und schießt gerade ein neues Foto von Jakes erbärmlich zuckender Gestalt. »Das ist mir zu ekelig. Soll seine Freundin die Kotze aufwischen.«

»André, du kommst jetzt sofort her, oder ich melde auch dich bei Direktor Treibholz!«, ruft Frau Kretschmann. Sie tut mir fast leid, wie sie erst Jakes Bein von der Bühne befreit und dann die Hände unter seine zittrigen Achseln schiebt, um ihn aufzurichten. André rollt mit den Augen und kommt dann aber mit einem Zombie-Feuerwehrmann und dem Horror-Arzt Sven nach vorne.

Daria kichert unterdrückt und zieht mich zurück. »Der Höhepunkt des Jahres. Ich freu mich schon auf den Artikel für die Schülerzeitschrift. ›*Unliebsame Offenbarung – Schülersprecher teilt sein Innerstes mit der gesamten Gutenberg*‹.«

Wenig später hat sich die Situation normalisiert; Lexa und ihre Volleyball-Freundinnen haben mit angeekelten Mienen den Boden abgewischt, sodass jetzt der Kostümwettbewerb starten kann. Das Licht ist wieder gedimmt und neue Musik aufgelegt worden. Im Moment hüpft eine Gruppe Unterstufenschüler, die als Skelette verkleidet sind, im Kreis. Mit verschränkten Armen beobachtet Frau Kretschmann die Show, aber sie ist mit den Gedanken bereits bei ihrer Meldung an Direktor Treibholz.

Ich unterdrücke ein glückliches Grinsen. Es wird noch eine Menge Ärger auf Jake zukommen. Vielleicht wird er sogar als Schülersprecher suspendiert. Endlich weiß er, wie es sich anfühlt, wenn die ganze Schule über ihn lacht. Lexa und ich sind Genies. Vergessen ist der erste Streich. Stinkekäse, Klopapier, Schuhcreme – gegen diese Aktion war das ein peinlicher Kinderscherz.

Verbrenn dich nicht! Dieses Spiel spiele ich viel besser als du, Schlampe.

Ha, da hat er sich zu früh gefreut!

Fröhlich drehe ich den Kopf und entdecke Jake, der jetzt alleine an einem Tisch hockt, einen Becher Wasser zwischen den Händen.

Wo steckt Marissa, seine süße, eiskalte Freundin? Hat ihr keiner Bescheid gesagt, dass es ihrem Freund mies geht? Ich hab sie seit unserer Begegnung auf der Toilette nicht mehr gesehen.

Jakes Dracula-Schminke ist verschmiert, und ich wette, er wäre auch ohne das weiße Zeug sehr blass. Kotzreste kleben an seinem Mantel. Die schwarze Perücke hat er abgenommen, unter der seine hellen Haare in alle Himmelsrichtungen abstehen. Immer wieder streicht er sich über die Stirn, als könnte er nicht fassen, was gerade passiert ist. Klar, denn eigentlich hat er gar nicht so viel getrunken.

Geschieht ihm recht. Geschieht ihm so was von recht.

Trotzdem steigt ein kleines schlechtes Gewissen in mir auf. Mit einem Mal will Jake aufstehen, doch er braucht drei Anläufe, um sich in seinem schweren Dracula-Mantel hochzustemmen. Als es ihm endlich gelingt, schwankt er unsicher zur Seite und kann sich gerade so am Tisch festhalten. Dabei stößt er gegen einen Keramik-Kürbis, der prompt auf den Boden knallt. Ohne nachzudenken laufe ich los und stelle den Kürbis wieder auf den Tisch. Dabei fange ich Jakes Blick auf. Seine Pupillen sind geweitet, seine Augen gerötet. Mit einer zitternden Hand tastet er an der Wand entlang, als wäre er blind.

Es geht ihm richtig dreckig, stelle ich fest. Tja, ich habe endlich bekommen, was ich wollte. Trotzdem fühle ich mich plötzlich merkwürdig, fast betäubt. Warum lockert sich der wütende Knoten in meinem

Bauch nicht? Immer noch hab ich das Gefühl, dass irgendetwas mir die Luft zum Atmen …

»Mir ist so – so schwindelig«, murmelt Jake. Er verzieht das Gesicht, als würde seine eigene Stimme höllische Kopfschmerzen hinter seiner Stirn auslösen. Er sieht mich an, aber er kann mich nicht fokussieren. Immer wieder gleitet sein Blick zur Seite. »Kannst du … kannst du mit mir rausgehen?«

Ich zucke zusammen und will eigentlich sofort das Weite suchen, denn ich kann mir nicht vorstellen, dass Jake weiß, wen er hier vor sich hat. Vielleicht hält er mich für Marissa – oder sonst wen. Ich blicke mich um, um einen seiner Kumpel heranzuwinken, aber in der flackernden Dunkelheit kann ich niemanden von ihnen entdecken. Na großartig.

Ich wende mich wieder Jake zu und will gerade ablehnen, doch er sieht so blass aus und zittert so elendig, dass ich es nicht über mich bringe, einfach zu verschwinden.

»Na schön«, seufze ich widerwillig. »Lass uns gehen.«

Ich habe Jake untergehakt und tapse mit ihm die wenigen Stufen zum Schwimmbecken hinunter. Zwei Flutlichtstrahler werfen gleißende Helligkeit auf das glatte Wasser, aus dem ein Geruch nach Chlor aufsteigt.

Jake ist so unsicher auf den Beinen, dass ich ihn nicht durch die ganze Sporthalle bis nach draußen schleppen konnte. Stattdessen sind wir durch einen Verbindungsgang zum Schwimmbad gestolpert, wo uns kalte Luft und Stille, unterbrochen nur durch leise schwappendes Wasser, empfangen hat. Ich wünschte, ich hätte meine Jacke mitgenommen, denn mein Wasserleichenkleid bläht sich durch die

Belüftung immer wieder auf und treibt die Kälte bis in die Knochen.

Jake scheint es ohne die laute Musik tatsächlich besser zu gehen. Er setzt sich auf die unterste Stufe der Tribüne und drückt die Hände gegen die Schläfen. Seine Augen sind geschlossen, aber immerhin läuft kein unkontrolliertes Zittern mehr durch seinen Körper.

Es ist komisch, mit ihm allein zu sein. Wut, dumpfe Befriedigung und noch etwas anderes, spitzes mischen sich in meiner Brust zu einem harten Knäuel zusammen.

Hier hat alles angefangen. Hier hat Jake mich vor allen anderen abserviert und bloßgestellt. Und jetzt sind wir wieder im Schwimmbad, nachdem ich den Spieß endlich umgedreht habe. Das fühlt sich fast wie ein Abschluss von etwas an, das ich nicht richtig benennen kann. Vielleicht wird ja jetzt wirklich alles besser.

Aber das hab ich vor sechs Monaten auch gedacht.

»Geht's wieder?«, frage ich, während ich mich neben ihn hocke. Die Steinstufe ist eiskalt, und ich nehme mir vor, höchstens zwei Minuten zu bleiben und dann wieder ins Warme zu flitzen

Jake nickt nach einem Moment. »Keine Ahnung, was da eben los war.« Er räuspert sich mehrmals und drückt die Faust gegen den Mund. »Ich hab so gut wie nichts getrunken. Höchstens einen halben Becher Bier. Das ist mir noch nie passiert.«

Ich zucke die Achseln und blicke auf das spiegelnde blaue Wasser hinunter. »Vielleicht warst du nervös wegen der Rede.« Oder möglicherweise lag es an dem Brechmittel, das ich in deinen Becher gefüllt habe. In großer Konzentration und mit Alkohol kann einem *furchtbar* schlecht werden, hat Lexa prophezeit.

»Hm.« Jake wirkt nicht so, als würde er mir richtig zuhören. Seine Pupillen flackern hin und her, und feiner Schweiß glitzert auf seiner Stirn. Plötzlich springt er auf und taumelt zurück. Sein Mantel hebt sich in der Bewegung und wickelt sich um seine langen Beine. Die Wände werfen seine Schritte als hallendes Echo zurück. Gefährlich nahe stolpert er am Beckenrand herum, doch ich schaffe es, ihn am Ärmel seines flatternden Dracula-Capes zu packen.

»Bleib stehen, Jake, sonst passiert wirklich noch was«, sage ich. »Los, wir gehen wieder rein.«

Er schüttelt den Kopf, die blonden Strähnen kleben verschwitzt an seiner Stirn. »Ich hab Fehler gemacht. So viele Fehler. Ich bin ... kein guter Mensch. Aber jetzt wird alles anders.«

»Ist ja gut, Jake. Komm jetzt.«

»Wirklich, Hanna, ich werde jemand ganz Neues sein.« Er versucht, seinen Arm aus meiner Umklammerung zu ziehen. »Besser. Netter. Verstehst du?«

»Klar, klar versteh ich das. Und jetzt komm!«

Doch er wehrt sich immer noch und will sich wegdrehen. Ich stoße ein Schnauben aus. Am liebsten würde ich ihn einfach stehen lassen und verschwinden, aber er ist so wackelig auf den Beinen, dass ich das nicht bringen kann.

»Jake, mach schon, lass uns wieder reingehen«, ich ziehe stärker an seinem Ärmel. Die ersten paar Schritte lässt er sich endlich mitziehen, aber dann reißt er sich mit einer solchen Heftigkeit von mir los, dass ich mit dem Hintern auf die Steinstufen knalle.

»Au, du verdammter Idiot!«, brülle ich, aber dann stoße ich einen entsetzten Schrei aus. Denn Jake torkelt zurück und rudert mit den Armen in der Luft herum, um das Gleichgewicht zu halten. Sein Gesicht ist verzerrt, gleichzeitig abwesend, seine Pupillen flackern. Ich glaube nicht, dass er noch weiß, wo unten und oben ist.

»Jake, stopp!«

Ich springe auf und will mich auf ihn stürzen, um ihn festzuhalten, aber ich komme zu spät. Jake streckt mit einem Keuchen die Arme nach mir aus, doch vergebens – er rutscht auf den glitschigen Fliesen ab und stürzt rückwärts in das Becken.

30

Mit einem ohrenbetäubenden *Platsch!* taucht Jake unter; Wasserfontänen spritzen über den Rand, auf die Kacheln und wie ein Peitschenschlag in mein Gesicht. Sein schwarzer Mantel saugt sich sofort mit Wasser voll und zieht ihn schwer nach unten.

»Jake! Jake, komm wieder hoch!«, ich werfe mich auf die Knie und versuche, nach ihm zu greifen. Das Wasser ist eiskalt und sticht in meine Haut. Jake reagiert nicht, rudert nicht mit den Armen, bewegt nicht die Beine. Ist er etwa ohnmächtig? Shit, was soll ich tun?

Gedämpft schallt die Partymusik durch die Mauer, darunter vereinzelte Stimmen und Lachen.

»Hilfe!«, brülle ich. »Ich brauche Hilfe!« Meine Stimme hallt an der hohen Decke wider, doch nichts passiert, niemand kommt, keine Schritte, und die Musik wird nicht leiser.

»Verdammter Mist!« Ich beuge mich tiefer hinunter, packe jetzt mit beiden Händen nach Jakes Mantel, um zu verhindern, dass er tiefer untertaucht, doch er ist so schwer, dass sofort meine Arme zu brennen anfangen.

»Jake!«, keuche ich. »Jake, bitte, sieh mich an, sieh mich an!«

Er reagiert nicht. Meine Arme beben wie verrückt, und nach ein paar Sekunden kann ich seinen schweren Körper nicht mehr halten. Meine Hände rutschen ab, worauf Jake sofort tiefer nach unten sinkt. Eine Welle schwappt über seinen Kopf. Dann ist er komplett unter Wasser. Ich stoße einen panischen Schrei aus. Jake wird ertrinken. Er wird sterben, hier, vor meinen Augen. Weil ich ihm ein Brechmittel gegeben habe.

Nein, das lasse ich nicht zu!

Ich hole tief Luft – und springe ins Becken. Die harte Kälte des Wassers trifft mich wie ein Schock. Meine Muskeln erstarren innerhalb von Sekunden und fangen wild an zu zittern, und ich brauche sämtliche Willenskraft, um mit den Armen zu rudern. Meine Beine stoßen gegen Jakes Gestalt. Ich atme tief ein, tauche nach unten und packe seinen Körper mit beiden Armen. Ich hab keine Ahnung, wie man jemanden aus dem Wasser abschleppt, aber instinktiv zerre ich Jake mit mir in Richtung Oberfläche. Er ist so schwer, auch wegen seiner Klamotten, dass ich unter Wasser vor Anstrengung zu schreien anfange. Blasen schießen aus meinem Mund und platzen im wirbelndem Wasser, doch meine Stimme vibriert nur dumpf in meinem Kopf. Ich strampele wie verrückt, und irgendwie gelingt es mir, mich mit Jake nach oben zu treten. Japsend sauge ich die kalte Luft ein und pruste fast gleichzeitig einen Schwall eisigen Wassers aus.

In meinem Augenwinkel ragt die Leiter aus dem Becken. Ich muss es bis dahin schaffen. Keine Ahnung, wie ich Jake dann nach oben stemmen soll, aber ich muss diese verdammte Leiter erreichen!

Stöhnend kämpfe ich gegen das eiskalte Wasser, das wie brennend heiße Nadeln in meine Haut sticht, und verschlucke mindestens fünf Liter davon. Die Welt schwankt und besteht nur aus blauen Wellen.

Jede Sekunde wünschte ich mir mehr, Jakes schweren Körper loszulassen und einfach aufzugeben, aber das geht nicht. Ich muss es schaffen. Ich muss!

Strampelnd bewege ich mich weiter. Eine spitze Welle klatscht gegen mein Gesicht, direkt in meine Nase. Ich muss husten und würgen, und dann passiert es – meine starren Muskeln verkrampfen, sodass ich Jake nicht mehr halten kann. Er entgleitet mir und geht unter.

»Nein!« Eine Sekunde bin ich wie gelähmt, aber dann tauche ich und packe Jake mit beiden Händen um die Taille, drücke ihn hoch, schiebe ihn nach oben – doch es klappt nicht, er ist viel zu schwer. Ich kämpfe gegen ihn und das Wasser, aber weil mir plötzlich selbst die Luft knapp wird, stoße ich mich nach oben und sauge keuchend den Atem ein. Aber nur, um sofort wieder nach unten zu tauchen.

Das Blut rauscht in meinem Kopf. Jetzt presse ich Jake unter Wasser in Richtung Leiter. Der Wasserwiderstand ist riesig, und ich brauche so unglaublich viel Kraft, dass weiße Blitze vor meinen Augen explodieren.

Noch zwei Meter.

Noch anderthalb.

Noch einen.

Und endlich, endlich erreiche ich die Leiter. Ich kralle eine Hand in die Stangen und ziehe mich selbst nach oben, wobei ich Jake immer noch mit dem freien Arm umschlungen halte.

»Hilfe!«, schreie ich hustend. Vor Kälte und Anstrengung klappern mir die Zähne, und mein Mund schmeckt durchdringend nach Chlor und Panik. »Wir sind hier, wir brauchen Hilfe!« Wasser schwappt über den Beckenrand und im nächsten Moment zurück in mein Gesicht. Niemand kommt, die Musik dröhnt genauso dumpf weiter.

»Hanna?«, höre ich Jake plötzlich murmeln. »Hanna ... was ist los?«

»Oh mein Gott, Jake«, keuche ich über ihm. »Bleib wach, hörst du? Bleib um Himmels Willen wach!«

Jake greift nach den Metallstangen und entlastet damit meinen geschundenen Körper.

»Mach schon«, treibe ich ihn an. »Kletter hoch!«

»Es geht nicht«, flüstert er heiser. »Ich schaff's nicht.«

»Klar schaffst du das!« Meine Zähne schlagen wie verrückt aufeinander, und ich habe kein Gefühl mehr in den Fingern. »Du bist doch ein Super-Sportler. Kletter hoch!«

Er versucht es stöhnend, aber nach wenigen Sekunden sackt er wieder nach unten und drückt mich dabei fast unter Wasser. Ächzend presse ich ihn zurück an die Leiter.

»Okay, Jake, ich werde Hilfe holen. Du musst dich nur festhalten. Halt dich fest und lass nicht los. Kapierst du? Lass niemals die Leiter los!«

Ich quetsche seine kalten Hände um die Leiter, bevor ich mich an ihm vorbei kämpfe und die Stufen hinaufsteige. Mein Körper ist steif gefroren, und mit den vollgesogenen Kleidern funktioniert das Klettern viel schwerer als gedacht. Mehr als einmal rutsche ich ab und trete dabei Jake aus Versehen auf die Hand, doch endlich, endlich hieve ich mich selbst über den Rand. Als ich hinunterblicke, hat Jake mit bleichem, fast blauem Gesicht und geschlossenen Augen den Kopf gegen die Mauer gelehnt, aber immerhin hält er sich noch fest. Ich raffe die nassen Kleider zusammen und rappele mich auf.

»Ich komme sofort wieder, halt dich auf jeden Fall fest!«, befehle ich, dann renne ich wie eine Wilde zum Gang in Richtung Turnhalle. Meine Sohlen sind rutschig, und mein langer nasser Rock wickelt sich um meine Beine, weswegen ich alle paar Schritte fast stolpere.

Das schlechte Gewissen hämmert in meinem Schädel. Wir, nein, *ich* habe Jake die Tropfen gegeben. Meinetwegen ist er total weggetreten und wäre fast ertrunken. Scheiße, was hab ich getan? Das wollte ich nicht. Das wollte ich nicht!

Tränen laufen mir über die Wangen und brennen auf meiner eisigen Haut. Die dumpfe Partymusik wird immer lauter und vibriert in meinem pochenden Kopf. Außer Atem erreiche ich das Ende des Gangs und zerre die Tür auf.

»Hilfe!«, schreie ich sofort los, als in die bis zum Platzen gefüllte Turnhalle stürme. Meine Augen sind voller Schminke und Chlorwasser, und in dem nebeligen Saal kann ich fast nichts erkennen. »Ich brauche Hilfe! Jake ist in den Pool gefallen!«

Lexas Gesicht taucht vor mir auf, dahinter Sebastian.

»Hanna?! Warum bist du so nass?«

»Ihr müsst mitkommen! Kommt schnell, wir müssen ihn rausholen!« Meine heisere Stimme überschlägt sich fast; die Hitze des Raums legt sich wie ein Film auf meine feuchte Haut und steigt mir in den Kopf. Die verwirrten, geschminkten Gesichter drehen sich wie auf einem Karussell.

»Was? Wen müssen wir rausholen?«, fragt Lexa. »Hanna, du –«

»Macht schon!« Ich warte nicht mehr lange, sondern stürze zurück in den Verbindungsflur. Schritte werden hinter mir laut und dröhnen an den Wänden wider.

Im Schwimmbad empfängt mich tiefe Stille und Kälte. Keuchend stürze ich an das spiegelnde Wasserbecken und falle auf die Knie. Hoffentlich kommen wir nicht zu spät. Hoffentlich konnte er sich festhalten. Hoffentlich ... Und dann trifft mich fast der Schlag.

»Hanna, um Himmels Willen!«, Daria hockt sich plötzlich neben mich und starrt besorgt in den Pool und dann in meine verquollenen Augen. »Was ist denn?«

»Was ist los?«, höre ich parallel ein paar Jungs fragen. »Was ist passiert?« Eine Traube aus Zombies und Hexen versammelt sich um das Becken und blickt sich um.

Meine Zähne fangen wieder heftig zu klappern an. Fassungslos kralle ich die tauben Finger in den steinernen Beckenrand. Verwirrte Mienen tanzen um mich herum, flüsternde Stimmen schwirren durch die kühle Luft. Weit weg pulsiert die Partymusik.

Die blau schimmernde Wasseroberfläche glänzt glatt und unbewegt, als hätten Jake und ich nicht noch vor wenigen Augenblicken um unser Leben gekämpft. Man kann bis auf den Grund mit den hellen Fliesen blicken. Weit und breit nur Wasser, nichts als klares Wasser.

Ich schüttele den Kopf. Nein, das kann nicht wahr sein. Ich war nicht mal zwei Minuten weg. Das ist unmöglich.

Jake ist verschwunden.

31

01. November, 00:21 Uhr

»Hier, das wärmt dich wieder auf.«

Einer der Polizisten stellt eine dampfende Tasse vor mich auf die Tischplatte. Ich ziehe die Decke fester um meine Schultern. Immer noch trage ich mein Wasserleichenkleid. Feucht und kalt klebt es an meiner Haut. Mein Hals kratzt. Morgen werde ich garantiert eine fette Erkältung haben.

»Danke.« Ich halte die Tasse an die Lippen und fange erst mal an zu husten, weil der Kaffee viel zu heiß ist. Und unglaublich stark. Das Koffein pocht in meinem Kopf.

»Deine Eltern werden bald hier sein«, erklärt der Polizist und setzt sich mir gegenüber an den Tisch. Das Büro ist klein und schmal. Die Tür ist geschlossen, Fenster gibt es keine. Die Uhr an der Wand zeigt an, dass es kurz nach Mitternacht ist. »Erzähl uns währenddessen nochmal, was passiert ist.«

»Das hab ich doch schon dreimal getan.« Meine Zähne klappern, daran kann auch der heiße Kaffee nichts ändern. »Sie sollten lieber das ganze Schulgelände absuchen. In der Dunkelheit ist es auf dem Berg bestimmt gefährlich. Jake könnte in seinem Zustand hinfallen und sich den Kopf aufschlagen.«

Ich schlucke schwer. Und auch das wäre meine Schuld. Verdammt.

»Keine Sorge«, erwidert der Polizist. »Ein Team durchkämmt gerade den Wald und die gesamte Schule.« Er ist relativ jung, vielleicht dreißig, und trägt sein dunkles Haar raspelkurz. Sein blonder Kollege tippt in der Ecke auf einem Laptop herum und achtet kaum auf uns.

Nachdem Jake im Schwimmbad und auch in der gesamten Sportanlage unauffindbar geblieben ist, hat Frau Kretschmann die Polizei gerufen, die sofort mit einem Streifenwagen den Berg hinaufgerast ist. Mit der Vertrauenslehrerin und ein paar anderen Schülern, die Jake zuletzt gesehen haben, bin ich auf die Wache gefahren. Die Beamten haben uns einzeln befragt und sich Notizen gemacht. Jetzt warte ich in dem Büro darauf, dass meine Eltern mich abholen.

Ich unterdrücke ein Stöhnen. Ich kann mir das Donnerwetter lebhaft vorstellen, das gleich über mich hereinbrechen wird. Ich hatte versprochen, keinen Ärger mehr zu machen. Und jetzt müssen meine Eltern mich schon wieder bei der Polizei abholen. Mom wird ausflippen.

Ich beiße mir fest auf die Lippe. Wo zum Teufel steckt Jake? Wie konnte er den Pool verlassen? Was ist passiert?

Als die Polizisten vorhin mit bitterernsten Mienen in den Raum traten, hätte ich schwören können, dass Jake tot ist. Dass sie seine Leiche gefunden haben.

Aber das stimmt nicht. Er ist nur verschwunden.

Jake ist nicht tot. Er lebt. Er ist quicklebendig und wird bald wieder auftauchen.

Hoffentlich.

»Also, Hanna«, reißt mich der Polizist aus den Gedanken. »Wann hast du Jakob zuletzt gesehen?«

Ich hole tief Luft und lege die Hände um die wärmende Tasse. »Wie gesagt: Im Schwimmbecken. Er ist ins Wasser gefallen. Ich habe versucht, ihn rauszuziehen, es aber nicht geschafft. Deswegen habe ich Hilfe geholt. Aber als ich wieder zurückkam, war er verschwunden. Ich hab keine Ahnung, wie er das geschafft hat, weil es ihm richtig mies ging.«

Aufmerksam sieht mich der Polizist an. Die Deckenlampe summt und erhellt sein Gesicht mit der langen schmalen Nase. »Wieso ist Jakob in den Pool gefallen?«

Ich sauge meine kalte Lippe ein. »Hab ich doch schon erzählt. Das war ein Unfall. Er ist gestolpert. Ihm war vorher schon etwas – schlecht, weshalb ich ihn von der Party weggebracht habe.«

Der Polizist hat mein Zögern bemerkt. Als könnte er meine Gedanken lesen, hakt er nach: »Kannst du dir einen Grund vorstellen, wieso ihm so übel war? Du hast erzählt, dass er schon bei seiner Rede zuvor erste Symptome gezeigt hat.«

Mein Nacken versteift sich. Soll ich die Wahrheit sagen? Dass Lexa und ich Jake ein Brechmittel gegeben haben, durch das ihm schlecht und schwindelig geworden ist? Aber dann müsste ich auch die ganze Vorgeschichte mit Jakes vollgeschmiertem Auto erzählen und bekomme wahrscheinlich großen Ärger.

»Ich glaube, er hatte zu viel getrunken«, antworte ich ausweichend. »Aber genau weiß ich es nicht.«

»Wie würdest du dein Verhältnis zu Jakob beschreiben?«, der Polizist lässt mich nicht aus den Augen. »Ich meine, standet ihr euch nahe, wart ihr befreundet?«

Ich schüttele verwirrt den Kopf und presse die Kaffeetasse wie einen Schutzschild vor meine Lippen. Die Locken kleben mir feucht und schwer im Nacken. »Wieso wollen Sie das wissen?«

Er hebt eine Hand. »Ich frage nur, weil ich verstehen möchte, warum gerade du ihn aus der Sporthalle gebracht hast, als es ihm schlecht ging – und nicht seine Freundin oder andere Freunde.«

Ich ziehe die verrutschte Decke höher auf meine Schultern. »Jake und ich kannten uns nicht besonders gut. Aber er hat mir auf der Feier einfach leidgetan. Niemand sonst hat sich um ihn gekümmert. Er hat gesagt, dass er raus will, und da habe ich ihn einfach mitgenommen.«

»Weitere Gründe gab es nicht?«

»… Nein.«

Der Polizist nickt und dreht sich zu seinem Kollegen um. Und plötzlich verändert sich die Atmosphäre. Ich hab das Gefühl, die Wände rücken auf mich zu. Mein Hals wird eng. Mechanisch presse ich die Hände um die Tasse.

Als der zweite Polizist von seinem Laptop aufsteht und dem Kollegen eine Akte hinlegt, weiß ich, was sich hier plötzlich so erdrückend anfühlt: Die Beamten – sie glauben mir nicht. Sie wissen, dass ich lüge – oder etwas verschweige. Aber … woher wissen sie das?

»Was ist mit – mit meinen Eltern?«, frage ich und unterdrücke das Zittern in meiner Stimme. »Sie müssten doch längst hier sein.«

»Wir bekommen Bescheid, wenn sie eintreffen«, erwidert der Beamte und streicht die neue Akte vor sich glatt. »Ich habe vorher noch ein paar Fragen.«

Mein Blick richtet sich auf die Akte, doch ich muss nicht mal genauer hinsehen, denn ich erkenne auf den ersten Blick, was dem Kerl vorliegt. Aus der dicken Mappe quellen ein paar eng beschriebene Seiten heraus. Meine Schultern werden steif.

Oh nein.

Kein Zweifel, das ist Polizeiakte, in der mein gesamter Fall aufgenommen wurde. Sie enthält den Mist, den ich angestellt habe und weshalb ich in diesem Dorf gelandet bin. Sie enthält alles, an das ich mich nie mehr erinnern wollte.

Was hat das zu bedeuten?

Der Beamte folgt meinem entgeisterten Blick und nickt auf die Akte hinunter. Die warme Decke kratzt plötzlich auf meiner Haut. Ich kralle die Finger um die Kaffeetasse zusammen.

»Hanna, ich liege sicher richtig, wenn ich behaupte, dass dir der Name Rothmann etwas sagt, nicht wahr?« Der Polizist legt die flache Hand auf die Akte.

Ich halte die Luft an. »Ja. Das ist … ein Lehrer meiner alten Schule.«

Der Polizist nickt, ehe er die Akte öffnet und die Seiten und Fotos auf dem Tisch verteilt. Am liebsten würde ich aufspringen und abhauen, doch dann reiße ich mich zusammen und beuge mich langsam nach vorne. Vor mir liegen Bilder, die einen komplett ausgebrannten Mercedes in der Einfahrt eines Einfamilienhauses zeigen. Die Türen liegen verzogen am Straßenrand, Scherben glitzern auf dem Rasen, schwarzer Rauch steigt aus dem zerstörten Autodach auf.

»Hanna, du hast das Auto deines Lehrers in die Luft gejagt«, höre ich den Polizisten sagen. »Es grenzte an ein Wunder, dass niemand verletzt wurde.«

In die Luft gejagt.

Die Erinnerung kommt so schnell zurück, dass ich unwillkürlich aufstöhne. Ich presse die Augen zusammen, doch ich kann die Bilder nicht abschütteln, die wie ein greller Film durch meinen Schädel jagen.

Ich, wie ich auf meinem Fahrrad, mit einem schweren Rucksack bepackt, bei Rot über eine Kreuzung rase. Ich, wie ich vor einem Einfamilienhaus anhalte und mein Rad einfach fallen lasse. Ich, wie ich den Rucksack öffne und einen Kanister Benzin herausshole, den ich über dem riesigen Mercedes auskippe. Ich, wie ich das Benzin mit einem Feuerzeug in Brand stecke. Ich, wie ich durch die Druckwelle der Explosion weggeschleudert werde. Benzingestank und Rauch in meiner Lunge. Tränen, die über meine Wangen laufen. Das Heulen der Sirenen, aufgeregte Stimmen. Mein Herz, das in meinem Brustkorb hämmerte.

Und dann die Hoffnung, dass meine Tat irgendetwas ändern oder bessern würde, ... die sich innerhalb einer Sekunde in Luft auflöst.

Meine Schultern zittern, als ich mich in der Gegenwart wiederfinde. Hinter meiner Stirn hämmern weiter die Bilder der Vergangenheit. Ein Bild, das Wichtigste, will sich an die Oberfläche drängen, aber ich drücke es mit aller Macht zurück.

Nein, ich will es nicht sehen. Ich will es nicht wissen.

»Das ist lange her«, presse ich hervor. »Ich verstehe nicht, was das mit Jake zu tun hat, oder wie es helfen soll, ihn zu finden.«

Der Polizist lehnt sich zurück und betrachtet einen Moment die Aufnahmen aus der Akte. Dann richtet er den Blick auf mich. »Jakobs Auto ist vor Kurzem Opfer von Vandalismus geworden. Ein in die Luft gesprengtes Auto, ein mit Farbe beschädigter Wagen. Die gleiche Handschrift, wenn du mich fragst.« Er holt tief Luft. »Hanna, glaub mir, ich kann verstehen, wieso du das Auto damals in die Luft gejagt hast.«

»Ach ja?«, krächze ich.

Er nickt. »Das war deine Art, mit dem Verlust umzugehen. Du wolltest deinen Schock und deine Trauer verarbeiten. Du musstest irgendetwas tun, um deinen Schmerz zu bewältigen. Hanna, ist jetzt das Gleiche bei Jake passiert? Wolltest du deinen Schmerz betäuben? Hat er dir etwas angetan, was du ihm heimzahlen wolltest?«

Er sieht mich an, ernst, aber zugleich mitleidig. Und das Mitleid reißt mir die Brust auf. Ich krümme mich zusammen und stoße dabei gegen den Tisch. Die Kaffeetasse klirrt auf den Boden und zerbricht.

»Hanna, sag uns die Wahrheit«, bittet der Polizist ruhig. »Wir verstehen deine Wut, deinen Hass. Du hast etwas Schreckliches erlebt, etwas, das kein junger Mensch durchmachen sollte. Niemand sollte so etwas erleben.«

Ich will ihn anschreien, dass er still sein soll, dass er nicht weiter reden soll, denn ich will es nicht hören, ich will unter keinen Umständen hören, was er jetzt sagen wird.

»Du hast es schon einmal getan. Und jetzt wollen wir wissen, warum du nicht damit aufhören kannst.«

Nein, bitte nicht ... Aber zu spät.

»Dass du dich immer wieder an Menschen rächst, bringt deine Schwester nicht zurück. Isabell ist tot, und nichts kann das ungeschehen machen.«

32

Dass du dich immer wieder an Menschen rächst, bringt deine Schwester nicht zurück. Isabell ist tot, und nichts kann das ungeschehen machen.

Ich habe das Gefühl, dass eine schwere Kette um meinen Hals liegt und mir die Luft abschnürt.

Isabell. Meine Schwester.

Isabell ist tot.

Nein, das stimmt nicht. Ich hab sie doch vor ein paar Stunden noch gesehen. Auf der Halloweenfeier. Sie war – sie war als Skelett verkleidet und sah überhaupt nicht gruselig aus. Ich weiß es. Ich weiß es ganz genau.

Oder ... hab ich mir das nur eingebildet? War sie wirklich dort?

Zuerst verstehe ich nicht, wieso meine Augen mit einem Mal brennen. Erst als die Tränen auf meinen Schoß tropfen, merke ich, dass ich weine.

Das erste Mal seit sechs Monaten. Das erste Mal, seit ...

Oh Gott.

Als hätten die Tränen eine verschlossene Tür in mir geöffnet, ist auf einen Schlag alles wieder da: Der schreckliche Tag vor einem halben Jahr, der mein Leben zerstört hat. Ich will nicht hinsehen, aber wie ein Film flimmern die Bilder durch meinen Kopf.

Ich sitze auf einem Zaun gegenüber der Schule und höre Musik mit meinem iPod. Meine Beine in der abgeschnittenen Jeans baumeln über dem Boden. Die Luft riecht nach Frühling, nach Blumen und Sonnenstrahlen. Doch das Beste ist: Wir haben heute früher Schulschluss. Kann das Leben eigentlich noch schöner werden?

Isabell und ich wollen in die Stadt fahren. Sie hat in irgendeinen Laden einen Pullover entdeckt, den sie mir unbedingt zeigen will. Ich wette, er ist rosa und am Kragen mit Perlen bestickt. Darauf steht meine Schwester nämlich, was ich überhaupt nicht nachvollziehen kann. Ich glaube nicht, dass wir jemals Schwestern sein werden, die ihre Klamotten tauschen. Außer vielleicht bei einem Kostümfest.

Ich nicke im Takt der Musik und entdecke Isabell schon von Weitem. Mit ihren Freundinnen spaziert sie über den Schulhof und lacht. Als sie mich auf der anderen Straßenseite entdeckt, winkt sie freudig. Ich stehe vom Zaun auf und ziehe meine Lederjacke zurecht.

Na endlich. Meine Schwester braucht immer ewig.

Isabell grüßt noch hier und da ein paar Leute, ehe sie auf das Schultor zu läuft.

Ich ziehe die Ohrstöpsel raus und stopfe sie in meine Hosentasche. Die Vögel zwitschern prompt noch lauter. Während ich warte, drehe ich das Gesicht der Sonne zu und lasse meine Haut von den warmen Strahlen kitzeln. Vielleicht können wir bald ins Freibad fahren, wenn ...

Aus dem Nichts befällt mich ein ungutes Gefühl — so heftig, dass sich meine Nackenhaare sträuben und mein Herz schneller schlägt. Ich drehe mich zu Isabell um, die am Tor stehen geblieben ist und noch mit einer Freundin spricht und wieder lacht.

Ich schüttele den Kopf. Was ist das für ein Stich? Wie ein schmerzhaftes Wort, das mir auf der Zunge liegt, das ich aber einfach nicht aussprechen kann.

Ich streiche mir über die Locken, dann schüttele ich energisch den Kopf. Quatsch. Alles ist okay. Vielleicht ist das die Frühjahrsmüdigkeit. Oder eine Pollenallergie.

»Isa!«, rufe ich über die Straße. »Komm schon, sonst verpassen wir noch die Straßenbahn.«

»Ja, Moment noch.« Meine Schwester drückt ihre Freundin, als würden sie sich wochenlang nicht wiedersehen, dann rückt sie ihren Rucksack mit dem Pandaaufnäher zurecht und läuft los. Ich wende mich ab und gehe ein paar Schritte in Richtung Haltestelle. Im Augenwinkel sehe ich, wie Isabells glatte blonde Haare über ihre pastellfarbene Jacke fliegen. Der Druck in meiner Brust wird größer, aber ich ignoriere ihn.

Pollenallergie. Es ist nur eine Pollenallergie.

Isabell kommt näher, sie ist noch etwa zehn Schritte von mir entfernt. Und dann blendet mich ein silberner Blitz.

›Stopp!‹, schreit mich eine innere Stimme an. ›Pass auf!‹

Reflexartig wirbele ich herum. Aber dann geht alles so schnell, dass mein Hirn kaum mitkommt.

Ein silberner Mercedes schießt aus dem Nichts heran. Der glänzende Lack blitzt im Sonnenlicht. Reifen quietschen auf, Vögel flattern davon. Ich höre einen Schrei, einen lauten, schrecklichen Schrei.

Und merke viel zu spät, dass ich es bin, die schreit.

»Isa! Nein!«

Der Mercedes rast gegen meine Schwester und rammt sie von der Seite. Sie prallt gegen die Windschutzscheibe, rollt über das Dach und fällt auf den

Asphalt. Mit einem schrecklichen Knacken schlägt ihr Kopf auf der Straße auf.

Mit kreischenden Reifen bleibt der Wagen stehen. Dann ist es totenstill. Die Vögel sind verschwunden, kein Flattern, kein Zwitschern erfüllt die Luft. Die ganze Welt hält den Atem an.

»Isa, steh auf!«, will ich rufen, doch kein Ton kommt über meine Lippen. »Mach schon, steh auf. Dir ist nichts passiert. Du hast nur einen Kratzer an der Wange. Später lachen wir darüber, dass du nicht richtig aufgepasst hast. Später lachen wir über das Loch in deiner Jacke. Später ...«

Meine Schwester – sie bleibt liegen.

Wie gelähmt stehe ich immer noch am Zaun. Meine Hand umklammert meine Kopfhörer. Mein Herzschlag zerhackt die Sekunden. Wieso springt I-sabell nicht auf und klopft sich den Staub von der Jeans? Warum lacht sie nicht und kommt zu mir?

Ich starre ihre reglose Gestalt an, die auf der Straße liegt, als wäre sie müde gewesen und hätte sich schlafen gelegt. Ihr Rucksack ist aufgeplatzt, und die Hefte und Bücher verteilen sich auf dem As-phalt. Sie wendet mir das Gesicht zu. Ihre Augen sind offen, Blut läuft ihr aus dem Ohr und der Nase.

Blut. Dunkelrotes Blut.

Dann quellen schrille Stimmen, Schreie, laute Schritte auf. Ein Mann beugt sich mit entsetztem Gesicht über Isabell, verdeckt sie vor mir, ruft etwas über die Schulter. Isas Freundinnen stürzen auf die Straße, klammeren sich aneinander, heulen und schreien um Hilfe.

Bewegungslos stehe ich da. Mein Gehirn, mein Körper, mein Herz – alles ist zu Eis erstarrt.

Ich kenne ihn, meldet sich ein einziger Gedanke. Ich kenne den Mann, dem der Mercedes gehört. Das ist unser Englischlehrer. Herr Rothmann.

Ich merke nicht, wie mein Körper zu zittern anfängt. Ich merke nicht, wie meine Knie nachgeben. Auch als ich auf dem Asphalt hocke, mit hängenden Schultern und leerem Kopf, und sich die Leute zu mir beugen, warte ich noch. Ich warte auf meine Schwester, damit wir zusammen in die Stadt fahren und uns wegen eines rosa Pullovers streiten können.

Eine seltsame Leere füllt meine Brust aus. Ich fühle nichts. Nur Leere, Taubheit.

Ich denke nicht nach, als ich am nächsten Tag einen kleinen Kanister Benzin aus unserem Keller stehle. Ich denke nicht nach, als es mit einem Feuerzeug in meinen Rucksack packe, und mich aufs Fahrrad schwinge. Ich denke nur daran, dass es mir danach besser gehen wird. Dass ich danach wieder fühlen werde, dass danach alles wieder gut werden wird.

Aber natürlich ist das ein Trugschluss. Das Auto meines Lehrers fliegt in die Luft – und alles ist wie vorher. Nein, alles ist sogar noch schlimmer: Die Polizei verhaftet mich noch vor Ort. Mom heult sich die Augen aus dem Kopf, als sie mich später mit Dad auf der Wache abholt.

»Warum musst du es noch viel schlimmer machen, Hanna?«, stößt sie hervor. »Reicht es nicht, was wir durchmachen?!«

Das ist der Moment, in dem etwas zwischen Mom und mir zerbricht. Seitdem sieht sie mich an und durch mich hindurch.

Herr Rothmann verzichtet auf eine Anzeige wegen Sachbeschädigung. Dennoch wird eine Woche später eine Lehrerkonferenz einberufen, mit dem Ergebnis, mich von der Schule zu schmeißen. Die nächsten Monate verbringe ich in meinem Zimmer oder auf dem Sessel einer Therapeutin. Ich mache dicht. Ich will alles vergessen.

All das ist nie passiert, wenn ich nur nie wieder darüber spreche oder nachdenke.

Und dann ziehen wir hierher, in ein idyllisches Walddorf, weit weg von allem, was wir kennen. Ein perfekter Neuanfang für die ganze Familie.

Ein einziger Reinfall.

Ich werde zurück in die Gegenwart geschleudert, als der Polizist sich ein Stück nach vorne beugt. »Hanna, du warst wütend und voller Hass auf deinen Lehrer. Er hat deine Schwester überfahren; es war ein schrecklicher Unfall. Deswegen hast du sein Auto in die Luft gesprengt.« Er macht eine kurze, bedeutungsschwangere Pause. »Deine Mitschüler haben erzählt, dass du ebenfalls wütend auf Jake warst. Du bist seinetwegen in den Pool gefallen. Hast du deswegen sein Auto demoliert? Und hat dir das nicht gereicht, sodass du jetzt noch weiter gegangen bist? Hast du ihn deswegen ebenfalls in das Schwimmbecken gestoßen?«

Seine Worte hallen in meinem Kopf wider. *Sein Auto demoliert. Nicht gereicht. Noch weiter gegangen. In das Schwimmbecken gestoßen.*

Die Bilder meiner Schwester, wie sie wie eine zerbrochene Puppe auf der Straße liegt, verschwimmen und machen einem neuen Gedanken Platz.

Noch weiter gegangen.

Ich kriege keine Luft mehr. Oh. Mein. Gott. Sie verdächtigen mich. Sie denken, ich habe etwas mit Jakes Verschwinden zu tun.

Die Polizei denkt, ich habe Jake etwas angetan.

33

Ich krümme mich auf dem Stuhl im Polizeibüro zusammen.

»Was hast du mit Jakob gemacht? Wo ist er?«, hakt der Polizist nach. »Hanna, du musst mit uns reden, verstehst du? Du musst uns die Wahrheit sagen. Wo ist Jakob jetzt?«

Ich schüttele den Kopf. »Ich – ich hab nichts damit zu tun. Ich hab keine Ahnung, wo er stecken könnte.«

In diesem Moment klopft es an der Tür. Ich zucke zusammen. Eine Beamtin mit einem dunklen geflochtenen Zopf blickt hinein. »Die Eltern von Hanna Vogelsang sind gerade eingetroffen.«

Hastig springe ich auf und lasse die Decke zu Boden fallen. Ich glaube, ich war noch nie so froh, meine Eltern zu sehen.

***

Die nächsten Tage vergehen wie in einem Traum. Einem Alptraum. Im Bett, in der Schule, am Abendbrottisch – alle paar Sekunden blicke ich aufs Handy, warte auf die erlösende Nachricht, dass Jake wieder aufgetaucht ist. Dass alles nur ein falscher Alarm war. Dass es ihm blendend geht und er sich diebisch über die Aufregung freut, die seine kurze Abwesenheit ausgelöst hat.

Doch nichts geschieht, und er bleibt auch drei volle Tage nach der Halloweenfeier weiter wie vom Erdboden verschluckt. In der Schule kursieren die haarsträubendsten Gerüchte, dass er mit abgetrenntem Kopf irgendwo im Wald verscharrt oder an schwere Steine gefesselt in einem See ertränkt wurde. Mir verursachen diese Geschichten Übelkeit. Denn wegen mir ist er überhaupt in das Schwimmbecken gefallen.

Wegen mir ist er verschwunden.

Ich bin schon wieder schuld, dass einem Menschen etwas Schreckliches zugestoßen ist.

Alleine stapfe ich nach einem langen Schultag von der Bushaltestelle nach Hause. Der eisige Wind spielt in meinen Haaren und weht den Saum meiner Jacke immer wieder zur Seite. Ich bin allein. Meine Schwester ist tot. Isabell ist tot.

Ich hab es die ganze Zeit gewusst – ich habe es *gesehen*, das Blut, ihren leeren Blick, alles –, aber nicht wahrhaben wollen. Immer noch kann ich nicht fassen, dass ich mit Isabell geredet, gelacht, mit ihr weiter gelebt habe, weil ich nicht akzeptieren konnte, dass sie gestorben ist. Gestorben schon vor sechs Monaten auf der Straße vor unserem Schultor. Wie konnte ich den schlimmsten Tag meines Lebens vergessen?

Mein Hals schnürt sich zu. Es war meine Schuld. Ich habe ihr zugerufen, dass sie sich beeilen soll. Nur deswegen ist sie losgesprintet. Nur deswegen hat sie nicht nach links oder rechts gesehen. Nur deswegen ist sie in das Auto hineingerannt.

Ich weiß es. Und meine Eltern wissen es auch. Wenn Mom mich ansieht, lese ich Verzweiflung, Wut und Resignation in ihrem Gesicht. Ich habe ihr ihre Lieblingstochter genommen. Ich habe das Leben meiner Familie zerstört.

Ich presse die Hand gegen die Augen, zwinge mich hinzusehen, nicht vor der grausigen Realität davonzulaufen. Ich habe meine Schwester verloren. Meine kleine Schwester. Meine kluge, schüchterne Schwester, die für jeden Menschen ein Lächeln und ein offenes Ohr übrighatte. Die jeden Morgen stundenlang ihre blonden Haare bürstete. Die die Farbe Rosa und Perlen liebte. Die mir überhaupt nicht ähnlich, aber gleichzeitig unglaublich wichtig war.

Eine Sekunde lang hat sie mir zugelacht – und dann war sie fort. Ausgelöscht, verwunden. Und das konnte ich nicht akzeptieren. Es ging zu schnell, viel zu schnell.

Es ist das Schrecklichste, was mir hätte passieren können.

Aber es *ist* passiert.

Klar, es ist schlimm, dass Jake verschwunden ist, aber das Ereignis hat mich aufgerüttelt. So kann es nicht weitergehen. Meine Schwester ist fort, und sie kommt nicht mehr wieder. Ich kann nicht weiterhin mit Isabell reden und so tun, als hätte ich das Auto ohne bestimmten Grund in die Luft gejagt. Als hätte ich mich nicht hilflos und verzweifelt und betäubt wegen ihres Todes gefühlt, den ich rächen wollte.

Ich muss mich der Realität stellen. Ich muss damit leben. Ich muss ohne Isabell leben.

Aber leider haben Mom und Dad recht: Vermutlich brauche ich dafür Hilfe. Ich bin durchgeknallter, als ich dachte, wenn ich mich monatelang mit Geistern unterhalten konnte, ohne es bewusst zu merken. Ich muss die Therapie bei Doktor Wolf ab sofort ernsthafter angehen. Morgen. Heute – heute werde ich mich nur noch ausruhen.

Mit hängenden Schultern schleppe ich mich durch unser Gartentor, reibe dabei schwarzen Nagellack von meinen Fingern und bleibe überrascht stehen, denn in unserer Einfahrt parkt ein riesiger, schnittiger Sportwagen. Stirnrunzelnd starre ich auf den eleganten Schriftzug, den die linke Seite trägt:

Architekturbüro Goldammer GmbH
Planung und Errichtung von Bauwerken, Gärten
und Landschaften

Goldammer? Das muss Marissas Vater sein. Kommt er ausgerechnet heute wegen der Minigolfanlage vorbei? Der beliebteste Junge des Dorfes ist verschwunden – und er hat Zeit und Lust, sich über Unkraut und Minigolfbahnen zu unterhalten?

Als ich die Haustür aufschließe, tönen mir plaudernde Stimmen und das Klappern von Geschirr entgegen. Ich will nur einen kurzen Blick ins Wohnzimmer werfen, »Hallo« sagen und mich sofort wieder verkriechen, doch als ich um die Ecke biege, bleibt mein Mund offen stehen. Unser bestes weißes Geschirr steht neben einer nach Kaffee duftenden Kanne und einem frisch aufgeschnittenen Käsekuchen auf dem Wohnzimmertisch. Mom, Dad und ein großer, dunkelhaariger Mann, der Marissas Vater sein muss, sitzen auf der Couch.

Aber Herr Goldammer ist nicht allein.

Bevor ich entwischen kann, steht Dad auf und schiebt mich in Richtung Sofa. Herr Goldammer erhebt sich und schüttelt kräftig meine Hand.

»Hallo, Hanna, ich bin Stephan Goldammer und kümmere mich ab sofort darum, dass aus eurem Minigolfplatz ein echter Publikumsmagnet wird. Du freust dich sicher, dass ich meine Tochter Marissa mitgebracht habe. Ihr kennt euch gewiss schon aus der Schule, aber jetzt könnt ihr endlich Zeit außerhalb des Paukens miteinander verbringen.«

Ich zwinge mich, ein Lächeln aufzusetzen. »Wow, tolle Idee. Hi, Marissa.«

Sie sieht genauso begeistert aus wie ich und hebt kurz eine Hand. Um den Hals trägt sie ihren Burberry-Schal. Das dunkelbraune Haar fällt lang und glänzend über ihre rechte Schulter. »Hi.«

»Wie schön, dass ihr Mädels euch so gut versteht«, Mom lächelt und schüttet Herrn Goldammer Kaffee nach. Ihre Aussage ist wieder ein Beweis dafür, wie gut sie mich kennt: Logisch, mit der Tussi, die mich in den Pool geschubst und wegen der mich Jake benutzt hat, verstehe ich mich natürlich blendend.

»Komm, setz dich, Hanna«, setzt Mom nach. Keine Widerrede, fügt sie genauso streng wie stumm hinzu. Sie ist immer noch sauer, dass sie mich wieder mitten in der Nacht bei der Polizei abholen musste. Glücklicherweise hat die Polizei ihr nichts von dem Verdacht gegen mich erzählt. Es gibt schließlich keine Beweise. Denn – ich hab ja auch gar nichts getan. Jedenfalls fast gar nichts.

Seufzend ziehe ich meine Jacke aus und finde mich plötzlich bei einem Kaffeeklatsch mit der Eiskönigin Marissa wieder – etwas, das ich mir nicht im Traum hätte vorstellen können. Daria wird sich totlachen, wenn ich ihr später davon erzähle.

»Es ist schön zu sehen, dass Sie sich in unserem Dorf so wohlfühlen«, erklärt Stephan Goldammer nach dem dritten Stück Kuchen. Marissa und ich kauen noch auf unserem ersten herum und haben bisher fast kein Wort gesagt, was aber niemandem aufzufallen scheint.

»Es ist wirklich zauberhaft hier«, bestätigt Dad und trinkt einen Schluck Kaffee. »Wir genießen die Natur und die Ruhe in vollen Zügen.«

Zauberhaft? Dads Worten folgt ein angespanntes Schweigen: Jeder von uns denkt an Jake, der spurlos verschwunden ist. So zauberhaft kann es hier also gar nicht sein.

Ich werfe einen unauffälligen Blick auf Marissa. Sie sieht genauso überheblich und kaltschnäuzig aus wie immer. Macht sie sich denn gar keine Sorgen um Jake? Sie hat doch gekocht vor Eifersucht, als sie mich mit ihm erwischt hat. Und jetzt tut sie so, als würde sie das Verschwinden ihres Lovers überhaupt nichts angehen.

»Wenn Sie Ruhe mögen, besuchen Sie uns doch mal in unserer Waldhütte«, schlägt Marissas Vater vor. »Wir haben das Haus bauen lassen, als unsere Kinder noch ganz klein waren. Es liegt direkt an einer Lichtung am Rande des östlichen Naturschutzgebietes. In der Nähe befindet sich ein kleiner See mit glasklarem Wasser, in dem die Kinder im Sommer gerne geschwommen sind. Ein Stück weiter wurde der Wald gerodet und eine Golfanlage errichtet. Den Bau habe ich übrigens ebenfalls federführend begleitet. Sie sehen, ich habe reichlich Erfahrung mit Golfplätzen und werde auch Ihren zum Blühen bringen.«

Er lacht, und auch Mom und Dad stimmen ein. Marissa verdreht die Augen. Das erste Mal sind wir der gleichen Meinung: Bitte lass diesen Nachmittag schnell enden.

»Gerne besuchen wir Sie in Ihrem Waldhaus«, unterbricht Mom meine Stoßgebete und hebt mit einem elegant abgespreizten kleinen Finger ihre Kaffeetasse an. »Das klingt wirklich wunderbar. Man ist eins mit sich und der Natur und kann den ganzen Stress und die Belastungen des Alltags vergessen.« Autsch, das ging definitiv gegen mich.

Stephan Goldammer nickt nachdenklich. »Wissen Sie, nach dem Tod meiner Frau habe ich viel Zeit in unserer Waldhütte verbracht. Und als mein Sohn vor wenigen Monaten diese – diese große Dummheit begangen hat, bin ich wieder dorthin gefahren, um nachzudenken und zu mir zu finden. Es ist dort äußerst einsam, Spaziergänger kommen so gut wie nie vorbei. Niemand stört, und man hört seine eigenen Gedanken sehr deutlich. Das war mir wichtig, um Valentins Tat zu begreifen.«

Als ihr Vater ihren Bruder erwähnt, zuckt Marissa unvermittelt zusammen.

Mom nickt. »Es tut uns leid, dass Sie und Ihre Familie eine so schwere Zeit durchmachen. Glauben Sie, wir verstehen das. Bitte entschuldigen Sie die indiskrete Frage, aber wie geht es Ihrem Sohn jetzt? Ist mit ihm alles in Ordnung?«

Stephan Goldammer will gerade antworten, aber völlig überraschend platzt Marissa heraus: »Es geht Valentin hervorragend! So großartig, wie es einem im Knast nur gehen kann!« Sie knallt den Teller auf den Couchtisch und springt auf. »Er wird von Kriminellen drangsaliert, unter Druck gesetzt und bestohlen und muss das Ganze noch fast fünf Jahre lang ertragen! Fünf Jahre, verdammt! Nein, es könnte ihm nicht besser gehen, er ist glücklich und zufrieden, was glauben Sie denn?!« Damit rennt sie aus dem Zimmer. Wenige Sekunden später schlägt die Haustür zu.

Einen Moment herrscht betretenes Schweigen. Ich traue mich nicht mal, weiter zu kauen. Mom fährt verlegen über ihre goldene Haarspange.

»Ich muss mich für meine Tochter entschuldigen«, seufzt Herr Goldammer schließlich. »Erst ist ihre Mutter gestorben, dann ging es uns finanziell sehr schlecht. Ich habe sogar daran gedacht, unser Haus zu verkaufen und Marissa auf eine staatliche Schule zu schicken. Zum Glück bin ich nicht dazu gezwungen worden. Doch dann hat Valentin diesen schrecklichen Unfall verursacht. Und jetzt ist auch noch ihr Freund verschwunden – das ist alles sehr schwer für Marissa. Sie ist noch sehr jung.«

»Das verstehen wir«, antwortet Mom sofort und wirft mir einen Blick zu. »Ich hätte das Thema nicht ansprechen sollen. Das arme Mädchen hat es wirklich nicht leicht. Herr Goldammer, möchten Sie vielleicht noch ein Stück Kuchen?«

***

Marissas emotionaler Ausbruch, der überhaupt nicht ihrer sonstigen unterkühlten und hochmütigen Art passt, schwirrt immer noch in meinem Kopf herum, als ich am nächsten Tag durch den Schulflur wandere. Marissa leidet offenbar ziemlich darunter, dass ihr Bruder im Gefängnis sitzt. Das hab ich schon gemerkt, als ich versehentlich ihr Telefonat belauscht habe. Fast könnte ich Mitleid haben. Aber nur fast. Jedenfalls leidet sie stärker unter der Inhaftierung als unter Jakes spurlosem Verschwinden. Was für eine treulose Freundin. Da mache ich mir ja mehr Sorgen, und ich kann Jake nicht mal leiden.

Wie ein Zombie schleiche ich jetzt zum Büro von Doktor Wolf. Ich habe wieder nur rund drei Stunden geschlafen, mich hin und her gewälzt und mich immer wieder gefragt, wo Jake steckt und was mit ihm passiert ist. Aus diesem Grund sehe ich heute noch mehr als am Halloweenabend nach einer Wasserleiche aus – dabei bin ich jetzt nicht mal verkleidet. Ironie des Schicksals.

Als ich an die Tür klopfe, wird sie innerhalb von Sekunden aufgestoßen, sodass sie mir fast gegen die Stirn knallt. Doktor Wolf springt heraus, seine Ohren leuchten heute noch röter als sonst.

»Hanna, guten Tag! Ich muss kurz zu Direktor Treibholz und komme danach sofort zu dir. Nimm schon mal Platz und mach dir Gedanken zu den Bildern, die ich auf meinen Schreibtisch gelegt habe.«

Zack, und weg ist er.

Verwirrt blicke ich ihm nach, bevor ich mich auf meinen Sessel fallen lasse. Na großartig, jetzt lässt er mich mit meinen kreisenden Gedanken auch noch allein. Dabei wollte ich heute endlich ehrlich zu ihm sein und ihm davon erzählen, dass ich manchmal mit Isabell rede. Und offenbar verrückter bin, als ich dachte. Aber wahrscheinlich weiß er das längst, er ist schließlich ein Profi.

Jetzt schon bildet sich ein riesiger Kloß in meinem Hals, wenn ich nur daran denke, dass ich über sie sprechen muss. Aber wenn ich kneife, wenn ich weiterhin so tue, als wäre alles nicht passiert, dann werde ich irgendwann sicher explodieren. Isabell hat mir so viel bedeutet. Und das wird sich auch nicht ändern. Deswegen muss ich darüber reden. Isabell hätte nicht gewollt, dass ich mir ihretwegen das Leben versaue.

Ich lehne mich in dem weichen Leder zurück und schlinge die Arme um meinen Körper. Die Uhr über der Tür tickt wie immer durchdringend und einschläfernd. Meine müden Augen fallen zu, ohne dass ich es verhindern kann. Dann werde ich die Zeit nutzen, um Kraft zu tanken und ein bisschen Schlaf nachzuholen. Die blöden Bilder kann ich mir später immer noch anschauen – ich wette, der Psycho-Doc wünscht sich ohnehin, dass ich darin vor allem »Feuer« und »Autowrackteile« erkenne – und jetzt möglicherweise noch einen riesigen Swimmingpool.

Ich blinzele ein letztes Mal, doch plötzlich erregt ein helles Stück Stoff am Garderobenhaken meine

Aufmerksamkeit. Mühsam klappe ich die Lider wieder auf und gähne hinter vorgehaltener Hand. Woher kenne ich das Stoffstück doch gleich ...?

Oh! Auf einen Schlag werde ich hellwach und setze mich kerzengerade auf. An der Garderobe hängt ein Schal. Ein beiger Schal mit einem vertrauten karierten Burberry-Muster.

Ich springe auf und berühre den Stoff, der weich durch meine Finger gleitet. Er duftet nach einem teuren Parfum, das ebenfalls bekannt vorkommt.

Tatsache: Das ist Marissas Schal. Mehr als ein dutzend Mal habe ich ihn um ihren Hals oder ihre Schultern gesehen, zum letzten Mal gestern in meinem eigenen Wohnzimmer. Ich runzle die Stirn. Wieso hängt er hier? Hat Marissa ihn etwa vergessen? Ist sie auch bei Doktor Wolf in Therapie?

Mein Blick fällt auf den Rollcontainer neben dem Schreibtisch. Ich beiße mir auf die Lippe. Soll ich ...?

Klar, ich will die Wahrheit wissen!

Kurzentschlossen straffe ich die Schultern, flitze zu dem Container und packe den Griff der obersten Schublade. Mit einem hellen Quietschen fährt sie auf. Ich erstarre in der Bewegung und blicke mich alarmiert über die Schulter um. Nichts passiert, niemand kommt herein. Ich atme auf und blicke in die Schublade, in der sich mir vertikal eingeschobene, alphabetisch sortierte Akten präsentieren. Schnell greife ich in den Abschnitt mit dem Buchstaben »G« und lasse die Akten durch meine Finger gleiten, bis ich tatsächlich auf »Goldammer, Marissa« stoße. Krass. Sie ist also wirklich in psychologischer Behandlung.

Eine Sekunde zögere ich und wiege Marissas Hefter unschlüssig in der Hand. Er ist nicht besonders dick. Mir würde es einerseits absolut nicht gefallen, wenn jemand in meiner psychologischen Akte herumstöbern würde, das ist schließlich privat. Auf der anderen Seite hab ich bei der eingebildeten Marissa definitiv noch was gut: Ihretwegen hat Jake sich an mich rangemacht und gedemütigt – und sie hat mich eiskalt in den Pool gestoßen. Außerdem interessiert es mich wirklich, wieso sie die Therapiestunde besucht. Möglicherweise verstehe ich ihr überhebliches, auf einen Schlag aufbrausendes Verhalten danach besser.

Überzeugt.

Ich schlage den hellgrauen Hefter auf dem Schreibtisch auf und überfliege die erste Seite, die lediglich Personendaten wie Name, Adresse und Geburtsdatum enthält. Das nächste Blatt besteht vor allem aus medizinischer Fachterminologie, von der ich so gut wie nichts verstehe. Links und rechts sind mit Bleistift allerhand Notizen gekritzelt worden, die ich ebenfalls nicht richtig entziffern kann. Die nächste Seite ist interessanter, denn sie umfasst ein maschinengeschriebenes Gutachten und Gesprächsprotokolle. Ich werfe einen letzten Blick zur Tür und lausche mit angehaltenem Atem. Als sich nichts rührt, fange ich an zu lesen.

34

Zweck und Ausgang der Therapie

Stephan Goldammer hat mich beauftragt, seine Tochter Marissa Goldammer psychologisch zu betreuen. Seit ihr Bruder Valentin inhaftiert ist, hat sie sich seiner Beobachtung nach verändert: Sie zieht sich immer weiter von ihm zurück und gibt nichts mehr von sich preis.

Stephan Goldammer fürchtet, dass seine Tochter die Trauer um ihre vor drei Jahren verstorbene Mutter und ihren inhaftierten Bruder alleine nicht bewältigen kann.

Die Therapie soll unterdrückte Gefühle an die Oberfläche bringen und Marissa helfen, die Situation zu akzeptieren.

Protokoll der ersten Sitzungen

Das erste Gespräch verlief differenziert. Marissa Goldammer blockt Fragen zu ihren Gefühlen und Gedanken ab und verhält sich sowohl gestisch als auch sprachlich betont kühl, unabhängig und distanziert. Dieses Muster wird besonders deutlich, wenn die Sprache auf ihren Bruder, Valentin Goldammer, kommt. Marissa beschreibt Valentin als »guten Menschen«. Teilweise scheint sie zu vergessen (Verdacht auf dissoziative Amnesie), dass er alkoholisiert einen schweren Unfall verursacht und Fahrerflucht begangen hat. Erst wenn ich auf seine

Tat verweise, lenkt sie widerwillig ein. Sie scheint dabei nicht tatsächlich einsichtig. Stattdessen gehe ich davon aus, dass sie mich durch ihre Zustimmung nur glauben lassen will, dass sie um die Tragweite von Valentins Tat weiß und dass sie sie akzeptiert.

Meiner Vermutung nach hat sie seine Tat jedoch nicht verarbeitet und sperrt sie deswegen aus (Verdrängungsmechanismus). Möglicherweise liegt die Ursache im frühen Verlust der Mutter (wie ihr Vater ebenfalls annimmt). Durch die Gefängnisstrafe wurde ihr der Bruder als wichtige Bezugsperson genommen. Sie ignoriert die Tatsache, dass er einen Fehler gemacht hat, und verhält sich ...

Ein Knacken vor der Tür lässt mich heftig zusammenzucken.

»Ah, guten Tag, Frau Kretschmann«, höre ich Doktor Wolf dumpf auf dem Flur sagen. »Wie geht es Ihnen nach den letzten Tagen? Haben Sie schon ...«

Wie von der Tarantel gestochen stopfe ich die Akte zurück in den Container. Als ich wieder auf meinem Sessel sitze und mit pochendem Herzen die Hände in die Lehnen kralle, wird mir klar, dass ich die Akte ... falsch herum einsortiert habe.

Mist! Jetzt wird der Psycho-Doc merken, dass ich in seinen Unterlagen herumgewühlt habe.

»Es ging mir schon mal besser«, höre ich Frau Kretschmann antworten. »Doktor Wolf, kann ich Sie etwas fragen? Es geht um ...«

Die Stimmen hinter der Tür werden leiser. Ich lausche noch ein paar Sekunden, dann springe ich hastig auf. Innerhalb von Sekunden halte ich Marissas Hefter in der Hand, doch als ich ihn richtig herum zurückstecken will, fällt plötzlich eine kopierte Seite heraus. Ich bücke mich – und mache große Augen. Das Papier zeigt schwarzweiß kopierte Fotos. Mit gerunzelter Stirn beuge ich mich darüber und vergesse plötzlich alles andere.

Eine schneebedeckte Straße mit wilden Reifenspuren. Dichte Tannenreihen am Straßenrand, die Äste tief gebeugt vom Schnee. Und auf der Fahrbahn – nierenförmige dunkle Flecken. Ein schwarzer See aus Blut auf schneeweißem Grund.

Ich schlucke. Das müssen die Bilder des Unfalls sein, den Valentin verursacht hat. Die Erinnerung an Isabell überrollt mich, aber ich lasse sie zu, sperre sie nicht aus.

Isabells Rucksack. Aufgeplatzt. Die bunten Schulbücher auf dem Asphalt. Ihr Gesicht mit dem Streifen Blut, der über ihre Haut rinnt. Der Schrei, den ich selbst ausgestoßen habe.

Es ist passiert. Es ist grauenhaft, der Horror, ein Alptraum. Aber ich kann es nicht mehr ändern.

Nach einem Moment entspannt sich mein verkrampfter Rücken etwas. Ohne nachzudenken schlage ich Marissas Akte erneut auf und entdecke einen kurzen Polizeibericht über das Opfer.

Charlotte Wagner wurde am 22. Dezember gegen 23 Uhr auf der unteren Bergstraße angefahren. Valentin Goldammer überholte sie in einer steilen Kurve und stieß sie dabei von ihrem Fahrrad. Charlotte Wagner prallte auf die Windschutzscheibe und anschließend auf die vereiste Straße. Sie brach sich den rechten Arm und das Schlüsselbein und zog sich eine Gehirnerschütterung und einen Riss in der Leber zu. Valentin Goldammer verließ den Unfallort, ohne Polizei oder Notarzt zu verständigen. Erst Stunden später zeigte er den Unfall bei der Polizei an. Die ärztliche Blutalkoholuntersuchung ergab, dass eine Alkoholkonzentration von 2,3 Promille im Blut bestand ...

Ich lasse die Akte sinken und atme tief aus. Der Bericht und die Fotos lassen Isabells Unfall immer wieder vor meinem inneren Auge aufflackern. Isabell ist gestorben. Charlotte hatte jedoch Glück; sie hat überlebt.

Ich ziehe die Stirn in Falten. *Charlotte. Charlotte Wagner.* Irgendwo in meinem Kopf klingelt es, aber wo ...?

Ach so!

»Charlotte hatte einen Unfall, bei dem sie schwer verletzt wurde«, höre ich Daria in meiner Erinnerung sagen. *»Sie war mit dem Fahrrad auf dem Rückweg von der Gutenberg-Weihnachtsfeier. Es war ziemlich dunkel und rutschig. Ein Auto hat sie in einer ziemlich steilen Kurve von hinten angefahren.«*

Und vor wenigen Tagen hat Vivian gesagt, als sie Lexa und mich auf dem Flur entdeckt hat: *»Wir wollen Charlotte besuchen. Die Arme trägt sogar noch eine Halskrause und kann sich kaum bewegen. Wir wollen sie ein bisschen aufheitern.«*

Die Puzzleteile setzen sich in meinem Kopf zusammen: Das Mädchen, das Marissas Bruder Valentin betrunken angefahren hat, war *Charlotte*. Charlotte aus meinem Sportkurs, deren Position ich beim Volleyball übernommen habe und die vermutlich erst nächstes Jahr wieder zur Schule gehen kann. So hängen diese beiden Geschichten also zusammen.

Ich fahre mir durch die Locken, irritiert darüber, dass mir dieser Zusammenhang nicht schon längst klargeworden ist. Wegen meiner Wut auf Jake muss ich wohl Tomaten auf den Augen gehabt haben.

Die arme Charlotte. Dem Bericht und den Bildern nach zu urteilen, muss es ihr richtig schlecht gehen. Und Valentin, dieser Mistkerl, hat sie im Schnee liegen gelassen und ihr nicht geholfen. Der Feigling ist einfach abgehauen.

Aber wieso tut Marissa dann so, als wäre Valentin ein großartiger Mensch? Wieso verdrängt sie seine Schuld? Hängt das wirklich mit dem Verlust ihrer Mutter zusammen?

Nachdenklich kratze ich mich an der Stirn. Klar, ich habe Isabells Tod auch nicht einfach so akzeptiert. Ich verstehe, dass Marissa verletzt, verstört und durch den Wind ist. Aber irgendwas ist seltsam an dieser Geschichte. Irgendetwas hab ich übersehen. Ob Marissa wohl –

Ein neues Knacken hinter der Tür reißt mich aus meinen Gedanken. Oh, Mist, ich bin so dämlich!

Zum zweiten Mal werfe ich den Hefter zurück an seinen Platz – diesmal richtig herum – und haste zu meinem Sessel. Keine Sekunde zu früh, denn jetzt öffnet sich wirklich die Tür und Doktor Wolf kommt lächelnd herein.

»Hanna, entschuldige bitte, dass du warten musstet. Ich hoffe, du hast dich nicht allzu sehr gelangweilt.«

Weil Doktor Wolf fast zwanzig Minuten weg war, fällt meine Therapiestunde entsprechend kürzer aus. Ich hab das Gefühl, dass er nicht richtig bei der Sache ist – aber ich ebenso wenig. Daher verbringen wir die Zeit eher mit unwichtigem Smalltalk. Von Isabell und meinen winzigen Schritten zur Akzeptanz ihres Todes erzähle ich nichts, denn mit den Gedanken bin ich immer noch bei Marissa und ihrem Bruder.

Was soll's? Ich hab sechs Monate gebraucht, um überhaupt zu realisieren, dass Isabell tot ist. Jetzt kommt es auf ein paar Tage mehr auch nicht mehr an

Wenig später mache ich mich auf den Weg zum Physikunterricht. Jakes Platz bleibt leer. Natürlich. Die Stimmung ist gedrückt, die meisten Leute starren mit in die Hand gestütztem Kinn aus dem Fenster. Ich wünschte, Daria wäre mit mir in diesem Kurs, aber sie hat gerade Latein.

»Guten Morgen, meine Herrschaften«, Doktor Mattis schreitet hinein und wirft wie immer einen langen, bedauernden Blick auf den leeren Platz seines Lieblingsschülers. »Dann wollen wir uns heute wieder mit den Wundern der Elektrik beschäftigen.«

Mir bleibt aber auch nichts erspart. Ich ziehe seufzend mein Physikbuch hervor. Dabei rutscht ein glänzendes Stück Papier aus dem Einband. Stirnrunzelnd ziehe ich es hervor – und schnappe nach Luft.

Game over.
Du hast dich wohl verspielt, Schlampe.

35

Wie vom Donner gerührt starre ich auf das Papier in meinen Händen hinunter und lese erneut die Worte, die in winzigen Druckbuchstaben darauf geschrieben sind.

Game over.
Du hast dich wohl verspielt, Schlampe.

Ganz langsam drehe ich das Papier um – und reiße die Augen auf. Es ist ein Foto. Ein Foto, das draußen auf dem Schülerparkplatz aufgenommen wurde. Auch wenn es ein bisschen verschwommen ist, erkennt jeder auf den ersten Blick, was es zeigt. Und zwar mich: Ich beuge mich gerade über Jakes Auto und bin dabei, Schuhcreme auf die Windschutzscheibe zu schmieren. Mein Gesicht wirkt ernst und euphorisch, meine Wangen sind gerötet. Wilde, rotbraune Locken quellen unter meiner Kapuze hervor. Im Hintergrund schwanken die dunklen Tannen im aufziehenden Sturm.

Mein Herz beginnt alarmiert zu klopfen. Verdammt, wer hat das Bild aufgenommen? Und wie kommt es in mein Physikbuch?!

Game over.
Du hast dich wohl verspielt, Schlampe.

Was soll das bedeuten? Ist das etwa ...

»Hanna, warum guckst du so entgeistert?«, reißt mich Doktor Mattis' Stimme aus den Gedanken. »Glaub mir, Physik ist nichts, vor dem man sich fürchten müsste. Komm doch bitte nach vorne und rechne uns die erste Aufgabe der Hausaufgaben vor.«

***

Lexa schüttelt immer wieder den Kopf, als ich ihr später das Foto zeige. Wir stehen in einer ruhigen Ecke im Flur mit den Klassenräumen. Die große Pause läuft, und die meisten Schüler hängen im Gemeinschaftsraum ab, denn gegen das Fenster klatscht heftiger Eisregen.

»Mist. Irgendjemand hat dich beobachtet und weiß, dass du es warst«, murmelt Lexa mit blassem Gesicht. »Hanna, das ist gar nicht gut. Wer kann das nur gewesen sein?«

Ich schiebe das Beweisbild zurück in meine hintere Hosentasche. »Mich erinnert die Botschaft stark an die Klopapierrolle und das Feuerzeug, die ich in meiner Tasche gefunden habe. *Verbrenn dich nicht! Dieses Spiel spiele ich viel besser als du, Schlampe.* Weißt du noch?« Und an die anonymen Nachrichten, die ich an meinen ersten Tagen bekommen habe.

Ich weiß, was du vorhast: Aber gieß kein Öl ins Feuer. Das Spiel ist gefährlicher, als du denkst.

Ich gebe dir einen guten Rat: Spiel nicht wieder mit dem Feuer.

Lexa runzelt die sommersprossige Stirn, dann scheint auch bei ihr der Groschen zu fallen. »Du meinst, *Jake* hat das Foto gemacht und dir zugespielt? Aber er ist doch verschwunden.«

Ich schlucke. »Ja, aber es ist der gleiche Stil, die gleiche Wortwahl. Das Bild und die Botschaft *Game over* sind eine Drohung. Eine Drohung, die wie die Faust aufs Auge zu Jake passt.«

»Verdammt«, entfährt es Lexa, denn sie denkt das Gleiche wie ich.

»Wenn das Foto bei der Polizei eintrudelt, bin ich erledigt«, nicke ich. »Ich habe nachweislich ein Auto in die Luft gejagt und jetzt kommt heraus, dass wirklich ich es war, die Jakes Auto beschmiert hat. Wie soll ich da noch erklären, dass ich Jake nicht auch verschwinden lassen habe? Durch das Foto kann er mir richtigen Ärger einhandeln, ganz egal, ob er später wieder quicklebendig auftaucht. Vorerst bin ich dran. Meine Eltern werden durchdrehen.« Ich drücke mir stöhnend die Hand gegen die Stirn. Ein Blitzt zuckt hinter der Scheibe auf, Donner rollt über die im Sturm schwankenden Baumkronen.

Lexa greift nach meiner Hand und drückt sie. »Ich fühle mich furchtbar. Das ist nicht fair, dass Jake nur gegen dich spielt. Wir stecken gemeinsam in der Sache drin, und wenn die Polizei dich jetzt verdächtigt, bin ich genauso daran schuld.« Sie nagt an ihrer Lippe, als würde sie etwas hinzufügen wollen, aber dann holt sie tief Luft. Ihre Hand fasst fester zu. »Und jetzt? Was willst du tun?«

Ich zucke die Achseln. »Vielleicht sollte ich von mir aus zur Polizei gehen, ihnen das Bild zeigen und alles erklären, bevor es jemand anders – Jake – tut. Nach dem Motto: Angriff ist die beste Verteidigung.«

Lexa nickt sofort. »Klingt vernünftig. Ich werde dich ...«

Ich werde abgelenkt, denn in diesem Moment öffnet sich die Tür von einem Klassenzimmer. Klappernde Schritte ertönen, und in der nächsten Sekunde stolziert Marissa über den Flur. Ihr langes dunkles Haar glänzt im Licht der Deckenlampen. Sie blickt nicht in unsere Richtung und verschwindet sofort im Treppenhaus. Trotzdem habe ich ihr Gesicht gesehen – sie sah aus, als hätte sie geweint. Heult sie nun doch wegen Jake? Weil sie sich Sorgen macht? Oder hat sie wieder mit ihrem Bruder Valentin im Gefängnis telefoniert?

Ich blinzele. Plötzlich wird das Gefühl, dass ich etwas übersehen habe, riesig groß. Marissa ist in psychiatrischer Behandlung, weil sie die Schuld ihres Bruders verdrängt. Erst macht sie Schluss mit Jake, dann rast sie plötzlich vor Eifersucht und schubst ihre vermeintliche Konkurrentin in den Pool. Sie zeigt nie irgendwelche Gefühle, sondern gibt sich kühl und distanziert – bis sie plötzlich ausrastet, wie bei mir zu Hause am Kaffeetisch. Irgendwas stimmt nicht, aber was genau ...?

»Wann gehst du zur Polizei?«, reißt mich Lexa aus den Gedanken und drückt wieder meine Hand. »Ich werde auf jeden Fall mitkommen. Das hätten wir schon längst machen sollen.«

Ich nicke immer noch abwesend. »Ich ... ich melde mich später. Vorher muss ich noch etwas erledigen.«

***

Zu Hause klappe ich sofort den Laptop auf und gehe auf Facebook. Mich zieht es auf Marissas Profil, obwohl ich nicht genau sagen kann, warum. Ich klicke mich durch ihre Chronik und scrolle mich durch die Beiträge – meistens hat sie Fotos von Modemarken wie Prada oder Miu Miu geteilt. Mit ihrem Bruder Valentin ist sie auf dutzenden Fotos verlinkt. Er ist groß und dunkelhaarig und sieht ihr mit seinen blauen Augen sehr ähnlich. Ich widme mich den vielen Urlaubsfotos: Südafrika, Florida, die Malediven – die Goldammers waren offenbar schon überall. Immer stehen die Geschwister eng nebeneinander und lachen. Marissa sieht ohne ihren Burberry-Schal, dafür aber in Jeansshorts ziemlich fremd aus. Überhaupt wirkt sie auf den Bildern wie ein anderer Mensch – glücklich, offen, nett. Damals war scheinbar noch alles in Ordnung: Ihre Mutter lebte, ihr Bruder war noch kein inhaftierter Verbrecher.

Langsam scrolle ich weiter nach unten. Marissas Freundinnen posten ab und zu Bilder mit Sprüchen wie »Das Schönste an mir sind meine Mädels!« und »Lieber overdressed als underdressed!« oder Videos von Katzenbabys. Langweilig. Aber mit einem Mal setze mich kerzengerade auf, obwohl ich im ersten Moment gar nicht sagen kann, was mich an dieser Meldung fesselt.

Hey Marissa, ist dein MacBook noch zu haben? Und wie sieht es mit deiner grauen Michael Kors-Tasche aus? Kann man noch was am Preis machen?
LG, Charlotte

Ich runzle die Stirn. Der Chronikeintrag stammt von Mitte Dezember letzten Jahres. Auf dem Profilfoto ist Charlotte als dünnes, dunkelblondes Mädchen zu sehen, dem ich noch nie begegnet bin. Marissa hat ein paar Stunden später geantwortet:

Hi Charlotte, sprich mich morgen in der Schule an oder schreib mir bei Whatsapp.
LG, Marissa

Ich drücke mir die Hand gegen die Stirn, hinter der es zu arbeiten anfängt. Okay, das ist reichlich merkwürdig. Ich hätte von Marissa niemals erwartet, dass sie Sachen, die sie loswerden möchte, zum Verkauf anbietet. Ich hätte angenommen, dass sie das Zeug einfach wegschmeißen und Daddy um Geld für neue Klamotten bitten würde. Wieso will sie also ihr MacBook und eine Markentasche verkaufen? Das passt doch überhaupt nicht zu ihr.

Außer ... außer sie brauchte dringend Geld und konnte ihren Vater nicht darum bitten. Aber warum? Er ist doch ein erfolgreicher Architekt.

Ich tippe mit dem Zeigefinger gegen meine Lippe und halte plötzlich inne. Halt. Moment. Wie war das noch?

»Erst der viel zu frühe Tod der Mutter, der den Vater aus der Bahn geworfen hat«, hat Mom wenige Tage nach unserem Umzug von einer Frau im Supermarkt erfahren. *»Mit der Firma ging es schleichend bergab, weil sie sehr wenig neue Aufträge erhalten haben. Sie standen Anfang des Jahres noch kurz vorm Ruin, weswegen sie fast ihr Haus verkaufen und Marissa von der Schule nehmen mussten. Aber eine plötzliche Erbschaft hat sie gerettet.«*

Marissas Vater hat etwas Ähnliches gesagt, als er bei uns zu Hause war:

»Erst ist ihre Mutter gestorben, dann ging es uns finanziell sehr schlecht. Ich habe sogar daran gedacht, unser Haus zu verkaufen und Marissa auf eine staatliche Schule zu schicken. Zum Glück bin ich nicht dazu gezwungen worden.«

Ich starre wieder auf die Nachricht von Charlotte.

Ist dein MacBook noch zu haben?

Die Frage stammt aus Dezember. Laut Moms Klatschgeschichten stand Marissas Familie zu diesem Zeitpunkt noch das Wasser bis zum Hals. Wollte

Marissa ihre teuren Sachen verkaufen, um ein bisschen Geld zu verdienen, weil es der Firma ihrer Familie so mies ging?

»Hm«, mache ich unschlüssig und klicke mich erneut durch Marissas Fotos, auf der Suche nach Beweisen für meine Theorie. Ich öffne einen Fotoordner mit Bilder der Schulweihnachtsfeier vom letzten Jahr. Marissa sieht ziemlich blass und abwesend aus, auch wenn sie ein edles, violettes Abendkleid und eine aufwendige Hochsteckfrisur trägt. Damals muss sie sich also noch große Sorgen um ihre Zukunft gemacht haben.

Ich klicke einen weiteren Ordner an, in dem sich Fotos vom Neujahresempfang der Schule befinden. Marissa ist auf kaum einem Bild selbst zu sehen, und wenn, dann wirkt sie nicht mehr traurig. Stattdessen ist ihr dunkelrot geschminkter Mund trotzig verzogen, und ihre Augen blitzen so überheblich wie heute. Eventuell hat sie kurz vorher die Nachricht von der Erbschaft – und ihrer Rettung – erhalten. Ihre teuren Klamotten konnte sie letztendlich behalten, was sie offensichtlich gefreut hat.

Was für eine glückliche, aber merkwürdige Fügung, dass die Goldammers ausgerechnet dann eine hohe Summe geerbt haben, als sie sie am dringendsten benötigten. Ich frage mich, wer ihnen etwas vererbt hat. Eine reiche Tante?

Ich werde abgelenkt, als sich mein Blick plötzlich in Jakes bleiches Gesicht bohrt. Er sieht aus wie der Tod auf zwei Beinen. Tiefe Ringe liegen unter seinen Augen, sein Haar steht verstrubbelt ab und der Knoten seiner Krawatte ist ziemlich schief.

Warum war er am Neujahresempfang denn so schlecht drauf? Hatte er noch von Silvester einen Kater?

Mit gerunzelter Stirn scrolle ich durch die weiteren Fotos. Schüler in schicker Abendkleidung lachen und prosten in die Kamera, freuen sich über das neue Jahr. Und plötzlich fällt mir auf, dass Marissa und Jake auf keinem einzigen Bild zusammen zu sehen sind. Immer stehen sie fast zehn Schritte voneinander entfernt und blicken angestrengt in andere Richtungen. Und Jake wirkt, als würde er die schwerste Zeit seines Lebens durchmachen. Aber wieso ... Oh!

Ich schlage mir prompt die Hand auf den Mund, als eine Erkenntnis durch meinen Kopf rauscht. Klar, das muss es sein!

»Anfang des Jahres haben sie sich getrennt«, hat Daria erzählt. »Jake war danach ziemlich fertig.«

Marissa und Jake müssen kurz vor dem Neujahresempfang Schluss gemacht haben. Wenn man sich diese Fotos ansieht, war Weihnachten noch alles okay – aber im neuen Jahr war es aus.

Erst die finanziellen Probleme der Firma der Goldammers. Danach die plötzliche Erbschaft. Und dann die unerwartete Trennung von Jake. Ich presse die Finger gegen die Stirn, als ich versuche, die Ereignisse in eine sinnvolle Reihenfolge zu bringen. Irgendwas fehlt noch, irgendwas habe ich vergessen ...

Ich fahre mit der Maus über die Bilder, aber trotzdem finde ich nicht die Antwort. Unbefriedigt stoße ich die Luft aus und will gerade den Laptop runterklappen, da sticht mir Marissas Profilbild ins Auge: Es zeigt sie auf der Veranda eines Holzhauses. Im Hintergrund hebt sich ein dichter, dunkelgrüner Wald ab. Vielleicht ist das die Waldhütte, von der Marissas Vater erzählt hat.

»Wir haben das Haus bauen lassen, als unsere Kinder noch ganz klein waren. Es liegt direkt an

einer Lichtung am Rande des östlichen Natur-
schutzgebietes.«

Valentin hat den Arm um Marissa gelegt. Die Sonne überflutet die Lichtung und lässt die beiden die Augen zusammenkneifen. Trotzdem lachen sie aus vollem Hals. Sorglos, frei, glücklich.

Ich blicke wieder auf den noch offenen Chronikbeitrag von Charlotte. *Ist dein MacBook noch zu haben?*

Charlotte Wagner.

Und plötzlich weiß ich, was ich übersehen habe. Kribbeln fährt durch meinen Bauch. Verdammt, das war doch offensichtlich!

Mein Arm zittert, als ich vier Finger in die Höhe strecke und den Zeigefinger mit der freien Hand antippe.

Erstens: Der finanzielle Engpass von Marissas Familie, weswegen Marissa ein paar ihrer teuren Klamotten verkaufen wollte.

Ich berühre den Mittelfinger. Zweitens: Die plötzliche Erbschaft, die die Firma gerettet hat.

Ich tippe den Ringfinger an. Drittens: Marissas Trennung von Jake, die ihn schwer getroffen hat und die er nicht akzeptieren konnte. Er wollte sie unbedingt zurück und hat sie letztendlich mit mir eifersüchtig gemacht.

Aber das ist nicht alles. Noch etwas anderes ist letztes Jahr um Weihnachten herum passiert. Und zwar – kleiner Finger – *viertens*: Der Unfall, den Valentin verursacht hat und den Marissa verdrängt. Der Unfall, bei dem Charlotte Wagner schwer verletzt wurde. Charlotte Wagner, die nach Marissas MacBook und der Tasche gefragt hat. Charlotte aus meinem Sportkurs.

Finanzielle Probleme. Erbschaft. Trennung. Unfall.

Ich kneife angestrengt die Augen zusammen. In welchem Zusammenhang stehen die Ereignisse miteinander? Gibt es überhaupt eine Verbindung? Hat die Erbschaft – oder der Unfall – eine Rolle gespielt, weswegen Marissa mit Jake Schluss gemacht hat? Aber warum sollte sie das beeinflusst haben?

Und wieso ist Jake jetzt plötzlich verschwunden?

Und ... warum finde ich heute ein Foto in meinem Physikbuch, das mich auf frischer Tat zeigt, wie ich Jakes Auto verschmiere?

Ich lege den Kopf in den Nacken und raufe mir die Nacken. Jemand spielt mit mir. Und das schon seit Längerem, wenn ich an die anonymen Nachrichten denke, die ich von Anfang an erhalten habe. Aber wer? Ist es wirklich Jake, der mich fertigmachen will? Aber wieso? Was hab ich mit alldem zu tun? Ich wohne doch nicht mal einen Monat in diesem Dorf und hab weiß Gott genug eigene Probleme!

Wütend schlage ich mit den Fäusten auf den Laptop. Egal, was hier gerade passiert, eins weiß ich genau: Ich lasse mir das nicht gefallen. Ich lasse nicht zu, dass jemand mir etwas anhängt, das ich nicht getan habe. Etwas, das vielleicht nie passiert ist.

Hastig greife ich nach meinem Handy und tippe ins Display:

Können wir uns treffen? Ich brauche deine Hilfe!

Teil 4:

ENDSPIEL

36

»Hi.«

Daria steht schneller vor der Haustür, als ich erwartet habe. Sie wohnt am anderen Ende des Dorfes, aber sie ist sofort in ihr Auto gesprungen und zu mir gerast. Die Creolen schaukeln so wild an ihren Ohren, als wäre sie den ganzen Weg gerannt. Mein Herz zieht sich zusammen. Sie ist eine echte Freundin. Umso mehr schmerzt mich, was ich ihr jetzt sagen muss.

»Wow, Hanna, du siehst aus, als wärst du dem Teufel in Person begegnet. Das hat deine Frisur offenbar nicht so gut verkraftet.« Sie zupft grinsend an meinen Locken herum, die noch chaotischer als sonst in alle Richtungen abstehen.

»Teufel ist ein gutes Stichwort.« Ich zerre sie über die Türschwelle und ins Wohnzimmer. Mom und Dad sind zum Glück einkaufen. Der Wind heult gegen die Verandatür und wirbelt nasse braune Blätter gegen die Scheibe.

»Was ist denn los?«, Daria setzt sich aufs Sofa und sieht mich verwirrt an. »Du machst mir ein bisschen Angst. Ist was mit Jake? Hat man ihn gefunden? Sag doch was.«

»Nein. Oh Mann.« Ich schüttele den Kopf, bevor ich die Finger wieder in den Haaren vergrabe und mir die pochenden Schläfen reibe. Dann greife ich in meine Gesäßtasche und lege das Foto, das heute in

meinem Physikbuch steckte, auf den Wohnzimmertisch.

Daria hebt die dunklen Brauen. »Was ist das?« Sie
zieht das Bild näher zu sich heran und schnappt
dann nach Luft. »Was? Hanna, du …? *Du* warst das
mit Jakes Auto? Wieso hast du das getan?!«

Ich hole tief Luft. »Ich war total wütend auf Jake,
weil er mich vor der ganzen Schule blamiert hat, und
wollte es ihm unbedingt heimzahlen …« Die nächsten Worte sprudeln nur so aus mir heraus. Es tut unendlich gut, sich alles von der Seele zu reden, endlich
die Wahrheit zu sagen. Zuerst fasse ich das Rachespiel zusammen – den Stinkekäse, die Schuhcreme,
das Klopapier und schließlich das Brechmittel –, wobei ich mich an Lexas Bitte erinnere, niemandem
von der Sache zwischen ihr und Jake zu erzählen.
Daher lasse ich Lexas Rolle weg.

Ich gehe aber auf die verschiedenen Drohungen
ein, die ich bekommen, aber zuerst nicht ernst genommen habe, weil ich dachte, irgendjemand – Jake
– würde mich ärgern wollen.

»Das Spiel hat schon sehr früh angefangen. An
meinem ersten Abend habe ich eine anonyme Nachricht bekommen, dass ich nicht mit dem Feuer spielen soll. Ich wusste nicht, von wem sie stammt, aber
jetzt ergibt alles einen Sinn. Die Person weiß viel
über mich. Sie wollte mir durch die Drohungen
Angst einzujagen, gleichzeitig meine Wut schüren.
Und jetzt dieses Foto, als Krönung der Drohung.
Wenn das Bild bei der Polizei eintrudelt, bin ich geliefert. Sie halten mich jetzt schon für eine Verdäch-
tige und bekommen mit dem Bild einen Beweis, dass
ich Jake wirklich Böses wollte.«

Ich fasse meine gerade erlangten Erkenntnisse zusammen: Dass Marissas und Jakes Trennung, die

Erbschaft und der Unfall in Zusammenhang zu stehen scheinen.

»Das alles ist Ende letztes und Anfang dieses Jahres geschehen und hat sich irgendwie beeinflusst, aber keine Ahnung, wie genau. Ich dachte erst, Jake würde ein Spiel mit mir treiben und wäre gar nicht verschwunden. Aber das ist er. Jemand hat ihn entführt.«

Daria schüttelt verwirrt den Kopf. »Aber wer? Und wieso?«

»Irgendjemand hat eine Rechnung mit Jake offen und ihn deshalb verschwinden lassen.« Ich schweige kurz und nage an meiner Lippe. »Diese Person hat geplant, mir das Verbrechen in die Schuhe zu schieben. Ich weiß, das klingt völlig verrückt, aber es passt alles zusammen. Und ich schätze, es ist Marissa.«

»Marissa?«, wiederholt Daria mit riesigen Augen. »Aber wieso sollte Marissa ihren Freund verschwinden lassen und dir was anhängen wollen? Und wie passen die Erbschaft und der Unfall dazu?«

»Das muss ich noch herausfinden«, ich reibe mir die Stirn. »So schnell wie möglich, um meinen Kopf aus der Schlinge zu ziehen. Sonst sitze ich bald im Knast wegen etwas, mit dem ich nichts zu tun habe.«

Daria sieht mich erschüttert an. »Ich kann nicht fassen, dass du erst jetzt mit dieser abgedrehten Geschichte rausrückst.« Sie stößt die Luft aus. »Oh, Hanna, ich dachte, wir wären mittlerweile Freundinnen. Bist du nie auf die Idee gekommen, mir davon zu erzählen, wenn wir oben in deinem Zimmer auf dem Bett lagen und Serien geguckt haben? Wie konntest du mir all das bis jetzt nur verschweigen? Ich hätte dir doch helfen können.«

Ein Stich fährt durch mein Herz. Schuldbewusst knibbele ich den schwarzen Lack von meinem Zeigefingernagel. »Tut mir leid. Ich wollte es dir so oft sagen, dich aber gleichzeitig nicht mit hineinziehen. Du solltest keinen Ärger kriegen, verstehst du? Ich wollte dich schützen.«

Sie atmet tief aus. »Aber Freunde sind dafür da, sich gegenseitig mit hineinzuziehen. Ab jetzt keine Geheimnisse mehr, okay? Was machen wir nun? Wie finden wir heraus, ob es wirklich Marissa ist, die dir was anhängen will?«

Ich spanne die Hände an. »Wir gehen zu Charlotte.«

»Was? Charlotte?«, Daria legt irritiert den Kopf schief. Ihre Creolen schwingen vor und zurück. »Wieso denn zu Charlotte? Sie ist doch schon seit Monaten weg und hat keine Ahnung, was hier abgeht. Wie sollte sie uns weiterhelfen können?«

»Das werden wir sehen, wenn wir sie gefragt haben.«

37

Charlotte wohnt in einem winzigen Reihenhaus im Norden des Dorfes. Ihre kleine, grauhaarige Mutter, die die Tür öffnet, freut sich sichtlich, als sie Daria erkennt.

»Wie schön, dass du Charlotte besuchen willst! Komm herein, komm herein. Ach, und du bist …?«

Ich trete von einem Fuß auf den anderen. »Hanna. Und ich hab schon viel von Charlotte gehört, seit ich auf die Gutenberg gewechselt bin.«

»Oh, wie nett.« Charlottes Mutter macht ein verwirrtes Gesicht, aber offenbar überwiegt die Freude über den Besuch und sie lässt uns ins Haus, das vollgestopft ist mit kitschigen Spitzendeckchen und Bildern mit Sprüchen wie »Lächle – und die Welt lächelt zurück!«. In der Luft hängt ein Duft nach frischgebackenem Kuchen und zitronigem Raumerfrischer. Das ist das erste Haus in diesem Dorf, das nicht die Dimensionen einer Prominenten-Villa aufweist – abgesehen natürlich von unserem eigenen. Wie zum Teufel können sich Charlottes Eltern wohl das Schuldgeld leisten?

Daria und ich wechseln einen kurzen Blick, als wir hinter Frau Wagner die schmale Treppe hinaufsteigen.

»Charlotte, Daria ist da. Ist das nicht schön? Und sie hat ihre neue Freundin mitgebracht.« Charlottes Mutter hält uns die Tür auf, und wir blicken in ein schmales Kleinmädchenzimmer: Eine Wand ist rosa gestrichen, und über dem Bett spannt sich ein weißer Stoffhimmel. Auf einem Regalbrett sitzt eine Reihe knopfäugiger Teddybären, und auf einer Kommode entdecke ich den rosa Blumenstrauß, den Vivian und die anderen Tussis Charlotte mitgebracht haben.

»Oh, hallo. Das ist ja eine Überraschung.« Ein dunkelblondes Mädchen richtet sich im Bett auf. Ich brauche einen Moment, um sie mit dem Mädchen von dem Profilfoto von Facebook zusammenzubringen. In Wirklichkeit sieht sie viel blasser, viel dünner, viel – durchsichtiger aus. Sie ist augenscheinlich immer noch extrem angeschlagen von dem Unfall.

Charlotte trägt einen flauschigen, viel zu großen Bademantel und eine feste Halskrause. Jetzt legt sie ihr MacBook, mit dem sie sich etwas angesehen hat, zur Seite. Ich frage mich, ob das vielleicht Marissas altes Gerät ist.

Charlottes Mutter blickt uns begeistert wie erwartungsvoll an. »Macht schon, Mädels, nehmt Platz. Ich bringe euch Kuchen und Tee. Oder mögt ihr lieber Kaffee? Oder Saft? Wir haben auch Cola da. Oder wollt ihr ...«

»Kaffee ist wunderbar«, unterbricht Daria sie. »Danke, Frau Wagner.«

»Dann macht es euch mal gemütlich.« Die Mutter schwirrt aus dem Zimmer, und die Tür klappt zu. Fast meine ich, sie die Treppen hinunter singen und tanzen zu hören.

Wow. Vielleicht habe ich es mit meinen Eltern doch ganz gut getroffen. Charlottes Mutter hätte mich mit ihrem Glucken-Verhalten wahrscheinlich schon längst an den Rand des Wahnsinns getrieben. Mom ist es nur wichtig, dass ich irgendwo bin, wo sie mich beobachten kann. Aber in meinem Zimmer lässt sie mich zumindest in Ruhe.

Charlotte schwingt langsam die Beine aus dem Bett, dabei verzieht sie das Gesicht, als hätte sie Schmerzen. Einen Moment sitzt sie still und atmet ruhig, dann weist sie auf die kleine, abgewetzte Couch, die unter dem Fenster steht. Kitschige rosa Kissen stapeln sich auf dem Polster.

Als Daria und ich uns setzen, streicht sich Charlotte über die bleiche Stirn. Dabei fallen mir die Narben auf ihrem dünnen Arm auf, die der hochgerutschte Ärmel entblößt. Autsch, das muss richtig weh getan haben. Plötzlich überfällt mich riesiges Mitleid mit ihrer winzigen Gestalt, die in dieser engen Kinderkammer hausen muss und nicht mal ordentlich aufstehen kann. Vielleicht sollten wir sie einfach in Ruhe lassen. Sie hat offenbar noch ziemlich große Probleme wegen des Unfalls und nicht gerade das, was man ein schönes Leben nennt.

Ich presse die Lippen aufeinander und wende den Blick ab. Dabei fällt mir die Rollstange an der gegenüberliegenden Wand auf, an der eine Lederjacke, eine pinke Fellweste, ein dunkelblaues, perlenbesetztes Abendkleid und mindestens sechs Wollpullover hängen. Zwischen bunten Kaschmirschals baumelt eine riesige Ledertasche, und auf der unteren Ablage reihen sich glänzende Stiefel, Stiefelletten und Pumps aneinander. Auf der Kommode dahinter glitzert ein Dutzend Parfumflakons.

Unwillkürlich ziehe ich die Brauen hoch. Dafür, dass sie in einem engen Reihenhaus wohnt, besitzt Charlotte aber eine Menge teurer Klamotten. Haben ihre Eltern ihr das ganze Zeug gekauft, um sie aufzuheitern?

»Tut uns leid, dass wir hier so hereinplatzen«, fange ich an und setze mich aufrechter hin. »Ich bin

Hanna und vor Kurzem hierhergezogen. Trotzdem hab ich schon eine Menge erlebt – und zwar nicht gerade Gutes. Wir sind hier, weil wir dich etwas fragen wollen. Ich hoffe, du kannst uns weiterhelfen. Es ist sehr wichtig.«

Charlotte zieht den Gürtel ihres Morgenmantels enger um sich. »Was wollt ihr wissen?«

»Es geht um den Unfall«, erklärt Daria neben mir. »Um deinen Unfall im Dezember.«

Charlotte zuckt zusammen und senkt den Blick. Ihre Finger spiegeln an der Kordel ihres Mantels herum. »Daria, du hast mich noch nie besucht – und statt dich jetzt nach meiner Gesundheit zu erkundigen, willst du über den Unfall reden, der mein Leben zerstört hat. Ernsthaft?«

Daria beißt sich auf die Lippe. »Tut mir leid. Es ist sehr wichtig, sonst wären wir nicht hier.«

Ich räuspere mich unbehaglich. » Wir wollen dich nicht unnötig quälen. Es dauert nicht lang. Valentin Goldammer hat dich angefahren. Ist das richtig?

»Kann man das nicht sehen?«, gibt Charlotte unwillig zurück. Sie tippt auf ihre Halskrause. »Ich bin gerade erst aus der Reha entlassen worden. Und ich will eigentlich nicht mehr darüber reden.«

»Kannst du uns sagen, ob du Valentin und sein Auto gesehen hast, als er dich angefahren hat?«, frage ich.

Charlotte leckt sich über die blassen Lippen. Ihr Blick flackert hin und her, ehe er sich zögernd auf uns richtet. »Wieso fragt ihr das?«

»Du bist spätabends angefahren worden«, erklärt Daria. »Es war dunkel auf der Straße und es hat geschneit. Wir wollen wissen, was du mitbekommen hast.«

Charlotte stößt einen verbitterten Laut aus. »Alles. Ich hab alles mitbekommen: Wie das Auto mich von hinten gerammt und mir das Fahrrad unter dem Körper weggestoßen hat. Wie ich mit dem Rücken auf die Windschutzscheibe geknallt und danach auf die Straße gefallen bin. Ich lag im Schnee, alles tat mir weh und überall war Blut, doch niemand ist gekommen, um mir zu helfen. Ich konnte mich nicht bewegen, hab gefroren, und ich war ganz allein. Ich dachte, ich sterbe; ich dachte, ich sterbe da am Straßenrand, das Gesicht im Eis, und niemanden interessiert das.«

Eine Gänsehaut überzieht meinen Nacken. Charlottes harte Worte lassen Isabells Unfall vor meinem inneren Auge aufsteigen. Ich zwinge mich, hinzusehen, die Bilder nicht wegzuschieben, auch wenn es wehtut. Das bin ich meiner Schwester schuldig.

Als die Erinnerung mich wieder freier atmen lässt, sehe ich Charlotte an. Sie hat die Lippen zusammengepresst und wiegt sich ganz leicht vor und zurück. Sie hat den Unfall noch nicht verarbeitet oder akzeptiert, wird mir bewusst, dabei ist er doch schon fast ein Jahr her.

»Aber du bist nicht gestorben«, sagt Daria leise. »Du bist hier. Alles ist gut gegangen.«

Charlotte neigt den Kopf zur Seite und ballt die Hand zu einer dünnen Faust. »Klar, aber zu welchem Preis, hm? Dafür, dass ich alleine in meinem Zimmer hocke, mich über nett gemeinte Besuche freuen soll und mich nur unter Schmerzen bewegen kann?«

Daria beißt sich auf die Lippe. Draußen heult der Wind. Dumpf dringt Radiomusik aus dem Erdgeschoss hinauf.

»War es Valentin?«, hake ich so behutsam nach, wie ich kann. »Hat er dich angefahren? Hast du ihn gesehen?«

Charlotte verzieht wieder das Gesicht, als würde ihr das Atmen wehtun. »Warum tut ihr so, als würdet ihr die Fakten nicht kennen? Natürlich war er es. Er war betrunken. Er hat mich über den Haufen gefahren, Panik bekommen und mich deswegen einfach liegen gelassen. Erst viel später hat er einen Krankenwagen gerufen.«

Ich lasse sie nicht aus den Augen. »Das war nicht richtig von ihm. Aber woher weißt du, dass er betrunken war?«

Sie schüttelt ganz leicht den Kopf. »Wie meinst du das? Das ist doch allgemein bekannt, dass er total blau war. Er hat dauernd getrunken, schon vorher. Jeder wusste das.«

Daria runzelt die Stirn. »Aber du hast gesagt, dass er nicht ausgestiegen ist. Er ist einfach weitergefahren. Du kannst nicht wirklich wissen, ob er getrunken hatte.«

»Doch, natürlich. Ich ... Das ... das hat die Polizei später festgestellt«, Charlotte drückt die Hände um ihren Gürtel zusammen. »Ist doch egal, ob ich es selbst gemerkt habe oder nicht. Fakt ist: Er hatte zwei Promille im Blut. Er hätte überhaupt nicht ins Auto steigen dürfen. Dann hätte er mich gar nicht erst überfahren.« Plötzlich blitzen ihre Augen trotzig. »Außerdem hat er sich der Polizei gestellt und alles zugegeben. Er hat gestanden, und ich weiß, dass er es war. Er hat mich fast umgebracht.«

Mein Blick schwenkt zu den vielen Klamotten an der Rollstange hinüber. Teure Kleidung, die Charlotte noch nie getragen hat, aber wie eine Trophäe in ihrem winzigen Zimmer präsentiert. Teure Kleidung, die absolut nicht zum Rest des Zimmers oder Hauses passt. Auch Daria starrt auf die Rollstange und runzelt wieder die Stirn.

Die Gesprächsfetzen schwirren in meinem Kopf herum und verheddern sich miteinander. *Betrunken. Nicht ausgestiegen. Im Schnee liegen gelassen. Überlebt – aber zu welchem Preis, hm? Er hat gestanden. Er war es. Ich weiß es.*
Als ich wieder zu Charlotte hinübersehe, erkenne ich Scham und Trotz in ihren Augen. Sie wird ein bisschen rot und zappelt auf dem Bett herum, als würde sie aufstehen wollen, es aber vor Schmerzen nicht richtig hinbekommen. Und plötzlich macht es *Klick!* in meinem Kopf. Ein entscheidendes Puzzlestück rastet ein, und die Erkenntnis fährt wie ein Stromstoß durch meinen Körper. Nur halb höre ich, wie Charlotte stammelt: »Ich ... ich bin müde. Bitte geht jetzt.«

38

Es ist erst kurz nach sechs Uhr abends, aber der Himmel ist vor schweren Wolken so dunkel, dass man denken könnte, es wäre tiefe Nacht. Daria und ich fahren eine ausgestorbene Landstraße entlang. Rechts und links wippen hohe Tannen im Wind. Nieselregen fällt lautlos aufs Autodach und läuft in dünnen Streifen die Scheiben hinunter.

Ich habe die Stirn gegen das Fenster gelehnt und die Augen geschlossen, während ich zurück an Charlotte in ihrem winzigen Mädchenzimmer denke. Ich kenne jetzt einen Teil der Wahrheit. Ich bin der Lösung des Rätsels einen Schritt nähergekommen. Aber wie passt der Rest dazu?

»Hey, Hanna«, höre ich Daria sagen. Ich hebe den Kopf. Ihre dunklen Augen sind nachdenklich zusammengekniffen. »Hast du die ganzen teuren Klamotten in Charlottes Zimmer gesehen? Die waren nigelnagelneu. Früher hat Charlotte nie die neuesten Markensachen getragen, worunter sie immer gelitten hat. Ihre Familie kann sich gerade so das Schulgeld leisten.«

Ich nicke langsam. »So etwas ähnliches habe ich auch gedacht. Irgendwie ist Charlotte an eine Menge Kohle gekommen. Deswegen konnte sie sich all die neuen Sachen kaufen. Und irgendwas hat der Unfall damit zu tun.«

»Vielleicht hat sie Schmerzensgeld bekommen?«, schlägt Daria vor. »Oder Geld von einer Versicherung?«

»Und dann erlauben ihre Eltern, dass sie sich davon Schals und Taschen holt?«, ich schüttele den Kopf. »Nein, irgendetwas ist hier merkwürdig: Marissa tut so, als wäre ihr Bruder ein Heiliger, obwohl er Charlotte betrunken überfahren hat. Und gerade ist Charlotte so rot angelaufen wie eine Tomate, als wir gefragt haben, ob es wirklich Valentin gewesen ist.«

»Das ist mir auch aufgefallen«, bestätigt Daria. Quietschend fegt der Scheibenwischer Regentropfen zur Seite. »Weißt du, ich fand es immer schon seltsam, dass Valentin Charlotte überfahren haben sollte. Ich hab mich oft gefragt, wieso er ausgerechnet mitten im Dezember von seiner alten Schule ins Dorf gefahren ist. Was hatte er da zu suchen?«

Ich balle die Hände zu Fäusten. Als ich meine Erkenntnis endlich ausspreche, fühle ich glasklar, dass sie wahr ist: »Gar nichts hatte er da zu suchen. Denn Valentin war niemals da. Er hat Charlotte nicht überfahren. Aber irgendjemand hat Charlotte zu der Aussage gebracht, ihn als Schuldigen hinzustellen. Mit Geld. Und sie findet das in Anbetracht der vielen neuen Klamotten, die sie sich davon leisten konnte, vermutlich auch noch absolut gerechtfertigt.«

»Aber Valentin hat sich doch selbst der Polizei gestellt«, sagt Daria mit krausgezogener Nase und lenkt den Wagen in eine Kurve. »Er hat gestanden, dass er es gewesen ist. Warum sollte er sich selbst beschuldigen? Er ist dafür sogar in den Knast gewandert.«

Ich presse mir die Finger gegen die Nasenwurzel. »Das kapier ich auch noch nicht. Woher hat Charlotte das Geld bekommen? Wer hat die Mittel und

Dreistigkeit, sie zu bestechen? Vielleicht Marissa? Aber warum sollte sie Charlotte dazu bringen, gegen ihren Bruder auszusagen? Dadurch hätte sie ihn doch selbst ins Gefängnis gebracht.«

Plötzlich bin ich mir nicht mehr sicher, ob wirklich Marissa die Schuldige ist, die alle Fäden in der Hand hält. Oder ist sie so durchgeknallt, dass sie ihren Bruder zuerst hinter Gitter bringen und es später nicht mehr wahrhaben will? Ist sie vielleicht schizophren?

»Und wer hat Charlotte wirklich überfahren?«, fragt Daria.

»Das weiß sie vermutlich selbst nicht«, antworte ich. »Und wir werden garantiert nicht aus ihr herausquetschen können, wer sie bestochen hat. Dafür hat sie viel zu viel Angst, dass sie wegen ihrer Lüge Ärger bekommt. Verdammt.«

Unter einem Reifen zerbricht ein Ast. Der Scheibenwischer fegt weiter Sprühregen vom Glas. Ich ziehe mein Handy aus der Tasche, um noch mal die anonymen Nachrichten zu lesen, und hebe überrascht die Brauen. Nicht nur meine Eltern haben mich viermal angerufen, sondern auch Lexa. Vor wenigen Minuten hat sie außerdem eine Nachricht geschrieben: *Wo steckst du? Alles okay? Wir müssen reden!*«

Ich wollte mich ja bei ihr melden, damit wir zusammen zur Polizei gehen können. Sie macht sich bestimmt Sorgen um mich. Hastig rufe ich sie zurück, aber auch nach dem zehnten Klingeln hebt sie nicht ab.

»Mist«, sage ich und zucke zusammen, als Daria plötzlich einen kleinen Schrei ausstößt.

»Mir ist gerade die perfekte Idee gekommen, wie wir die Wahrheit herausfinden!« Sie blickt in den Rückspiegel und reißt dann das Lenkrad herum. Mit erhöhter Geschwindigkeit rast sie zurück in Richtung Dorfmitte. »Aber wir müssen uns beeilen!«

39

Mit quietschenden Reifen stoppt der Wagen ein paar Minuten später auf dem Vorplatz eines einstöckigen Gebäudes und blockiert dabei drei Parkplätze auf einmal. Der Regen rauscht auf den Asphalt und zeichnet die gelb beleuchteten Fenster verschwommen in die Dunkelheit.

Daria stößt die Autotür auf. Ein heftiger Sturm fährt durch meine Locken, als ich ihr zu der automatischen Glastür folge, die summend auseinander gleitet. Im Foyer ist es ruhig, warm und trocken. Nur eine alte Frau mit Gehstock stakst an uns vorbei.

Ich blicke mich um. Bisher war ich kein einziges Mal in der Bankfiliale des Dorfes, aber ich habe offensichtlich auch nichts verpasst: Altmodische, dunkle Holzverzierungen schmücken Wände, Tische und Bankschalter. Auf dem Boden liegt ein kratziger grauer Teppich, und in der Ecke steht eine Vitrine mit ausgeblichenen Plastiksparschweinen. Himmel, dieses Ambiente ist der Inbegriff von Trostlosigkeit.

»Was wollen wir hier?«, flüstere ich Daria zu, doch da taucht ein etwa zwanzigjähriger Mann in einem grauen Sakko hinter dem Schalter auf. In dem hellen Licht hat er eine ziemlich ungesunde Gesichtsfarbe. Daria packt mich am Ärmel und zieht mich in seine Richtung.

»Oh, guten Abend, Daria. Willst du deine Mutter abholen?«, fragt er.

»Ja«, nickt sie. »Ist sie noch da?«

Der Typ, auf dessen schiefem Namensschild ich »Lutz Gerlach« lese, nickt ebenfalls eifrig und eingeschüchtert zugleich. »Sie ist gerade in einem Kundengespräch. Möchtet ihr so lange hier warten? Kann ich euch ein Wasser bringen?«

»Danke, das ist total nett, aber wir setzen uns lieber in ihr Büro«, erwidert Daria mit einem so strahlenden Lächeln, von dem ich glaube, dass der Typ es ihr niemals abkaufen wird. Doch stattdessen überzieht eine leichte Röte seinen Hals, und er hüstelt verlegen. »Natürlich, macht das, macht das.«

Daria zerrt mich am Schalter vorbei zu einem schmalen Flur, von dem mehrere Türen abgehen. Aus der ersten von links hört man leise Stimmen.

»Das ist das Beratungszimmer. Da ist meine Mutter drin«, flüstert Daria. Ihre großen silbernen Ohrringe blitzen im Licht. »Komm.«

Wir huschen an dem Raum vorbei und verschwinden hinter der nächsten Tür. Das Büro ist winzig, und auch hier versperren verblichene Lamellen den Blick nach draußen. Zwei unbequem wirkende Polsterstühle stehen vor einem runden Tisch, auf dem allerhand Flyer und Postkarten herumfliegen. Draußen fällt der Regen auf die Straße.

»Mach die Tür zu«, sagt Daria über die Schulter, ehe sie auf den Computer zugeht und wie selbstverständlich nach der Maus greift. »Die Filiale schließt in etwa zehn Minuten. Meine Mutter besteht darauf, pünktlich Feierabend zu machen, daher haben wir nicht viel Zeit.«

»Zeit wofür?«, ich trete hinter sie und sehe gerade noch, wie sich die Bildschirmsperre auflöst.

Daria hebt eine schwarze Braue. »Wir recherchieren jetzt, woher Charlotte das Geld für die neuen

Klamotten bekommen hat. Endlich ist es mal für etwas gut, dass meine Mutter hier arbeitet. Alle Leute in diesem Dorf sind hier Kunde, und meine Mutter benutzt immer das gleiche Passwort. Das wird ein Klacks.«

»Wow«, staune ich. »Ich bin schwer beeindruckt.«

»Auch wenn ich ein Dorfkind bin, heißt das nicht, dass ich mich nur für Kühe interessiere«, grinst sie. »Ich hab oft genug CSI gesehen, um zu wissen, wie man so was macht. Okay, schauen wir uns das mal an.«

Daria öffnet ein Kundendatenprogramm, in das sie den Namen »Wagner, Charlotte« eintippt. Das Kundenprofil erscheint sofort. Schnell und routiniert klickt sie das Girokonto und dann die Umsätze der letzten zehn Monate an. Mein Blick fährt über die Buchungen, die fast nur Zahlungen an Modeunternehmen umfassen: hier dreihundert Euro an Zalando, da vierhundertfünfzig an Tommy Hilfiger oder dreihundertdreißig an Hollister.

»Ihre Shoppingausbeute zeichnet sich schon mal sehr gut ab«, murmelt Daria stirnrunzelnd. Und dann: »Hier ist es!«

Ich drücke ihr die Hände auf die Schultern und lehne mich weiter vor. Daria tippt mit dem Zeigerfinger auf die flimmernde Bildschirmoberfläche.

»Ich hab's gewusst«, murmele ich, als ich die entsprechende Buchungszeile lese. »Ich hab's doch gewusst.«

03.01., 10:51, + 30.000 EUR

Anfang Januar hat Charlotte eine Einzahlung von dreißigtausend Euro erhalten, eine Summe, die sich von allen vorherigen Gutschriften unterscheidet, in denen ihr lediglich ein kleines Taschengeld überwiesen wurde. Sie hat also wirklich Schweigegeld bekommen. Und dann auch noch so viel!

»Kann man sehen, von wem das Geld kam?«, frage ich aufgeregt.

Daria tippt mit konzentriert zusammengekniffenen Augen auf der Tastatur herum. »Moment, das haben wir gleich ... oh!«

Wir zucken parallel zusammen, als plötzlich Stimmen aus dem Flur ertönen.

»Vielen Dank, Frau Petrova, ich bin froh, dass Sie mir den Kredit bewilligt haben«, seufzt ein Mann. »Damit retten Sie mir den Hals.«

»Sehr gerne, Herr Mainzer«, antwortet eine Frauenstimme. »Ich rufe Sie dann nächste Woche an.«

»Mist, meine Mutter ist fertig!«, flüstert Daria hektisch. »Wir müssen verschwinden.« Sie presst in Windeseile den Off-Knopf des Bildschirms, der daraufhin schwarz wird, und greift nach meinem Arm, doch zu spät – Schritte auf hohen Absätzen nähern sich unserem Büro. Daria und ich tauschen einen entsetzten Blick. Gerade als die Klinke heruntergedrückt wird, stößt sie mich hinter die Tür und reißt diese so heftig auf, dass sie mir fast gegen die Stirn knallt. Ich drücke mich gegen die Wand und halte die Luft an.

»Daria?!«, höre ich eine Frau verblüfft fragen. »Was tust du hier? Ist etwas passiert?«

»Nein ... ich – ich wollte dir etwas zeigen«, improvisiert Daria. »Es geht um ... um ein Schulprojekt.« Sie steigt hastig aus dem Büro und zieht die Tür hinter sich zu. »Aber ich muss dafür noch etwas *zu Ende* recherchieren, bevor ich es später *abhole*«, höre ich sie noch laut und deutlich sagen, bevor ihre Schritte und Stimmen verschwinden.

Ich atme tief aus und presse das Gesicht kurz gegen die Hände. Das war knapp. Wenn mich nicht alles täuscht, soll Darias Code bedeuten, dass ich hier weitermachen soll, bis sie mich einsammelt. Aber wer weiß, wie lange sie ihre Mutter ablenken kann. Sie verstehen sich ja nicht gerade gut. Ich hab nicht viel Zeit.

Wie der Wind stürze ich zurück an den Computer, schalte den Bildschirm wieder ein und klicke die noch geöffnete Einzahlung der dreißigtausend Euro an. Fieberhaft überfliegen meine Augen die Maske, die sich daraufhin aufbaut. Datum – 03. Januar –, Uhrzeit – 10:51 Uhr –, ein paar verschlüsselte Codes … aber nirgendwo erscheint der Name des Einzahlenden. Ich beiße mir innen auf die Wange. Wenn das Geld bar auf das Konto eingezahlt und nicht überwiesen wurde, hab ich keine Chance, herauszufinden, wer es war. Außer … außer ich komme an den Einzahlbeleg heran und kann die Unterschrift entziffern. Okay, ich hab keine andere Wahl!

Hastig öffne ich den Schrank hinter mir, in der Hoffnung, alte Unterlagen darin zu finden, und wühle mich durch dicke Ordner, die Titel wie »Versicherung«, »Steuern« und »Zahlungsverkehr« tragen.

Nein, das ist alles Quatsch, wo stecken nur – ach da!

Mein Herz macht einen Sprung, als ich einen Ordner mit der Aufschrift »Archiv« entdecke. Gehetzt zerre ich ihn heraus. Er ist so vollgestopft und schwer, dass er mir prompt aus der Hand und auf den Boden poltert. Stocksteif bleibe ich stehen und lausche. Draußen rauschen Wind und Regen, ansonsten ist alles ruhig, keine Schritte, keine Stimmen.

Glück gehabt.

Ich stürze mich auf den Ordner und hieve ihn auf den Schreibtisch, doch ... Mist! Darin befinden sich keine alten Einzahlscheine, sondern nur verblichene Werbeprospekte.

Ich werfe den Kopf in den Nacken und stöhne enttäuscht auf. Als ich den Ordner wieder zusammenpacke, um ihn in den Schrank zu stopfen, fällt ein Flyer aus einer Klarsichtfolie. Ächzend grabsche ich danach – und erstarre.

Die neue Erbschaftssteuer 2010 – alles, was Sie wissen müssen steht auf dem ziemlich zerknickten Papier, das mit Zahlen und Prozentwerten gefüllt ist.

Ich runzle die Stirn. Erbschaftssteuer.

Erbschaft.

»Die Goldammers standen Anfang des Jahres noch kurz vorm Ruin, weswegen sie fast ihr Haus verkaufen und Marissa von der Schule nehmen mussten«, höre ich Moms Stimme im Kopf. *»Aber eine plötzliche Erbschaft hat sie gerettet.«*

Erbschaft.

Ein Ruck geht durch meinen Körper. Das ist es! Wie konnte ich nur so blind sein?!

Meine Finger zittern vor Anspannung, als ich auf der Tastatur folgenden Namen eingebe: »Goldammer«. Daraufhin erscheinen vier verschiedene Kundenprofile, einmal Valentin, Marissa und Stephan Goldammers privater Account und dann ein Datensatz, der mit ihnen verknüpft ist: Das »Architekturbüro Goldammer GmbH«.

Ich sauge aufgeregt meine Lippe ein und klicke das Architekturbüro an. Vor dem Fenster fährt plötzlich ein Lichtblitz durch die Lamellen, worauf ich zusammenzucke, aber es ist nur ein Auto, das direkt vor der Scheibe parkt. Regentropfen prasseln gegen das Glas.

Hastig klicke ich die Umsätze an, denn ich muss wieder in den Januar zurück.

»Komm schon, komm schon«, murmele ich gepresst, als sich die Daten in Zeitlupe aufbauen.

Mai ... April ... März ...

Meine Zähne mahlen vor Anspannung, und ich drehe immer wieder den Kopf zur Tür. Die Sekunden, bis der Januar erscheint, fühlen sich wie Stunden an. Ich werfe mich schließlich fast auf die Maus, um über die vielen Buchungen – Überweisungen, Lastschriften, Scheckzahlungen, Kreditraten – zu fahren. Wow, die Firma steckte wirklich richtig tief in den roten Zahlen: Mit fast hunderttausend Euro hatten sie ihr Konto überzogen. Aber dann ...

Meine Augen werden riesengroß.

Jackpot!

03.01., 10:53, + 100.000 EUR

Am dritten Januar hat das Architekturbüro eine Gutschrift von exakt hunderttausend Euro erhalten. Genau die Summe, die dem Unternehmen gefehlt hat, um aus den Schulden rauszukommen. Und – die Einzahlung erfolgte an genau dem gleichen Tag wie Charlottes.

Ich schüttele den Kopf, sodass die Locken umher fliegen. Ist das ein Zufall? Nur eine verrückte, aber bedeutungslose Übereinstimmung?

Ich überfliege die Details der Einzahlung: Wieder handelt es sich um einen baren Betrag, der dem Konto gutgeschrieben wurde. 03.01., 10:53 Uhr. Ich halte die Luft an. 10:53. Nein, jeglicher Zufall ist damit ausgeschlossen. Auf Charlottes Konto wurden die dreißigtausend Euro um 10:51 Uhr desselben Tages eingezahlt, also nur zwei Minuten früher. Es muss die gleiche Person gewesen sein. Die gleiche

Person hat Charlotte dreißigtausend und den Goldammers hunderttausend Euro zugespielt.

Ich reibe mir über die Stirn. Plötzlich fühle ich mich so erschöpft, dass ich mich am liebsten hinlegen würde, gleichzeitig knistert wilde Anspannung durch meine Adern. Ich bin kurz davor, das Rätsel zu knacken!

So muss es gewesen sein: Es hat nie eine Erbschaft gegeben. Nein, die Goldammers haben lediglich hunderttausend Euro in bar bekommen, genau den Betrag, den sie gebraucht haben, um die Firma – und ihren Lebensstandard – zu retten. Aber sie haben das Geld nicht einfach geschenkt bekommen. Sie sind damit erpresst worden. Bestochen worden. Genauso wie Charlotte.

Damit sie aussagen, dass Valentin den Unfall begangen hat.

Ich presse mir die Faust auf den Mund, die Stirn gerunzelt, die Augen auf die riesige Summe gerichtet. Kann das wirklich wahr sein? Aber wer hat ein Interesse daran, die Wahrheit zu vertuschen? Wer ist so reich, dass er mal eben hundertdreißigtausend Euro lockermachen kann? Und wer hat Charlotte wirklich überfahren?

Irgendwo aus dem Schalterraum ertönt ein scharfes Piepsen, draußen hupt ein Auto. Ich drücke mir die Fingerspitzen auf die Augen, während ich fieberhaft nachdenke.

Die Erbschaft. Der Unfall. Was fehlt? Was hab ich übersehen?!

Ich reiße die Augen auf. Genau. Marissas Trennung von Jake.

Ohne zu überlegen hämmere ich »Ginsberg, Jakob« in die Tastatur.

40

Mit zusammengekniffenen Augen starre ich auf die Datensätze, die sich vor mir aufbauen. *Jakob Ginsberg, Joachim & Ingrid Ginsberg, Joachim Ginsberg – Kanzlei für Wirtschaftsrecht.* Weil ich nicht glaube, dass Jake einfach über hundertdreißigtausend Euro verfügen kann, klicke ich das Firmenkonto seines Vaters an, wo sich wieder quälend langsam die Seite aufbaut.

Dieses scheiß-lahme Internet! Ich beiße die Zähne zusammen, bis sie fast knirschen. Endlich erscheinen die Kontodaten vor mir, und ich schnappe unwillkürlich nach Luft.

Okay, die Kanzlei von Jakes Vater läuft offensichtlich richtig gut. Auf ein Dutzend Spar- und Tagesgeldkonten hat er ein Vermögen von mehreren Millionen Euro angesammelt. Ich klicke das laufende Girokonto an und fordere wieder die Daten von Januar dieses Jahres an. Der Ladebalken beginnt, sich schwerfällig zu füllen.

August ... Juli ... Juni. ...

Ich trommele nervös mit den Fingern auf der Tischplatte herum. Ich bin so kurz davor, das Geheimnis aufzudecken. Ich bin so kurz davor, zu verstehen, was hier abgeht. Nicht mehr lang, und ich kann endlich ... Plötzlich erstarre ich. Denn ich höre Stimmen.

»Ich hole kurz meine Tasche, Daria, dann können
wir gehen.«

»Warte, Mama, ich wollte dir noch kurz meine –
meine Lateinhausaufgabe zeigen. Doktor Engels
sagte, dass mir die Übersetzung ... äh, richtig gut gelungen wäre.«

»Daria, Liebes, ich freue mich sehr, dass du plötzlich so viel Interesse an der Schule zeigst. Aber das
kannst du doch auch zu Hause machen.«

Scheiße! Ich haue wie wild auf der Entertaste
herum, denn das System zeigt erst Daten von März
an.

»Mach schon!«, flüstere ich. »Schneller!«

»Lass uns jetzt gehen und uns zu Hause in Ruhe
unterhalten«, sagt Darias Mutter. »Ich bin wirklich
froh, dass du gekommen bist.«

Trotz meiner Hektik stelle ich überrascht fest, dass
sich Darias Mutter nett, fast erleichtert anhört, ganz
anders als ich nach Darias Erzählungen erwartet
hätte. Aber möglicherweise kann sie sich einfach
sehr gut verstellen. Oder ... Der Gedanke verpufft ins
Nichts, als plötzlich Schritte direkt auf mein Büro zu
steuern.

»Ich hole meine Sachen und fahre noch meinen
Computer runter«, sagt Darias Mutter direkt hinter
der Tür. Mein Herz macht einen verzweifelten
Sprung.

»Nein, Mama, warte!«, höre ich Daria sagen.
»Lass -lass mich das machen!«

Mein Zeigefinger presst sich auf die Tastatur, während ich panisch zwischen Bildschirm und Tür hin
und her blicke. Ich muss die Wahrheit herausfinden.
Ich kann jetzt nicht aufhören, so kurz vorm Ziel!

»Unsinn, Daria, geh schon mal nach draußen«,
antwortet Darias Mutter. »Ich bin gleich fertig, Liebes.« Die Klinke drückt sich langsam nach unten.

Mist! Ich muss mich verstecken. Ich mache mich gerade zum Sprung unter den Tisch bereit, da höre ich Daria mit lauter, leicht hysterischer Stimme rufen: »Stopp, Mama! Da vorne ... da vorne ist noch ein Kunde, der dich sprechen will!«

Eine Sekunde herrscht Schweigen. Die Klinke bleibt nach unten gedrückt.

»Was? So spät noch?«, höre ich Darias Mutter seufzen. »Meine Güte, kann das nicht bis morgen warten? Sag Lutz, ich komme gleich.«

Ich ducke mich, obwohl ich weiß, dass es sinnlos ist: Ich passe nicht komplett unter den Tisch, und Darias Mutter wird mich entdecken. Schweißperlen stehen auf meiner Stirn, doch dann ...

»Mama, es ist dringend«, ruft Daria so laut, dass ich zusammenfahre. »Der Kunde – er will dich unbedingt sprechen. Sofort!«

»Oh, ist es der alte Herr Meyer?«, sagt Frau Petrova. »Er kommt ständig so spät vorbei, obwohl er Rentner ist. Na, dem werde ich was erzählen ...«

Die Türklinke wird losgelassen. Schritte entfernen sich. Und dann: Stille, abgesehen vom Rauschen des Computers.

Ich stoße die Luft aus. Daria gehört ein Oscar verliehen für ihre Schauspielkunst. Ich kämpfe mich aus meinem Versteck und stürze zurück an den Rechner. Endlich, der Januar erscheint auf dem Monitor!

Atemlos fahre ich mit der Maus über die Buchungen, bis ich endlich zum richtigen Tag komme. Nach wenigen Sekunden finde ich die richtige Zeile, und die Zahlen bohren sich in meine Netzhaut. Mein Atem stockt, aber ich weiß nicht, ob vor Erleichterung oder vor Schrecken. Ich hatte recht. Ich hatte wirklich recht. Aber wie passt das alles –

In diesem Moment wird die Tür aufgerissen, und Daria stürzt herein. Ihre Creolen schaukeln wild hin und her, und ihr sonst so vanilleweißes Gesicht leuchtet rot.

»Hanna, wir müssen weg! Ich konnte meine Mutter ablenken, aber sie wird jeden Moment wieder hier sein!«

Wenige Minuten später sitzen wir wieder in Darias Auto. Ihrer Mutter hat sie von einem spontanen Notfall erzählt und das Auto ein paar Straßen entfernt geparkt, damit ich ihr von meinen Entdeckungen berichten kann. Als ich fertig bin, herrscht verblüfftes Schweigen. Der Regen ist noch stärker geworden und klatscht nun heftig gegen die Windschutzscheibe. Ich habe die Ellenbogen auf die Knie gestützt und presse die Hände gegen die Schläfen.

»Oh mein Gott, oh mein Gott«, sagt Daria immer wieder. »Das ist so irre. Ich fasse es nicht. Erklär's mir nochmal, mein Hirn rafft es einfach nicht.«

Ich unterdrücke ein Stöhnen und werfe mich zurück in den Sitz. »Okay, hör zu: Charlotte hat dreißigtausend Euro bekommen. Goldammers am gleichen Tag hunderttausend Euro. Einen Tag zuvor, am zweiten Januar, hat Jakes Vater genau den gleichen Betrag von seinem Anwaltskonto abgehoben. Exakt hundertdreißigtausend Euro. Das kann nur bedeuten, dass das Geld von ihm stammt. Er hat es ihnen gegeben. Jakes Vater hat Charlotte und den Goldammers eine Menge Kohle gezahlt.«

Daria schüttelt den Kopf. »Aber wieso hat er das getan? Wieso hat er Charlotte bestochen, damit sie vor der Polizei aussagt, dass Valentin sie überfahren hat? Und wieso gibt er den Goldammers so eine riesige Summe?«

Ich hole tief Luft. »Die Goldammers brauchten dringend Geld. Die Firma lief miserabel, und sie hätten alles verloren, wenn die Firma Pleite gemacht hätte. Das Geld ist genau der Betrag, der sie vor dem finanziellen Aus gerettet hat.« Ich beiße mir auf die Lippe, um mich zu konzentrieren. »Daria, ich bin mir sicher, dass Jakes Vater es ihnen gegeben hat, damit sie ebenfalls aussagen, dass Valentin den Unfall verursacht hat. Er hat sie damit genauso wie Charlotte bestochen. Deswegen hat Valentin vor der Polizei gestanden, dass er es war. Er muss es für seine Familie getan haben. Er wollte nicht, dass sie alles verlieren, und ist für das Geld ins Gefängnis gewandert.« Die Worte lassen eine Gänsehaut auf meinen Armen entstehen, aber ich weiß, dass sie wahr sind. Genauso ist es abgelaufen.

Daria bläst die Backen auf. »Aber wer war es in Wirklichkeit? Wer hat Charlotte überfahren? Etwa Jake? Wollte Jakes Vater ihn beschützen? Er hatte damals noch gar nicht den Führerschein. Das hätte mächtig Ärger gegeben.«

Ich hebe die Achseln. »Könnte sein, dass er es war. Aber Marissa hat garantiert wegen der Bestechung mit Jake Schluss gemacht hat. Sie muss von dem Deal gewusst haben und wollte nicht, dass Valentin die Schuld auf sich nimmt. Sie war unglaublich wütend und entsetzt, dass ihr geliebter, unschuldiger Bruder wegen Jakes Familie hinter Gitter gegangen ist. Aus diesem Grund hat sie Jake abserviert.«

»Aber warum ist sie dann wieder mit ihm zusammengekommen?«, fragt Daria und trommelt mit den Fingern auf dem Lenkrad herum. »Nichts hat sich geändert. Valentin ist immer noch im Gefängnis. Es gibt keinen Grund, Jake zu verzeihen und wieder seine Freundin zu sein.«

Ich lecke mir über die Lippen. »Tja, genau das

habe ich mich auch gefragt. Ich glaube, hier komme ich ins Spiel.« Ich drücke mir die Hände gegen die Augen und hole tief Luft. Trüber Regen klatscht gegen die Frontscheibe des Autos.

»Marissa war stinkwütend auf Jake und seine Familie, weil sie ihre eigene bestochen hat«, fahre ich fort. »Sie hat erst ihre Mutter verloren, dann ihren Bruder. An Marissas Stelle hätte ich mich vielleicht genauso verhalten.« Ich hole tief Luft, bevor ich meine Theorie endlich ausspreche: »Marissa wollte es Jake heimzahlen. Sie hat ihn in der Halloweennacht entführt und will ihn fertigmachen, um sich dafür zu rächen, dass ihr Bruder im Knast sitzt. Und sie will *mir* die Tat in die Schuhe schieben.«

Daria krallt die Hände ums Lenkrad. »Das ist echt irre.«

Ich nicke. »Aber es passt alles zusammen.« Im Kopf rekapituliere ich die vergangenen Ereignisse: Die anonymen Drohungen und Anspielungen auf Feuer, die ich bekommen und erst Jake zugeordnet habe. Marissas extrem fassungsloser Blick, mit dem sie Jake und mich durch die Windschutzscheibe angestarrt hat, als wir in Jakes Auto geknutscht haben. Ihr Auftritt in der Englischstunde, kurz nachdem ich Jakes Auto beschmiert hatte. Ihre fehlenden Emotionen nach Jakes Verschwinden. Ihr Schal in Doktor Wolfs Praxis. Ihr Spruch auf der Halloweenfeier: *Wäre nicht ein Brandopfer besser gewesen?*

Alles macht jetzt Sinn.

»Marissa konnte mich von Anfang an nicht leiden, weil ich ein Telefonat mit ihrem Bruder belauscht habe. Wahrscheinlich ist ihr schon in diesem Moment die Idee gekommen, mich für ihren Plan zu benutzen. Es kam ihr gerade recht, dass Jake sich an mich herangemacht hat. Sie hat die Eifersüchtige gespielt, obwohl sie in Wirklichkeit wollte, dass er mit mir flirtet. Sie wusste, er würde mich sofort fallenlassen, wenn sie zu ihm zurückkommt. Wahrscheinlich hat sie selbst sogar das Gerücht befeuert, dass ich mich unsterblich in ihn verliebt hätte. Sie *wollte*, dass ich wütend werde.« Meine Stimme wird immer schneller, als sich immer mehr Puzzleteile zusammensetzen. »Marissa geht auch zu Doktor Wolf und hat dort meine Patientenakte gelesen. Sie kennt meine Vergangenheit. Deswegen die Anspielungen auf Feuer. Aus der Englischstunde ist sie mir gefolgt, hat mich auf dem Schülerparkplatz fotografiert und Jake Bescheid gegeben, dass sein Auto beschmiert wurde. Sie wollte, dass ich mich darüber ärgere, dass niemand mein Werk zu Gesicht bekommen hat. Ich sollte weitermachen, damit sie noch mehr Beweise gegen mich sammeln konnte. Und das ist ihr gelungen, denn jetzt ist die Polizei hinter mir her. Aber was hat sie noch vor? Sie kann Jake doch nicht ewig festhalten. Oder will sie ihn etwa umbringen?!«

Mein Hals schnürt sich zu, als mir klar wird, dass sie Jake – auch wenn er ein arroganter, gemeiner Mistkerl ist – wirklich etwas Schlimmes antun könnte – und ich womöglich wegen Mordes vor Gericht stehen werde.

»Vielleicht will Marissa Jakes Familie erpressen, damit sie die Wahrheit über den Unfall preisgeben und Valentin aus dem Gefängnis entlassen wird«, schlägt Daria vor. »Sie will auf eigene Faust für Gerechtigkeit sorgen, aber sie ist absolut durchgeknallt, wenn dafür sogar ihren eigenen Freund entführt und dich mit hineinzieht. Wir müssen sie stoppen.«

Ich nicke. Das Bild von mir selbst, wie in einem orangen Overall und Fußketten durch einen dunklen Flur humpele, vibriert in meinem Innern. Dann schüttele ich wild den Kopf. »Eine Durchgeknallte hat Jake gekidnappt und will mich als Schuldige hinstellen. Aber jetzt hat sie sich verspielt.«

Mein Kopf läuft auf Hochtouren, sodass mir ziemlich schwindelig ist, als ich den Schlüssel wenig später in die Haustür stecke.

»Lass uns die Drohbriefe und das Feuerzeug holen«, sage ich über die Schulter zu Daria. »Dann fahren wir sofort zu Marissa. Möglicherweise gibt sie alles zu, wenn wir sie überrumpeln. Und wenn nicht, dann gehen wir zur Polizei.«

Mom eilt uns im Flur entgegen, kaum dass wir im Haus sind. »Hanna! Da bist du endlich!« Sie greift fest nach meinem Arm. »Himmel, wo warst du so lange?«

Ich reibe mir die Schläfe. Mist, ich sollte doch jeden Tag direkt nach der Schule nach Hause kommen. Das hab ich komplett vergessen. Mom wird mir meine Entschuldigung für die Verspätung – »Das eiskalte Miststück Marissa, die Tochter deines hochgelobten Architekten, will mir ein Verbrechen in die Schuhe schieben!« – garantiert nicht abkaufen.

»Daria und ich haben noch – Hausaufgaben gemacht.«

»Was?«, Mom zuckt zusammen und dreht sich zu meiner Freundin um, als würde sie sie gerade erst entdecken. »Es wäre besser, wenn du nach Hause fahren würdest, Daria. Das ist gerade kein passender Moment für einen Besuch.«

Daria und ich wechseln einen irritierten Blick. Jetzt erst fällt mir auf, wie bleich und verzerrt Moms Gesicht ist. Von ihren sonst perfekt manikürten Nägel sind mindestens drei abgesplittert.

»Daria, du wirst jetzt …« Doch ich höre Moms weitere Worte nicht mehr, denn plötzlich bauen sich zwei Schatten am Ende des Flurs auf. Zwei Schatten, die mir schrecklich bekannt vorkommen.

In mir zieht sich alles zusammen. *Scheiße.*

Das war wieder eine Falle.

»Hanna, wir verhaften dich mit dringendem Tatverdacht im Fall ›Jakob Ginsberg‹.«

41

Ich zucke zusammen. Die Polizei. Die Polizei ist hier. Und sie will mich verhaften.

Ich wirbele herum und entdecke hinter mir zwei Beamte in dunkelblauen Uniformen und mit ernsten Mienen. Der Linke ist der gleiche, der mich schon in der Halloweennacht befragt hat. Der gleiche, der sofort gemerkt hat, dass ich etwas verschweige. In der Hand hält er ein Blatt Papier, das ich als die richterliche Anordnung, mich sofort festzunehmen, entziffere.

Ich weiche wie betäubt einen Schritt zurück. Nur halb bekomme ich mit, wie Mom Daria in Richtung Haustür drängt. Daria wehrt sich und ruft: »Ich will bei Hanna bleiben!«, doch Mom gibt nicht nach. Innerhalb von Sekunden fällt die Tür ins Schloss.

Und ich bin alleine.

Hinter den Polizisten taucht jetzt Dad auf. Sein Gesicht ist genauso bleich wie Moms. Meine Eltern so erschüttert zu sehen treibt mir die Luft aus den Lungen. Ihre schockierten Mienen erinnern mich an den Tag von Isabells Tod. Damals brach Mom in Tränen aus, und Dad musste sie festhalten. Doch anders als beim letzten Mal legt mir Mom plötzlich die Hand auf den Arm.

»Mach dir keine Sorgen«, sagt sie. »Dir wird nichts geschehen. Alles wird sich schnell aufklären.«

Ihr unerwartetes Vertrauen verwirrt mich. Ich hatte damit gerechnet, dass sie mich anschreien würde, aber sie ist trotz ihrer Blässe ganz ruhig und gefasst. Ich würde mich gerne wie ein Kleinkind an sie klammern und ihr glauben, aber ich spüre, dass Marissa noch mehr Asse im Ärmel hat: Alles wird sich aufklären – aber nicht zu meinen Gunsten.

Ich bin so gut wie geliefert.

»Greta, ruf unseren Anwalt an«, sagt Dad und stellt sich an meine andere Seite. »Er soll sofort herkommen.«

Das gibt den Ausschlag. Ein Ruck geht wie ein Stromstoß durch meinen Körper.

Ich bin unschuldig. Ich brauche keinen Anwalt. Ich muss etwas tun!

»Nein, Dad, warte. Ich – ich bin sofort wieder da.«

»Hanna, stopp!«, ruft mir einer der Polizisten hinterher, aber ich stürze schon den Flur entlang in Richtung Treppe. Ich rase in mein Zimmer, wo ich mich auf die Knie werfe und unter das Bett robbe. Dumpf höre ich, wie Schritte die Stufen hinaufdonnern und die Tür aufgestoßen wird.

Gefangen zwischen Staub und Krümeln taste ich unter dem dunklen Bett umher – doch dann trifft mich fast der Schlag. So sehr ich mich auch bemühe, meine Finger greifen nur ins Nichts.

Die Sachen. Die Sachen sind nicht mehr da. Das Feuerzeug, der Zettel mit der Drohung und die Klopapierrolle, die ich mich nicht getraut hab, wegzuwerfen – alles ist verschwunden.

Fassungslos sacke ich in mich zusammen. Mein Kinn prallt auf den Boden. Das ist doch nicht wahr. Das kann doch nicht wahr sein. Mein letzter Strohhalm. Meine einzige Hoffnung, meinen Kopf aus der Schlinge zu ziehen. Verschwunden.

Wie kann das sein?

Oh. Nein. Marissa. Natürlich. Sie ist mir wieder einen Schritt voraus gewesen. Als sie mit ihrem Vater hier war, muss sie nur kurz gesagt haben, dass sie zur Toilette möchte. Niemand hat sie dabei beobachtet, wie sie die Treppe hoch geschlichen ist. Und dann hat sie mein Zimmer durchwühlt und die Beweise gefunden und mitgenommen. Diese Hexe!

»Hanna, was tust du da? Mach schon, komm da raus«, befiehlt der Polizist über mir. Ich unterdrücke ein Stöhnen und krieche langsam zurück ins Zimmer. Dann richte ich mich hastig auf, schüttele ein paar Krümel aus meinen Haaren und greife in meine Hosentasche. Alle anderen Beweise sind vielleicht verschwunden. Aber ich habe noch die Handy-Nachrichten vom Beginn des perfiden Spiels— *Ich gebe dir einen guten Rat: Spiel nicht wieder mit dem Feuer* und *Ich weiß, was du vorhast: Aber gieß kein Öl ins Feuer. Das Spiel ist gefährlicher, als du denkst.*

»Ich hab Jake nichts angetan«, beteuere ich. »Mir soll ein Verbrechen angehängt werden, und ich kann beweisen, dass Marissa Goldammer die Schuldige ist. Sie hat mir Drohungen geschickt. Sie können bestimmt herausfinden, dass die Nummer ihr gehört.« Ich tippe auf dem Display herum, doch dann bemerke ich, dass der Polizist mich gar nicht beachtet, sondern sich zu seinem Kollegen umgedreht hat.

»Hey«, sage ich wütend. »Hören Sie mir zu: Marissa treibt ein irres Spiel mit mir. Sie müssen *sie* festnehmen, nicht mich!«

»Hanna, beruhig dich«, sagt Dad, der mit Mom im Türrahmen auftaucht. »Es wird sich sicher alles aufklären. Wir werden —«

»Wir unterhalten uns auf der Wache«, unterbricht ihn der Polizist. »Los jetzt, wir gehen.« Er tritt einen Schritt auf mich zu, wie um mich am Arm zu packen, aber ich weiche zurück.

»Hören Sie mir zu! Ich weiß, was Sie gegen mich in der Hand haben«, ich greife wieder in meine Hosentasche und ziehe das Foto hervor, das mich dabei zeigt, wie ich Jakes Wagen mit Schuhcreme einschmiere. »Ich hab dieses Foto als Drohung bekommen. Ja, ich hab das Auto meines Lehrers in die Luft gejagt, ja, ich habe auch Jakes Auto eingeschmiert – aber ich würde ihn nie verschwinden lassen.«

Der Beamte zieht mir das Bild auf den Fingern und betrachtet es einige Sekunden lang, bevor er es einsteckt. »Darüber sprechen wir später.«

Ich trete noch einen Schritt zurück. »Verstehen Sie nicht? Sie müssen zu Marissa Goldammer, bevor sie Jake wirklich etwas antut. Ich habe nichts getan!«

Das Gesicht des Polizisten wird hart. »Hanna, wir wissen, dass du allerhand Streiche gespielt hast, und wir wussten bereits, dass du Jakobs Auto beschädigt hast. Das Foto ändert gar nichts. Aber wir haben heute einen neuen Hinweis erhalten, der belegt, dass du Jakobs Verschwinden von Anfang an geplant hast.«

Ich zucke zurück. »Was ...?«

Der Polizist nickt seinem Kollegen zu, der in seine Tasche greift und eine Klarsichtfolie herauszieht. Mein Puls beschleunigt sich, noch bevor ich erkennen kann, was sich darin befindet. Ein weiterer Schritt auf Marissas Plan. Ein weiterer Schritt, um mich fertigzumachen.

Der Beamte holt ein glänzendes Stück Papier heraus und hält es mir hin. Auch Mom und Dad kommen näher.

Ich halte die Luft an, als ich mich widerstrebend nach vorne lehne. In der Hand des Polizisten leuchtet ein Foto. Schon wieder. Und es zeigt mich. Schon wieder.

Ich beiße mir so fest auf die Lippe, dass meine Zähne in die Haut schneiden. Obwohl ich am liebsten wegrennen würde, kann ich den Blick nicht von dem stark vergrößerten Bild abwenden, das mich mit Jake auf dem dunklen Flur in der Sporthalle zeigt. Er ist als Dracula verkleidet, ich trage mein Wasserleichenkleid. Ich halte seinen Ärmel fest, und in meiner Hand ist klar und deutlich das Röhrchen zu erkennen, mit dem ich etwas in seinen Becher kippe.

42

»Hanna, du bist dabei beobachtet worden, wie du Jakob am Abend der Halloweenfeier den Inhalt eines schmalen Röhrens in den Becher geschüttet hast«, erklärt der Polizist. »Der Becher liegt uns ebenfalls vor. Darin wurden Rückstände eines starken Brechmittels gefunden. Das war der Grund für Jakobs starke Übelkeit. Du hast es ihm verabreicht, um ihn zu betäuben und fortzuschaffen.«

Die Worte des Polizisten bohren sich in meinen Brustkorb. Ja, so sieht es aus, ich kann es nicht leugnen.

»Ich hab ihm das Brechmittel gegeben, damit er sich vor der ganzen Schule blamiert«, versuche ich mich zu erklären. »Aber ich wollte nicht, dass er in den Pool fällt. Ich wollte ihn nicht entführen. Ich wollte doch nur ...« Meine Stimme erstirbt, und meine Ohren beginnen zu rauschen. Benommen stehe ich in meinem Zimmer.

Ich bin erledigt. Ich bin so gut wie erledigt. Marissa hat ganze Arbeit geleistet. Und ich hab durch die bescheuerten Streiche mein eigenes Grab geschaufelt.

»Hanna war es nicht«, reißt mich plötzlich Moms Stimme aus den wirbelnden Gedanken. »Sie hat diesem Jakob nichts getan. Herrgott, wir haben eine wirklich schlimme Zeit hinter uns. Können Sie uns nicht einfach in Ruhe lassen?«

Moms überraschender Vertrauensbeweis treibt mir die Tränen in die Augen. Sie hält zu mir. Sie glaubt mir. Aber wieso ...

»Frau Vogelsang, in Anbetracht der Beweise und der Vorgeschichte Ihrer Tochter ist sie dringend tatverdächtig«, erklärt der Polizist ungeduldig. »Ich muss Sie also bitten, jetzt mit uns zu kommen.«

Ich taumele ein Stück, dann reiße ich mich zusammen. Wenn ich mit zur Polizei gehe, mich verhaften lasse, dann komme ich da nie wieder raus. Egal, was ich sage, sie werden mir nicht glauben. Ich bin die ideale Schuldige, alle Beweise sprechen gegen mich. Marissa hat perfekt gespielt.

Aber es ist noch nicht vorbei.

»In Ordnung«, sage ich fest. »Aber ich brauche noch ... ich brauche noch einen Moment. Ich muss aufs Klo. Nur kurz. Ich bin gleich wieder da.«

»Halt, warte!«, ruft mir der Polizist hinterher, aber ich stolpere schon an Mom und Dad vorbei aus der Tür und schließe mich im Bad ein, wo ich das Gesicht gegen die Hände presse und tief einatme. Irgendwas muss mir einfallen. Irgendwas muss ich tun, sonst bin ich komplett geliefert.

Mein Blick fliegt aus dem Fenster, hinter dem die dunklen Tannen in der ›Herr der Ringe‹-Kulisse schwanken: Immergrüne Baumwipfel, so weit das Auge reicht. Auf dem steilen Berg recken sich die Türme der Gutenberg-Schule in den wolkenverhangenen Himmel.

Wären wir doch nie in dieses grauenhafte Dorf mit seiner beschissenen Ruhe und Idylle gezogen. Dann wäre das alles nicht passiert, und ich ...

Plötzlich zuckt eine Erinnerung durch meinen Kopf.

Es ist dort äußerst einsam, Spaziergänger kommen so gut wie nie vorbei. Niemand stört, und man hört seine eigenen Gedanken sehr deutlich. Das war mir sehr wichtig, um Valentins Tat zu begreifen.

Ich reiße mein Handy aus der Jeanstasche. Viel zu langsam öffnet sich Google Maps. Wie wild tippe ich eine Adresse in das Display. Nach quälend langen Sekunden wird mir endlich die Route angezeigt: Etwa dreißig Minuten Fahrt, direkt durch den Wald. Okay, das schaffe ich. Ich muss es schaffen!

Rasend schnell wähle ich Darias Nummer. Sie meldet sich nach dem zweiten Klingeln: »Was ist passiert?«

»Du musst mich abholen«, flüstere ich gepresst. »Park den Wagen ein Stück die Straße hinunter. Ich komme in ein paar Minuten.«

»Hanna, bist du – «

»Ich erklär dir alles später. Kommst du? Bitte!«

»Natürlich.« Ich sehe das Glitzern ihrer Augen vor mir. »Ich hab mein Leben lang auf diesen Einsatz gewartet.«

Ich will das Handy gerade wieder in die Tasche stecken, da hämmert eine Faust gegen die Tür.

»Hanna?«, ruft der Polizist mit lauter Stimme. »Komm jetzt raus. Wir müssen los.«

»Darf ich noch in Ruhe pinkeln, ja?«, rufe ich extra genervt zurück. Hastig drücke ich die Klospülung, bevor ich die Hände aufs Waschbecken stütze und mir im Spiegel ins Gesicht starre – meine rotbraunen Locken explodieren wie Feuerzungen, meine Wangen leuchten, meine Augen glänzen fiebrig.

Nein, ich hab keine andere Wahl. Ich werde nicht zulassen, dass Marissa mein Leben zerstört. Wenn überhaupt, dann erledige ich das selbst, zum Teufel noch mal!

Ich drehe den Wasserhahn voll auf; ein fester Strahl spritzt ins Waschbecken und übertönt hoffentlich die nächsten Geräusche.

»Hanna!«, ruft der Polizist. »Das ist kein Spaß! Mach sofort die Tür auf!«

»Ja, noch eine Sekunde!«, rufe ich zurück, ehe ich auf das Fenster zu stürze und es aufreiße. Scharf fegt der Wind ins Bad und sticht in meine Wangen. Der Regen fällt in dichten Fäden auf das Gebüsch unter mir. Wir befinden uns gerade mal im ersten Stock, dennoch kommt mir der Abstand zum Boden gewaltig vor. Ein erneutes Bollern gegen die Tür lässt mich zusammenzucken. Mein Nacken versteift sich, meine Hand krallt sich in den Fensterrahmen. Das schaffe ich nie. Ich kann nicht mal einen Volleyball über das Netz schlagen.

»Hanna, das ist meine letzte Warnung!«, brüllt der Polizist. »Sonst brechen wir die Tür auf. Ich zähle bis drei. Eins ... zwei ...«

»Scheiße!«, fluche ich. Dann steige ich aufs Fensterbrett – und springe im gleichen Moment, in dem die Badezimmertür mit einem Knall auffliegt, hinaus. Ich pralle hart auf die Seite, und alle Luft wird aus meinen Lungen gepresst. Ein Zweig kratzt meine Wange auf und mein Knie pocht taub, dennoch springe ich sofort auf und renne los. Regen klatscht auf meine Schultern und lässt mich auf dem aufgeweichten Boden immer wieder wegrutschen.

»Hanna!«, höre ich den Polizisten über mir brüllen. »Komm zurück!«

Auch Mom und Dads Stimmen werden laut: »Hanna! Bleib hier, sei vernünftig!«

Das bin ich doch, will ich am liebsten zurückschreien, aber ich spare mir meine Puste für den Sprint, den ich durchs dunkle Unterholz zur Straße zurücklege. Spitze Zweige verheddern sich in meiner Kleidung und meinen Haaren und reißen mich immer wieder zurück. Als ich mich durch die letzten Büsche gekämpft habe, bleibe ich keuchend stehen.

Niemand ist zu sehen, die Landstraße ist wie ausgestorben.

Wo steckt Daria?! Ich greife in meiner Tasche nach meinem Handy, doch … es ist verschwunden. Nein! Ich stampfe mit dem Fuß auf. Ich muss es im Badezimmer liegen gelassen oder beim Sprung verloren haben. Okay, egal, erstmal muss ich weg, nur weg. Humpelnd stolpere ich im Schatten der Tannen ein Stück am Straßenrand entlang, bis mich von hinten das Licht zweier Scheinwerfer erfasst. Alarmiert wirbele ich herum – und atme auf, als ich Daria wild hinter der Windschutzscheibe winken sehe. Wie der Blitz hechte ich zu ihrem Auto und knalle die Tür zu.

»Fahr los!«, keuche ich. »Mach schon!«

Daria drückt kräftig aufs Gas, und wir schießen mit quietschenden Reifen in die Dunkelheit.

»Bist du ernsthaft vor der Polizei geflüchtet?«, fragt sie. »Wow, wie krass ist das denn?!«

»Ich hatte keine andere Wahl«, stöhne ich. Mein Puls rast. Ich zupfe mir ein paar nasse Blätter aus den Haaren und merke dann erst, dass meine Hände und Knie mit klebriger Erde verschmiert sind. Großartig. »Sie haben weitere Beweise gegen mich vorliegen. Ich muss ihnen zuvorkommen und meine Unschuld beweisen, sonst lassen sie mich garantiert nicht mehr frei. Fahr nach Norden, wir müssen in Richtung Naturschutzgebiet.«

»Naturschutzgebiet?«, wiederholt sie verblüfft, während sie das Tempo noch steigert. Schwarzes Wasser spritzt gegen das Autofenster, als wir über eine tiefe Pfütze rasen. »Was wollen wir da?«

Ich antworte nicht darauf, sondern frage: »Kann ich dein Handy benutzen?«

»Klar, es ist in der Tasche.«

Ich krame ihr Smartphone hervor und drücke es ans Ohr. Nach dem dritten Klingeln wird abgehoben.

Rauschen, unterbrochen von Krächzen und Knacken, quillt mir entgegen.

»Lexa?«, ich presse mir den Zeigefinger ins freie Ohr. »Hallo? Hier ist Hanna. Lexa, hörst du mich?«

Sie antwortet, aber ich kann kein Wort verstehen, der Empfang ist viel zu schlecht.

»Lexa? Wo steckst du? Hallo?«

Wieder nur Krächzen, Rauschen und Knistern. Nach ein paar Sekunden lege ich auf. »Shit, verdammt, so ein Mist!« Warum hat sie keinen Empfang? Wo steckt sie? Oder befinden wir uns schon in einem Funkloch? Dieses Dorf ist von vorne bis hinten einfach nur ätzend!

»Was wolltest du von Lexa?«, fragt Daria, als wir einen Lastwagen überholen. »Und wohin fahren wir?«

»Ich will nicht, dass Lexa mit der Polizei spricht«, erwidere ich, ehe ich die schmutzigen Hände zu bebenden Fäusten balle. »Erst wenn das Spiel vorbei ist. Erst wenn wir Jake befreit haben. Denn ich weiß jetzt, wo er ist.«

43

Der Weg durch den Wald ist so holprig, dass mein Kopf immer wieder gegen die niedrige Wagendecke knallt und ich mich irgendwann fest an den Türgriff kralle.

»Mach das Licht aus«, habe ich Daria gesagt. »Wir dürfen nicht frühzeitig entdeckt werden.«

Also rumpeln wir fast blind durch die Dunkelheit, immer weiter über Stöcke und Steine. Ein paar Mal biegen wir falsch ab und finden uns in einer finsteren Sackgasse aus Bäumen und Sträuchern wieder, aber irgendwann steuern wir endlich auf eine kleine Lichtung zu. Der dunkle Abendhimmel ist mit grauschwarzen Wolken verhangen. Regentropfen prasseln auf die Windschutzscheibe, und der Sturm heult in den immergrünen Baumkronen.

»Das ist ziemlich unheimlich«, murmelt Daria, als sie das Auto zwischen zwei Tannen parkt, die dem Wagen Sichtschutz geben. Sie sieht mich besorgt an. »Meinst du wirklich, dass wir hier richtig sind? Das ist die hinterletzte Wildnis.«

Ich nicke, obwohl ein leiser Zweifel in mir aufsteigt. »Ich bin mir sicher. Na komm, los geht's. Aber das hier nehmen wir mit.« Ich halte die kleine Taschenlampe und den dicken Schraubenzieher hoch, die wir in Darias Kofferraum gefunden haben. Ich bin nicht wild drauf, Letzteren als Waffe zu benutzen, aber wer weiß, was uns erwartet. Bisher sind wir immer eiskalt überrumpelt worden. Aber das wird sich jetzt ändern.

Hoffentlich.

Daria nickt und schließt ihre Hand um den zweiten Schraubenzieher. Ich stoße die Beifahrertür auf. Sofort erfasst mich ein eisiger Wind und fegt mir spitze Regentropfen und nasse Tannennadeln ins Gesicht. Meine Sohlen versinken im matschigen Waldboden. Irgendwo knackt und knistert es im Unterholz. Daria stellt sich mit eingezogenem Kopf neben mich und leuchtet mit ihrer Handy-Taschenlampe zu der Lichtung hinüber, an deren Ende sich die Silhouette eines einstöckigen Holzhauses erhebt. Die Fensterläden sind geschlossen, alles ist dunkel. Ich ziehe die Schultern an die Ohren, als ein mulmiges Gefühl meine Eingeweide zusammenzieht.

»Eine traumhafte Kulisse für einen Horrorfilm«, knurre ich. »Komm.«

Kalter Regen läuft uns übers Gesicht und in den Kragen, während wir uns über Wurzeln und durch Büsche zu der Lichtung hindurchkämpfen. Plötzlich bleibe ich mit dem Fuß an einem Ast hängen und falle mit dem Knie in den Matsch.

»Alles okay?«, Daria packt meinen Arm und zieht mich hoch. Ich reibe mein pochendes, schmutziges Bein und nicke. Meine Hände, meine Füße, mein Gesicht – alles ist nass und dreckig.

»Ehrlich, ich hasse diese ›Herr der Ringe‹-Landschaft«, schnaube ich. »Wenn das hier vorbei ist, werde ich nie wieder einen Wald betreten.«

»Deal.« Daria lacht, aber ihre Stimme klingt angespannt.

Vollkommen durchnässt und zitternd lassen wir das kratzige Unterholz hinter uns und stehen vor der offenen Lichtung, die nur aus hohem, im Wind schwankenden Gras und einem kleinen schwarzen

See besteht. Dahinter erhebt sich das einstöckige Holzhaus mit dem spitzen Dach.

Wir sind da. Das ist die Waldhütte von Marissas Familie. Auf der Veranda haben Valentin und sie Arm in Arm gestanden, wie ich auf Facebook gesehen habe. Aber Stephan Goldammer hat recht: Das ist ein Ort, den man eigentlich nur aufsucht, wenn man allein – ganz allein – sein möchte und nicht Gefahr läuft gestört – oder *entdeckt* – zu werden.

Alles ist ruhig, das Haus bleibt dunkel, kein Mensch oder Tier ist zu sehen. Die Tannen werfen lange schwarze Schatten auf die Lichtung. Die Stille des Waldes drückt sich dicht und gespenstisch gegen mein Trommelfell.

Geduckt huschen wir über die feuchte Wiese und erreichen endlich den Schutz des Vordachs. Der Strahl meiner Lampe trifft auf einen runden Tisch mit zwei verwaisten Gartenstühlen und dann die geschlossene Haustür aus massivem Holz. »Herzlich willkommen« steht in verschnörkelter Schrift auf einem Schild.

»Sieht nicht so aus, als wäre hier jemand«, flüstert Daria im Rauschen des Windes. »Bringen wir es hinter uns.«

Ich halte sie am Ärmel zurück. »Warte. Wir müssen vorsichtig sein, okay? Ich will nicht, dass dir etwas passiert.«

Sie sieht mich im Schatten der schwankenden Bäume an. Durch den Regen ist ihr schwarzer Lidstrich verschmiert und die Haarsträhnen kleben nass an ihrer hellen Stirn, was ihr einen noch dramatischeren Look als sonst verleiht. »Alles klar, Cowboy.«

»Ich meine es ernst, wir müssen aufpassen«, beharre ich, bevor ich ein schweres Seufzen ausstoße und ihren Arm drücke. »Hey, egal, wie das hier ausgeht: Ich danke dir. Für alles. Ich weiß nicht, was ich ohne dich machen würde.«

Sie lächelt mich an. »Du bist meine Freundin, Hanna. Ist doch klar, dass ich dir helfe. Und lob mich ja nicht zu früh. Noch haben wir Jake nicht in einem Stück gefunden.«

»Aber hoffentlich bald.« Ich hole tief Luft, ehe ich die kalte Klinke drücke. Verschlossen. Natürlich.

»Lass mich mal«, Daria schiebt mich zur Seite und fummelt mit dem Schraubenzieher im Schloss herum, was ich in der flackernden, heulenden Dunkelheit nur unscharf erkennen kann.

»Das klappt niemals«, flüstere ich. »Das wird nur – oh!«

In diesem Moment ertönt ein metallenes Knacken – und die Tür geht knarrend nach innen auf.

44

Als sich die Tür hinter uns schließt, ersterben alle Geräusche: Das Prasseln des Regens, das Heulen des Windes, das Knacken von Blättern und Ästen. Es ist so still im Haus, dass ich das Blut in meinen Ohren rauschen hören kann. Die Luft ist kalt, schwer und stickig. Graues Licht fällt durch die Ritzen der Fensterläden hinein und lässt gruselige Schatten auf den Wänden tanzen.

»Irgendwo muss es einen Lichtschalter geben«, flüstert Daria und tastet an der Wand entlang. Als ein trockenes Klicken an mein Ohr dringt, erwarte ich, dass Helligkeit die Hütte überflutet, doch die schwere Dunkelheit bleibt.

»Mist, kein Strom in der Bude«, höre ich Daria fluchen. »Dann müssen wir wohl Verstecken spielen.«

»Mein Lieblingsspiel«, flüstere ich trocken und schwenke den Arm mit der Taschenlampe herum, um das Haus auszuleuchten. Wir stehen in einem großen Wohn- und Essbereich, der mit Dielen ausgelegt ist. Auch wenn die Holzeinrichtung rustikal und praktisch wirkt, erkennt man sofort, wie viel Geld hineininvestiert wurde: In eine Nische wurde eine moderne Einbauküche mit riesigem Kühlschrank und Herd eingelassen, und an einer anderen Wand blitzt ein flacher Plasmafernseher. Eine riesige Sofalandschaft ist mit einer Plastikplane abgedeckt. Am Ende des Raums gehen zwei kleine Flure ab, die vermutlich zum Bad und den Schlafzimmern führen. Mehrere dicke Holzbalken sind im Raum verteilt und stützen das Dach.

Ich balle die Hand um den Schraubenzieher zusammen, als ich feststelle, dass alles tadellos aufgeräumt und winterfest gemacht worden ist: Nirgendwo liegen Klamotten, schmutzige Teller oder Zeitschriften herum. Enttäuschung fährt durch meinen Körper.

»Hier ist niemand«, wispere ich. »So ein Mist. Lass uns –«

In diesem Moment durchbricht ein dumpfes Pochen die Stille, so leise, dass ich fast glaube, dass es nur mein Herzschlag war. Alarmiert stellen sich die Härchen auf meinen Armen auf.

»Hast du das auch gehört?«, flüstere ich Daria zu. Sie blickt mich im Schein des Handylichts an. Ihre Augen sind riesengroß, als sie nickt und haucht: »Das kam von hinten. Los, sieh du dich rechts um, ich prüfe die linke Hausseite.« Sie leuchtet in die Richtung, in der sich die beiden Flure verzweigen.

Ich nehme Darias Arm. »Keine gute Idee. Lass uns zusammenbleiben.«

Sie bläst in der Dunkelheit die Backen auf. »Quatsch, das geht auf diese Weise viel schneller. Das Haus ist klein. Ich bin sofort da, wenn etwas ist.«

»Wir sollten lieber – na gut, okay. Aber beeil dich.«

»Klar.« Daria nickt mir im Schein ihrer Handylampe zu und huscht dann auf Zehenspitzen in die Dunkelheit. Ich leuchte mich weiter durch den Raum, umrunde einen leeren Esstisch und biege schließlich mit Schraubenzieher und Taschenlampe bewaffnet nach rechts ab. Die Dielen ächzen unter meinen Schritten. Daria und ihr Handylicht sind verschwunden, aber ich höre sie auf der anderen

Hausseite herumtapsen. Das dumpfe Pochen wiederholt sich nicht, auch wenn ich noch so angestrengt lausche.

Mit einem seltsamen Gefühl im Bauch leuchte ich die Umgebung ab. Zwei geschlossene Holztüren blitzen vor mir auf. Ich drücke probehalber die Klinke der ersten – verschlossen. Ich rüttele an ihr, aber sie gibt nicht nach.

Na super. Ohne Darias CSI-Skills werde ich sie garantiert nicht öffnen können. Missmutig trete ich auf die zweite zu – doch sie ist offen. Knarrend schwingt das Holz auf und treibt einen penetranten Geruch nach Staub in meine Nase. Vor meinen Augen wölbt sich nur dichte Schwärze. Als ich einen Schritt ins Zimmer mache, stoße ich mir prompt das Knie an einer Kommode.

»Autsch.« Ich reibe mir das Bein und leuchte die Wände ab. Das Zimmer ist schmal, wird ebenfalls von einem Holzbalken getragen und besteht aus mit Büchern, DVDs und Brettspielen vollgestopften Regalen und halbgeöffneten Kartons und Koffern mit Klamotten und Handtüchern. Unter dem Strahl meiner Taschenlampe blitzen auch ein paar Golfschläger und eine alte Gitarre auf.

Nein, in dieser chaotischen Rumpelkammer ist auch nichts zu finden. Ich gehe einen Schritt zur Tür zurück und leuchte dabei um mich, doch in der nächsten Sekunde halte ich die Luft an. Irgendetwas stimmt nicht. Irgendetwas Seltsames ist gerade vor meinen Augen aufgeblitzt. Aber was ...?

Langsam und ohne zu atmen hebe ich den Arm und leuchte den gleichen Umkreis wie zuvor ab. Der Strahl meiner Lampe trifft eine zerwühlte Decke, die auf einer Matratze hinter einem Karton liegt. Meine Nackenhaare stellen sich auf. Es sieht fast so aus, als wäre jemand vor wenigen Sekunden von dem Matratzenlager aufgesprungen. Ist das etwa …

Die Tür schlägt mit einem so lauten Krachen hinter mir zu, dass ich erschrocken aufschreie.

45

Alles geht so schnell, dass ich nicht reagieren kann: Jemand stürzt sich im Dunkeln auf mich, sodass ich das Gleichgewicht verliere. Die Taschenlampe fällt mir aus der Hand und poltert auf den Holzboden. Verzweifelt schwinge ich den Schraubenzieher, doch er schnellt ins Nichts. Ich brülle und trete um mich und endlich lockert sich der feste Griff, mit dem ich umklammert werde. Ich stoße die Person von mir und hebe meine Waffe, doch plötzlich zieht mir jemand in der Dunkelheit die Beine weg. Der Schraubenzieher klappert auf den Boden, bevor ich selbst hart auf den Rücken krache. Ehe ich mich stöhnend aufrappeln kann, stürzt sich die Person auf mich und presst die Knie auf meine Arme. Ich will nach Daria schreien, aber plötzlich schlägt mir eine Faust ins Gesicht. Das pochende Brennen meiner Wange verleiht mir einen Energieschub. Mit aller Macht reiße ich die Beine hoch und schaffe es, den Angreifer von mir zu stoßen. Mit einem spitzen Schrei kracht die Person gegen ein Regal, irgendetwas scheppert zu Boden, dann dringt ein Ächzen an mein Ohr.

Ich taste nach meinem Schraubenzieher, finde jedoch nur die Taschenlampe, die ich wieder hastig einschalte. Im plötzlichen Licht schnappe ich nach Luft, als ich die Person, die mich angegriffen hat, erkenne: Ein dunkelhaariges Mädchen liegt stöhnend in einem Chaos aus Büchern, Springseilen und

Schachfiguren und hält sich den Kopf. Um ihren Hals schlingt sich ein langer Burberry-Schal, und sie trägt Stiefel mit Mörderabsätzen.

»Ich wusste es!« Obwohl mein Schädel ebenfalls brummt, springe ich auf und stürze mich auf Marissa. Ohne nachzudenken packe ich ein langes Springseil, das ich um ihre Handgelenke und den Stützbalken schlinge und so eng und fest wie möglich verknote.

Marissa kneift benebelt die blauen Augen zusammen. Als sie mich erkennt, stößt sie einen Schrei aus. »Was soll das?! Mach mich sofort los, oder du kannst was erleben! Du Schlampe kannst mich nicht –«

Ihre Stimme bebt so schrill in meinem Kopf, dass ich nicht lange fackele – und ihr einfach ein auf dem Boden liegendes T-Shirt in den Mund stopfe. Das hält Marissa nicht davon ab, noch wilder zu toben und dumpf zu schreien, aber wenigstens kann ich eine Sekunde verschnaufen.

Ich sacke auf die Knie und stemme die Hände gegen die Stirn. Obwohl ich gehofft habe, Marissa und Jake in der Waldhütte ihrer Familie anzutreffen, ist ihr Überfall trotzdem ein Schock. Ich hätte nie gedacht, dass sie so stark ist und mich einfach niederschlagen kann. Aber ich hätte mit so Einigem niemals gerechnet.

Hastig wende ich mich zur geschlossenen Tür. Daria muss jeden Moment kommen, denn sie hat unseren Kampf garantiert gehört.

»Daria?«, rufe ich. »Daria, komm her, ich hab Marissa gefunden!«

Als nichts geschieht, drehe ich mich wieder zu Marissa um, die heftig an ihren Fesseln zerrt und sich auf die Knie stemmen will. Sie strauchelt und fällt wieder auf die Seite. Ihre Augen funkeln böse, während sie auf dem T-Shirt herumbeißt und dumpfe

Flüche ausstößt. Ich entdecke den Schraubenzieher in einer Ecke und hebe ihn drohend.

»Bleib ruhig, verdammt. Du hast keinerlei Recht durchzudrehen, du gemeines Stück. Dein Spiel ist zu Ende. Ich kenne die Wahrheit. Ich weiß, was du getan hast –«

Ich stoppe, als wieder ein dumpfes Pochen ertönt. Ich wirbele zur Tür herum, in der Erwartung Daria käme endlich herein, aber nichts passiert. Wo ist sie? Sie muss die andere Hausseite doch schon längst durchkämmt haben.

»Daria?«, rufe ich wieder. »Ich bin hier! Komm her!«

Nichts passiert. Mein Magen schnürt sich zusammen. Wo ist sie nur? Soll ich nach ihr suchen?

Ich werfe einen Blick auf Marissa, die immer noch mit verzerrtem Gesicht an dem Springseilknoten herumreißt. Nein, ich muss dafür sorgen, dass die Eiskönigin nicht abhaut, ich kann sie nicht alleine lassen. Und was ist, wenn ... Mir wird gleichzeitig heiß und kalt, als ein erschreckender Gedanke in mir aufsteigt. Dass Daria nicht kommt, kann auch bedeuten, dass ... Marissa nicht alleine hier ist. Sie hat einen *Komplizen.* Während sie hier auf mich gelauert hat, hat der andere auf Daria gewartet.

Ich beiße die Zähne zusammen. Verdammt, natürlich, wieso komme ich erst jetzt darauf?! Marissa kann mir unmöglich das Foto in das Physikbuch oder die Klopapierrolle und das Feuerzeug in die Tasche gesteckt haben, so nah sind wir uns nie gekommen. Und auch wenn sie stärker ist, als ich dachte, hätte sie niemals die Kraft gehabt, Jake alleine aus dem Pool zu ziehen. Sie *muss* mit jemandem zusammenarbeiten. Aber mit wem?

»Wer ist es?«, fauche ich Marissa an. »Eine von deinen Tussi-Freundinnen? Sag schon, wer hat dir geholfen? Wer hängt noch mit drin? Wenn Daria auch nur ein Haar –«

Ich halte verdutzt inne, als plötzlich Schritte vor der Tür laut werden. Mein Herz macht einen wilden Sprung. Marissa quietscht in ihrem Knebel auf und trampelt hilferufend mit den Pfennigabsätzen auf den Holzboden herum.

»Daria?« Ich will hastig zur Tür rennen und sie aufreißen, doch schon wird sie mit einem Klappern aufgestoßen. Ein Kopf erscheint in der Öffnung und wird durch mein kaltes Taschenlampenlicht angeleuchtet. Langes, silbrig blondes Haar hängt in zerzausten Strähnen um ein sommersprossiges Gesicht. Ich halte perplex die Luft an. Denn das ist nicht Daria.

Es ist Lexa.

46

»Lexa?!«

Überrumpelt starre ich sie an, wie sie sich die blonden Haare aus dem Gesicht schiebt. Sie trägt ihre pinke Kapuzenjacke und starrt zwischen der gefesselten, tobenden Marissa und mir, wie ich den Schraubenzieher wie einen Dolch vor mich halte, hin und her. Hinter der dünnen Holzwand heult der Sturm.

»Was ist hier los?«, fragt sie mit riesigen Augen, dann wird ihre Stimme hart: »Hanna, lass den Unsinn. Los, gib mir den Schraubenzieher. Mach schon.«

»Aber – aber wieso ...«

»Den Schraubenzieher. Sofort!«, Lexa kommt mit ausgestreckter Hand auf mich zu, doch ich fuchtele mit dem spitzen Metall herum, sodass sie stehen bleibt.

»Lexa, was soll ...« Ich stocke, als sich mit einem Mal eine schreckliche Erkenntnis in mir aufbäumt. *Nein. Nein, bitte nicht ...*

Mein Hals wird so eng, dass ich keine Luft mehr bekomme. Die Taschenlampe in meiner Hand bebt und wirft flackernde Lichtstreifen auf die Dielen.

»Lexa, du ... du bist ...« Ich bin so fassungslos, dass ich wieder nicht zu Ende sprechen kann. Ich hatte recht. Ich hatte verdammt noch mal recht: Marissa hat die Intrige gegen mich tatsächlich nicht alleine geplant. Sie hatte Unterstützung, eine Komplizin. Eine Freundin.

Lexa.

Ich stoße ein entsetztes Keuchen aus. Der Schraubenzieher im meiner Hand zittert. »Du hattest keinen Handyempfang. Weil du schon hier warst, hier in der Waldhütte, abgeschnitten vom Handynetz. Du hast mit Marissa auf mich gewartet.«

Lexa kneift die Augen zusammen. »Hanna, gib mir jetzt den Schraubenzieher, bevor noch jemand verletzt wird.«

Ich schüttele den Kopf. Lexas blasses, sommersprossiges Gesicht, um das die hellblonden Strähnen fallen, ruft dutzende Erinnerungsfetzen wach. Erinnerungen, die plötzlich einen neuen Sinn ergeben.

»Ich will dir zeigen, dass Jake es ganz bestimmt nicht wert ist, dass man ihm auch nur eine einzige Träne nachweint«, höre ich sie sagen. *»Glaub mir, gleich beginnt die Show.«*

»Bitte, Hanna, sag niemandem etwas. Ich will nicht, dass die Geschichte die Runde macht.«

»Hanna, SORRY, ich kann nicht weg! Doktor Bischof lässt überraschend einen Test schreiben«, blitzt ihre Nachricht vor mir auf.

»Ich muss mich jetzt um die Eröffnungsrede kümmern«, flüsterte sie in der Halloweennacht. *»Kümmerst du dich um Jake?«*

»Die liebe nette Lexa macht immer alles richtig. Nur nicht anecken, nur keinen Streit heraufbeschwören. Aber bin ich wirklich so? Manchmal hab ich das Gefühl, dass mich niemand wirklich kennt.«

Meine Hand beginnt heftig zu beben. Der Schraubenzieher fällt mir aus den Fingern und poltert auf den Boden. Durch den plötzlichen Krach verschwindet der Schock und macht blinder Wut Platz.

»Lexa, du hast mich die ganze Zeit belogen«, bringe ich hervor, doch dann gewinnt meine Stimme an Kraft. »Wie lange arbeitest du schon mit Marissa zusammen? Ich wette, von Anfang an! Ich hätte mir denken können, dass etwas nicht stimmt, denn jedes Mal hab ich unsere Streiche alleine durchgezogen – auf dem Parkplatz, bei der Halloweenfeier. Du warst nie da – aber du hast Marissa dabei geholfen, Jake aus dem Pool zu ziehen und hierher zu bringen. Du bist Kapitänin der Volleyballmannschaft, du bist stark. Das war überhaupt kein Problem für dich.« Meine Stimme überschlägt sich fast, so schnell spreche ich weiter. »Du hast mein Vertrauen gewonnen, damit du ganz leicht Beweise gegen mich sammeln konntest. Hab ich recht? Zum Teufel, und ich Idiotin hab geglaubt, du bist wirklich auf meiner Seite. Dabei standst du immer auf Marissas!« Plötzlich muss ich lachen, aber es klingt eher wie Schluchzen.

»Hanna, beruhig dich doch«, sagt Lexa und kommt auf mich zu. Ich will zurückweichen, doch ein Regal bohrt sich in meinen Rücken. Lexa zuckt zurück, ehe sie sich zu Marissa hinunter beugt und ihr das T-Shirt-Knäuel aus dem Mund zieht. Marissa fängt wild zu husten an, dann keucht sie plötzlich auf: »… Daria!«

»Oh!« Tränen der Erleichterung schießen mir in die Augen, als plötzlich Daria im schwarzen Türrahmen sichtbar wird. Das Taschenlampenlicht spiegelt sich in ihren dunklen Augen. Sie starrt von Lexa zu der immer noch gefesselten Marissa und dann zu mir.

Ich taumele schwankend auf sie zu und reibe mir dabei über die Augen. »Wo hast du so lange gesteckt? Lexa steckt mit Marissa unter einer Decke. Wir müssen schnell –«

»Bleib, wo du bist.«

Ich zucke zurück. »Was? Aber ... Daria?!«
Alle Farbe weicht aus meinem Gesicht, als ich in die Mündung einer schwarz glitzernden Pistole blicke.

47

Daria tritt langsam ins Zimmer, während sie die ganze Zeit die Pistole auf mich richtet. Sie trägt schwarze Handschuhe und lässt mich keine Sekunde aus den Augen. Lexa stößt einen leisen Schrei aus. Wind und Regen heulen gegen die Hauswand, darunter mischt sich ein dumpfes Pochen.

Auch Marissa ist bleich geworden. Sie hängt immer noch auf den Knien und starrt entsetzt zu Daria hoch. »Bist du verrückt? Was soll die Waffe?«

Daria zieht unwillig die Brauen zusammen und hebt die Pistole mit beiden Händen an, ohne mich aus dem Fokus zu verlieren. Ihr Gesicht ist eine schiefe Maske, ihre Wangen leuchten rot, und die Pupillen in ihren dunklen Augen flackern.

»Jetzt bin ich dran! Hanna, geh sofort zurück an die Wand!«

Ich bin so perplex, dass ich erst nach ein paar Sekunden schaffe, hervorzuwürgen: »Daria, du ... du steckst auch mit drin?«

»Geh nach hinten, Hanna«, wiederholt sie barsch. »Jetzt!«

»... Aber –«

Daria schnellt drohend einen Schritt auf mich zu und schlägt die Waffe fast gegen mein Kinn. »Los!«

Ich fühle mich, als hätte mir jemand eiskaltes Wasser über den Rücken gegossen. Das ist unmöglich. Das passiert doch gerade nicht wirklich.

Meine Hände zittern unkontrolliert, während ich zwischen Darias schwarzem, Marissas braunem und Lexas blondem Schopf hin und her blicke. Arbeiten sie alle drei zusammen? Wollen sie mich gemeinsam – und endgültig – fertigmachen? Mein Blick heftet sich auf die blitzende Pistole, und mein Magen dreht sich um. Scheiße, wollen sie mich *umbringen*?

Plötzlich spüre ich Lexas Hand auf meinem Arm. Sie will mich an sich ziehen, aber ich reiße mich los und presse mich einen halben Meter von ihr entfernt gegen ein Regal.

»Pack die Pistole weg!«, Marissa reißt hektisch an ihren Fesseln. »Du bist ja verrückt!«

»Daria, sei vernünftig«, befiehlt auch Lexa. »Egal, was du vorhast, es gibt auch einen anderen Weg. Niemand muss verletzt werden.« Sie tritt langsam einen Schritt auf Daria zu, die wütend die Augen zusammenkneift – und Lexa dann mit einer so harten, schnellen Bewegung den Lauf der Waffe gegen die Schläfe knallt, dass ich unwillkürlich aufschreie. Lexa stöhnt und stürzt auf die Knie, bevor sie bewegungslos liegen bleibt.

Ausgeknockt.

Mein Herz rast. Was geht hier vor? Was geht hier bloß vor? Ich verstehe überhaupt nichts mehr.

»Daria, du –«, stammele ich, doch sie unterbricht mich heftig: »Haltet endlich die Klappe!« Dann wendet sie sich an Marissa, die leichenblass zu ihr hochstarrt, die Hände immer noch überkreuz an den Balken gefesselt. »Marissa, ich hab keine Ahnung, was du hier willst, aber du hättest auf keinen Fall herkommen sollen. Du bringst alles durcheinander.«

Marissa wirft einen gehetzten Blick auf Lexa, die bewusstlos auf der Seite liegt, die silberblonden

Haare wie ein Fächer über ihrer Kapuze ausgebreitet. Auf ihrer Schläfe zeichnet sich ein hässlicher Bluterguss ab. »Ich verstehe nicht –«

Daria beißt die Zähne zusammen und presst hervor: »Alles lief perfekt – bis du aufgetaucht bist. Wenn ich Jake jetzt erledige, dann wird die Polizei Hanna und Lexa auf frischer Tat ertappen – aber wie sollen sie sich deine verdammte Anwesenheit erklären?!« Sie stampft mit dem Fuß auf, dann wird ihr Gesicht so hart wie Stahl. »Gut. Dann bist du eben auch dran.«

Ihre Worte wirbeln in meinem Kopf umher, doch ich begreife sie nicht. *Polizei. Auf frischer Tat. Jake. Erledigen. Du bist auch dran.*

»Bist du wahnsinnig?«, Marissa schnappt hörbar nach Luft. »*Du* hast Jake entführt? Wo ist er?!«

Daria schnalzt ungehalten mit der Zunge. »Das willst du ernsthaft wissen nach allem, was er dir und deiner Familie angetan hat?«

»Was zur Hölle wollt ihr alle bloß?«, faucht Marissa. »Wo ist Jake? Was hast du mit ihm gemacht?!«

Ich presse mir perplex die Hand auf den Mund. Auch wenn ich gerade überhaupt nicht mehr weiß, was ich denken soll, bin ich mir über eine Sache plötzlich absolut sicher: Marissa schauspielert nicht. Ihre Verwirrung und Wut ist echt; sie weiß genauso wenig wie ich, was hier abgeht.

Ich beiße mir auf die Lippe. Aber wenn Marissa unschuldig ist, sie Jake nicht gekidnappt hat, Daria gerade Lexa niedergeschlagen hat und mit einer Waffe vor uns herumfuchtelt, dann ...

Die Erkenntnis zieht alles in mir zusammen, aber ich weigere mich, sie zu akzeptieren. Verzweifelt kralle ich mich an einen winzigen Hoffnungsstrohhalm.

»Daria, du bist – warst meine Freundin«, meine Stimme bebt. »Du hast gesagt, dass wir keine Geheimnisse voreinander haben dürfen. Dass wir für einander eintreten. Wieso tust du das?«

Darias Gesicht verzieht sich für eine Sekunde, dann presst sie die Finger enger um die Pistole zusammen.

»Das hat nichts mit Freundschaft zu tun«, erwidert sie so kalt, wie ich sie noch nie habe sprechen hören. Sie wirkt wie ein fremder Mensch. Wie eine Marionette. »Es geht um mein Leben. Es geht um Gerechtigkeit.« Sie kommt näher, und der Holzboden knarrt unter ihren Füßen. Ihre Creolen blitzen im Taschenlampenlicht. »Ich habe dich davor gewarnt, dich mit Jake einzulassen und dich an ihm zu rächen. Aber du warst stur, hast alle Nachrichten ignoriert und nur an deine Wut gedacht. Deswegen verdienst du es, dass man dir den Mord an Jake anhängt. Alles passt perfekt zusammen: Ich wollte, dass du in die Waldhütte fährst. Ich wollte, dass du Marissa für die Schuldige hältst. Und heute werde ich es zu Ende bringen.«

Ihre Worte hämmern hinter meiner Stirn. *Mich gewarnt? Alle Nachrichten ignoriert?*

Zu Ende bringen?

Bevor ich irgendetwas sagen kann, löst Daria eine behandschuhte Hand von der Waffe und greift in ihre Jackentasche, aus der sie ein Feuerzeug hervorholt. Ich ziehe scharf die Luft ein, als ich es erkenne: Das ist das Sturmfeuerzeug, das mit der Klopapierrolle in meiner Tasche lag.

Dieses Spiel spiele ich viel besser als du, Schlampe.

Klick macht es in meinem Kopf. Und dann kann ich die Wahrheit nicht mehr ausblenden. Plötzlich ist mir alles klar. So brutal klar, dass ich das Gefühl habe, einen harten Hieb in den Magen erhalten zu haben. Wie konnte ich so blind sein?

Daria. *Sie* war es. Nicht Marissa. Oder Lexa. Daria war immer in meiner Nähe. Sie hatte dutzende Gelegenheiten, mir das Feuerzeug, das Klopapier und die Fotos in die Tasche zu stecken. Und sie war mehr als einmal bei mir zu Hause. Es war ein leichtes für sie, mein Zimmer zu durchsuchen und das Feuerzeug, den Zettel mit der Drohung und das Klopapier wieder an sich zu nehmen.

Sie ist mir aus der Englischstunde gefolgt und hat mich beim Demolieren von Jakes Auto fotografiert. Verdammt, ich hätte es wissen müssen. Direktor Treibholz hat sie damals ebenfalls ins Rektorat gerufen – weil sie während der Unterrichtsstunde auch im Schulhaus unterwegs gewesen war.

Mich gewarnt. Alle Nachrichten ignoriert.

Natürlich. Daria hat mir nicht nur das Feuerzeug zugsteckt, sondern auch die anonymen Handynachrichten geschickt. Die mich angeblich warnen sollten. Warnen vor Jake.

Spiel nicht wieder mit dem Feuer. Gieß kein Öl ins Feuer.

Aber woher wusste sie von dem in die Luft gesprengten Auto? Wie kam sie auf die Andeutungen auf Feuer?

Ich schnappe nach Luft. Die Schülerzeitung. Das Büro der Redaktion. Daria hat Zugang zu allen möglichen Informationskanälen, über die sie Daten über mich sammeln konnte.

Ich schüttele fassungslos den Kopf. Meine Schultern schlottern vor Entsetzen und Grauen.

»Aber wieso ...?«, bringe ich hervor. »Wieso machst du das, Daria? Was hat Jake dir getan? Was hab ich dir getan?«

»Gar nichts hast du mir getan«, erwidert sie ungeduldig. Das Feuerzeug blitzt im Licht der Taschenlampe. »Aber ich brauchte dich, um meinen Plan zu beenden. Auf diesem Feuerzeug befinden sich deine Fingerabdrücke. Ich werde Jake und euch erledigen und dann das Haus in Brand stecken. Die Polizei wird in den verkohlten Überresten eure Leichen finden – und das Feuerzeug wird der Beweis sein, dass ihr Jake getötet und das Feuer gelegt habt, um eure Tat zu vertuschen.«

Sie kommt jetzt so nah, dass ich ihre Pupillen zucken sehen kann. Sie ist geisteskrank, absolut irre, und das macht mir plötzlich viel mehr Angst als die Waffe, die sie immer noch auf mich richtet – oder das Feuerzeug, dessen heiße Flamme sie jetzt knackend hervorschießen lässt. Ich will weiter zurückweichen, doch das Regal in meinem Rücken behindert mich. Die Golfschläger neben mir rutschen ein Stück zur Seite und blitzen im Licht des Feuers.

»Hör auf, Daria«, zischt Marissa vom Boden. »Denk nicht mal dran, hier ein Feuer zu legen. Es ist mir scheißegal, was in deinem kranken Hirn vor sich geht. Verpiss dich einfach und lass Jake und mich in Ruhe!«

Daria wirbelt zu ihr herum. »Du arrogantes Miststück! Du hast keine Ahnung!« Sie schnellt auf Marissa zu und tritt ihr einmal hart ins Gesicht. Marissa schreit auf, ihr Kopf fliegt zurück. Ich will hastig nach dem Golfschläger in meinem Rücken greifen, aber Daria ist mit einem Sprung bei mir und hält die riesige Flamme des Feuerzeugs so nah an mein Gesicht, dass sie mir fast die Haut verbrennt. Mein Magen zieht sich heftig zusammen. Der stechende Geruch des Feuers ruft die Bilder des angezündeten Autos – und von Isabells Unfall – in mir wach: Ihr blutverschmiertes Gesicht, ihr aufgeplatzter Rucksack, ihre leeren Augen. Ein Beben rast durch meinen Körper.

»Wag es ja nicht!«, zischt Daria mich an. »Ich lasse nicht zu, dass du meinen Plan durchkreuzt. Jake hat mein Leben zerstört. Er verdient es nicht anders! Das müsstest du doch verstehen können, Hanna.« Sie zieht den Arm zurück und schwenkt die Flamme gefährlich nahe an einem Bücherregal vorbei. Feuerschatten verzerren ihr Gesicht.

Marissa wimmert am Boden. Ihr dunkles Haar fällt ihr wie ein Vorhang vors Gesicht, trotzdem sehe ich, wie Blut über ihre aufgeplatzte Lippe läuft. Lexa rührt sich immer noch nicht.

Daria wirft Marissa einen höhnischen Blick zu. »Willst du die Wahrheit über deinen tollen Freund wissen? Willst du wissen, was er getan hat?« Sie holt zischend Luft. Meine Nackenhaare stellen sich auf, ehe sie weiterspricht.

»Jake ist schuld daran, dass meine Eltern sich getrennt haben und mein Vater mich *hasst*. Er hat mein Leben zerstört.« Die nächsten Worte spuckt sie aus wie eine viel zu lange unterdrückte Wahrheit: »Jake hat meine Mutter gevögelt.«

48

»Was?« Ich schnappe nach Luft.

Daria ignoriert mich und fährt fort: »Erinnerst du dich an meine Geburtstagsfeier im Juni, Marissa? Meine Eltern waren verreist, aber meine Mutter kam plötzlich nach Hause. Viel zu früh, sie wollte eigentlich erst am nächsten Tag wieder da sein. Sie hat einen riesigen Aufstand wegen des Krachs, der vielen Leute und der Unordnung gemacht. Ich wollte sie beschwichtigen, doch plötzlich hat sich Jake eingemischt. Er hat mit Mama geredet und ist mit ihr nach oben gegangen. Die Party lief weiter, und als ich später nach ihnen sehen wollte, hab ich sie ... hab ich sie *erwischt*. Im Schlafzimmer meiner Eltern. Ich habe gehofft, ich wäre die Einzige, die sie gesehen hat. Aber einer von Jakes Kumpels ist ebenfalls ins Schlafzimmer gestolpert und hat ein Foto geschossen. Ein Foto, während sie es getan haben.« Sie schließt kurz die Augen. Als sie sie wieder aufreißt, blitzen Hass und Wahnsinn darin auf.

»Das Foto landete am nächsten Tag in unserem Briefkasten. *Vielen Dank für den Beweis, dass Jake jede Frau rumkriegen kann*, stand darauf. Es war eine Wette. Eine beschissene Wette, dass Jake es mit meiner Mutter treiben könnte, wenn er nur wollte. Eine Wette hat mein Leben zerstört. Denn mein Vater hat das Foto gefunden.«

Ich atme scharf ein, worauf Daria die schwarzen Brauen hochzieht. Marissa schluchzt. Blut tropft von ihrer Lippe auf den Holzdielenboden.

»Mein Vater ist am nächsten Tag ausgezogen, und ich hab keine Ahnung, wohin. Als er ging, hat er mir ins Gesicht gesagt, dass es meine Schuld ist. Ich wäre genau wie meine Mutter. Wenn ich keine Party veranstaltet hätte, wäre sie nie mit Jake, einem Kerl, der ihr Sohn sein könnte, in die Kiste gestiegen. Wenn ich keine Party veranstaltet hätte, hätte ich nicht unsere Familie zerstört.« Tränen steigen in Darias Augen, doch sie blinzelt sie heftig weg. Die riesige zuckende Flamme in ihrer Hand lässt geisterhafte Schatten auf den Wänden tanzen.

»Ich kann meiner Mutter nicht mehr in die Augen sehen, ohne daran zu denken, dass sie es mit diesem Scheißkerl getan hat. Ich hasse sie so sehr! Und mein Vater hasst *mich* und will mich nie wiedersehen. Ich kann nicht mehr auf die Journalistenschule gehen und muss in diesem verdammten Dorf versauern. Meine Familie, mein Leben, meine Zukunft, alles ist kaputt. Aber Jake ist das alles total egal. Er hat seine beschissene Wette gewonnen, das ist alles, was für ihn zählt.«

Fassungslos starre ich Daria an, deren Augen wieder in Tränen schwimmen. Plötzlich schießt eine Erinnerung durch meinen Schädel, eine unwichtige Information, die aber auf einen Schlag eine neue Bedeutung erhält.

»Hey, Jake!«, hallt eine Stimme in meinem Kopf wider. *»Was treibst du da schon wieder? Ich dachte, du stehst in letzter Zeit nur auf die zwei großen ›M‹s: Marissa – und sexy Mamas.«*

Das hat Jakes Kumpel Sven auf der Halloweenfeier zu ihm gesagt. Aber ... das war gar kein Scherz, nicht nur ein blöder Spruch. Der Typ hat *Darias Mutter* gemeint.

Erschüttert presse ich die Hand auf die Brust. Jetzt macht so vieles Sinn. Der Hass, den Daria ihrer Mutter gegenüber immer gezeigt hat. Es ging nicht um die Ausbildung bei der Bank. Es ging um Jake und den Fehler ihrer Mutter, den Daria ihr nicht verzeihen konnte. Ich hatte mich doch selbst sogar gewundert, weil mir Darias Mutter in der Bank vorhin unerwartet nett vorgekommen ist.

Und dann war da noch etwas …

»In der nächsten Stadt gibt's eine Disco, aber ich würde nicht mitkommen«, höre Darias Stimme sagen. *»Ich muss eigentlich nonstop lernen, sonst schaffe ich das Abi nächstes Jahr womöglich nicht. Ich war in letzter Zeit ziemlich abgelenkt und muss mich jetzt aufs Wesentliche konzentrieren.«*

Ein entsetztes Wimmern steigt in mir auf, als mir klar wird, dass Daria mich tatsächlich von Anfang an belogen hat. Ich hatte mich doch schon mehrmals darüber gewundert, dass sie sich trotz ihrer Beteuerung, fleißig sein zu wollen, nie besonders für die Schule angestrengt hat. Immer nur haben wir zusammen Kaffee getrunken und gequatscht.

»Ich war in letzter Zeit ziemlich abgelenkt und muss mich jetzt aufs Wesentliche konzentrieren.«

Jetzt verstehe ich ihre sorgfältig gewählten Worte. Weil Darias letzte Party in einem Alptraum geendet ist, wollte sie keine mehr feiern. Mit der Aussage ›sich aufs Wesentlichen zu konzentrieren‹ hat sie nicht den Schulstoff gemeint, sondern ihren Racheplan und ihre Intrige gegen Jake.

Und gegen mich.

Oh, Himmel. Sie hat von Anfang an geplant, mich fertigzumachen. Schockiert sehe ich sie an. Daria, von der ich dachte, sie wäre meine Freundin, meine

Vertraute. Ich habe ihr jedes Wort geglaubt. Aber es war alles gelogen, alles nur ein Spiel.

Das tut so weh, dass mir die Luft wegbleibt. Doch mir bleibt keine Zeit, um zu trauern, denn Daria spannt die Hand so fest um die Waffe zusammen, dass ich fürchte, sie wird jeden Moment losgehen. Die Flamme des Feuerzeugs in ihrer anderen Hand flackert.

»Du bist wahnsinnig, Daria«, höre plötzlich Marissas Stimme. Sie klingt dumpf, als wäre ihre Zunge angeschwollen. »Du bist gestört. Weißt du was? Ich wusste, dass deine Mutter mit Jake Sex hatte. Er hat es mir erzählt, als wir wieder zusammengekommen sind. Es war viel zu einfach. Deine Mutter wollte es mit ihm tun.«

Sie zerrt heftig an ihren Fesseln und endlich platzt der Knoten auf. Taumelnd springt sie auf. Ihre Wangen leuchten wutverzerrt und blutverschmiert.

»Nur weil Jake mit deiner Mutter geschlafen hat und du nicht mehr auf deine bescheuerte Journalistenschule gehen kannst, willst du uns alle fertigmachen? Ernsthaft?« Sie spuckt Daria die Worte ins Gesicht. »Du bist krank im Kopf. Verdammt, glaubst du im Ernst, du bist der Mittelpunkt der Welt? Niemand interessiert sich für deinen Scheiß!«

»Du Schlampe«, Darias Gesicht wird so rot wie die Flamme des Feuerzeugs. Sie richtet die Waffe nun auf Marissa. Die Spannung in der Luft ist kaum auszuhalten; das grauenhafte Gefühl, jedes weitere Wort könnte Daria zum Explodieren bringen, krampft meine Muskeln zusammen.

»Hör auf, Daria«, sage ich mit bebender Stimme. »Bitte, hör einfach auf. Wir finden eine Lösung. Bitte, ich verspreche dir, wir kriegen das irgendwie wieder hin.«

»Nimm die Waffe runter. Daria, ich sag es nicht noch einmal«, schnaubt auch Marissa. Auch wenn ihr Gesicht angeschwollen und voller Blut ist, blitzen ihre Augen so kalt wie immer. »Ich werde garantiert nicht darum betteln, dass du uns alle freilässt. Du bist viel zu feige, als dass du uns wirklich abknallen würdest. Hab ich recht? Dazu hast du überhaupt nicht den Mut. Du bist genauso dumm wie deine Mutter, die auf einen Achtzehnjährigen hereinfällt.«

»Nein, Daria, nicht!«, brülle ich, noch bevor Daria einen wütenden Schrei ausstößt.

Dann drückt sie ab.

49

Ein ohrenbetäubender Knall fetzt durch den engen Raum, ein Körper fällt zu Boden. Ich schreie auf, worauf Daria zu mir herumwirbelt. Und ich habe ungefähr eine Sekunde Zeit zum Handeln. Ohne nachzudenken packe ich einen der schweren Golfschläger, der neben mir lehnt, und schleudere ihn mit aller Kraft gegen Darias Stirn. Ein grauenhaftes Knacken ertönt. Mit einem Stöhnen taumelt sie zurück, sucht nach Halt, fuchtelt mit den Armen herum. Ich reiße den Schläger nochmal hoch und schlage ihn wieder gegen ihren Kopf. Daria stürzt zu Boden, doch in derselben Sekunde wird ein zweiter Schuss abgefeuert, der mir fast das Trommelfell zerreißt.

Dann senkt sich eine so tiefe Stille herab, dass ich fast glaube, die Zeit wäre stehen geblieben. Meine Ohren vibrieren, und als ich keuchend einatme, dringt ein grauenvoller metallischer Geruch in meinen Mund.

»Oh mein Gott«, stöhne ich, als sich das Schlachtfeld um mich herum scharf stellt: Daria liegt auf dem Bauch, die Pistole immer noch in der Hand. Blut läuft über ihre Schläfe in ihr schwarzes Haar. Sie rührt sich nicht.

Marissa ist gegen ein Regal gekracht. Ihr Kopf ist schief und abgewinkelt nach hinten gekippt, als würde er nicht zu ihrem Körper gehören. Im Taschenlampenlicht erkenne ich, dass ihre blauen Augen offenstehen und ins Leere starren. Über ihr Gesicht sickert dunkles Blut den Hals hinunter bis in den Burberry-Schal – aus der Einschusswunde auf ihrer Stirn.

Ich presse mir die Hand auf den Mund. Die dunklen Zimmerecken drehen sich wie auf einem Karussell, und am liebsten würde ich die Augen zukneifen und ohnmächtig werden, aber es ist unmöglich, die grauenhafte Wirklichkeit auszusperren. Mein Körper zittert unkontrolliert, meine Lungen rebellieren. Meine Knie geben nach, und ich sacke auf den Boden.

Nein, das ist alles nicht echt. Das kann nicht wirklich passiert sein. Gleich steht Daria lachend auf und reicht Marissa die Hand, um sie hochzuziehen.

»Hanna, du bist voll drauf reingefallen«, wird sie grinsen. »Wir wollten dir einen gehörigen Schrecken einjagen. Das ist ein Begrüßungsritual in unserem Dorf. Aber wir hätten nie gedacht, dass es so gut klappen würde, und du ...«

»Hanna ...«

Ich zucke zusammen, versuche, mich zusammenzureißen, aber es geht nicht. Der Geruch nach Blut und Wahnsinn sitzt wie ein schwerer Klumpen in meinem Hals, nimmt mir die Luft und jeden klaren Gedanken.

»Hanna, steh auf, bitte ...« Eine Hand tastet nach meinem Fuß und drückt dann fester zu. Ich werfe den Kopf herum. Tränen verschleiern mir die Sicht.

»Lexa? Du bist wach!«

Lexa hat sich aufgesetzt; sie kauert hinter mir an der Wand und verzieht das sommersprossige Gesicht. An ihrer Schläfe, wo Daria ihr die Pistole gegen den Kopf geschlagen hat, leuchtet ein violetter Bluterguss.

»Wir müssen ... wir müssen verschwinden ...«, keucht sie. Sie presst die Hände an ihre Seite und ...

Ich stoße einen heiseren Schrei aus. »Oh Gott, Daria hat dich getroffen!« Dunkles Blut dringt durch Lexas pinke Jacke und tränkt ihre Finger. Ich springe auf und versuche, sie auf die Füße zu ziehen. Lexa stöhnt und krallt die Hand in ihre Taille. Dann weiten sich ihre Augen plötzlich. In ihren Pupillen sehe ich ein helles, zuckendes Leuchten gespiegelt. Dann erst merke ich es: Es brennt.

50

Knistern wabert durch die Luft, Flammen zucken in meinem Augenwinkel, Hitze prallt gegen meine Wangen. Ich werfe den Kopf zurück und schreie auf. Daria ist das brennende Sturmfeuerzeug aus den Fingern gerollt – geradewegs auf das Matratzenlager am Boden. Der Stoff hat Feuer gefangen, und die gierigen Flammen züngeln schon so hoch, dass sie auf die Holzregale dahinter überspringen.

Innerhalb von Sekunden lähmt mich der Anblick der tanzenden Flammen. Die Erinnerung an das in die Luft gesprengte Auto und an Isabells Unfall bohrt sich in mein Bewusstsein. Wie erstarrt blicke ich auf das immer größer werdende, wild fauchende Feuer, das jetzt den Vorhang erfasst und in flackernde Flammen zerreißt.

»Hanna, wir müssen verschwinden«, ruft Lexa neben mir. Sie hat sich an einem Regal hochgezogen und klammert sich schwankend an der Wand fest. Der dunkle Fleck unter ihrer Jacke wird immer größer, Schweiß glitzert auf ihrer bleichen Stirn.

Ich will mich umdrehen, wegrennen, aber es geht nicht. Das Feuer paralysiert mich, Angst rast durch meinen Körper und schnürt mir die Luft ab.

Isabells lachendes Gesicht, über das plötzlich ein überraschter Ausdruck fliegt. Der Mercedes, der sie in die Seite rammt. Das Geräusch, mit dem ihr

Schädel auf dem Asphalt aufschlägt. Ihr aufgeplatzter Rucksack, die bunten Schulbücher auf der Straße. Isabells leerer Blick. Rotes Blut, das ihr aus der Nase läuft.

Mein Schmerz, der sich wie taube Leere anfühlt
Das Benzin, das in meiner Lunge brennt.

Das Feuer, das den Mercedes in Besitz nimmt und sich in meinen Augen spiegelt.

Mein Schmerz, der nicht verschwindet, sondern immer größer wird, je höher die roten Flammen tanzen. Und dann ...

»Hanna!«, schreit Lexa durch das zischende Feuer. »Mach schon, bitte!«

Ich zucke zusammen, doch ich kann mich immer noch nicht rühren. Hitze umhüllt mich und wirbelt meine Locken auf.

Feuer. Isabell. Meine Schuld. Mein Schmerz.

Mit einem Knacken stürzt ein kleines Regal um, Bücher fallen auf den Dielenboden und werden sofort von den gierigen Flammenzungen erfasst. Das Feuer kommt jetzt so nah, dass es fast die Spitzen meiner Chucks berührt, die sich immer noch nicht rühren können.

Plötzlich wird eine Stimme in meinem Kopf laut.

»Hanna!«, ruft sie in einem geisterhaften Echo. *»Hanna, du musst hier raus. Sonst sterbt ihr alle. Renn!«*

Isabell? Das ist Isabells Stimme!

»Hanna, verschwinde hier! Verschwinde sofort!«

Meine Schultern zittern. Nein, ich lasse nicht zu, dass dieser Alptraum noch schlimmer wird. Das lasse ich nicht zu!

Ich reiße mich aus meiner Schockstarre und stürze auf Lexa zu, um sie festzuhalten, ehe sie zusammenbricht. Blut tropft von der Schusswunde auf den Boden und hinterlässt dunkle Flecken auf den Dielen.

Das Feuer tanzt immer höher um uns herum, und die Luft flimmert so heiß und stickig, dass sie auf meiner Haut brennt.

Hustend und würgend schleife ich Lexa, die sich an mich krallt, über den Holzboden und stoße die Tür auf. Gierig sauge ich die hier noch nicht verpestete Luft ein, doch der Rauch quillt sofort aus dem Zimmer in das gesamte Holzhaus. Die zuckenden Flammen verfolgen uns und fressen sich innerhalb von Sekunden durch die Dielen in Richtung Wohnraum. Ein lautes Krachen ertönt, als ein Holzbalken nachgibt und irgendwo ein weiteres Regal umstürzt.

Ich beiße die Zähne zusammen und schleife die wild hustende Lexa durch den Wohnraum. Als ich mit der Seite hart gegen den massiven Esstisch pralle, stöhne ich auf. Hitze und Qualm füllen sich in meinem Mund, und ich muss würgend husten. Schweiß sammelt sich in meinem Nacken und läuft meinen Rücken hinunter.

Mein Gesichtsfeld flackert. Die Tür. Es sind mindestens zehn Schritte.

Das schaffe ich nicht. Das werde ich niemals schaffen.

Ich muss!

Stöhnend grabe ich die Finger in Lexas Seite, fasse in klebriges Blut. Lexa schreit vor Schmerz auf, ihre Schultern beben. Hitze wabert um uns herum. Wir haben drei Schritte hinter uns gebracht, dann sackt ihr Körper plötzlich schwer nach unten. Ich will sie auf den Beinen halten, aber es geht nicht. Lexa fällt auf die Knie und hustet und keucht wie verrückt. Meine Augen tränen, und ich kann fast nichts mehr erkennen, als ich mich auf sie stürze und die Arme unter ihre Achseln schiebe.

Weiße Sterne explodieren vor meinen Augen, als ich sie rückwärts durch das sich immer stärker aufheizende Zimmer schleife. Die hintere Hausseite flimmert wie der Eingang zur Hölle – zuckende Flammen schießen plötzlich aus allen Ecken hervor, lassen geisterhafte Schatten über die Wände tanzen.

Noch sieben Schritte.

Noch sechs.

Noch fünf.

Meine Lungen bersten fast vor Anstrengung.

Noch vier Schritte.

Noch drei.

Mein Kopf platzt gleich. Rauch wütet in meiner Lunge.

Noch zwei.

Zischen, Fauchen, Knacken. Mein Körper brüllt nach Sauerstoff, nach Entspannung, nach einer gottverdammten Ohnmacht.

Ich muss es schaffen!

Ich schreie auf, aber meine Ohren dröhnen so laut, dass ich es nicht wahrnehme.

Noch ein Schritt.

… und endlich stoße ich mit dem Rücken gegen die Haustür. Das Knistern des Feuers im Ohr lasse ich mich rückwärts nach draußen fallen und ziehe Lexa mit mir. Hart krachen wir auf den Boden. Ein kalter Lufthauch streift mich, und ich würde am liebsten heulen vor Erleichterung, aber dafür bin ich viel zu erledigt.

Nur atmen. Nur atmen. Mein Sichtfeld kippt und schwankt. Mein Atem geht pfeifend und brennt in meinem Hals, während ich versuche, soviel frischen Sauerstoff wie möglich einzusaugen. Mehr, mehr, mehr.

Keuchend halte ich Lexa fest, die genauso schwer atmet, stöhnt und röchelt wie ich. Ihr Gesicht und ihre hellen Haare sind rußverschmiert.

Nach einer gefühlten Ewigkeit weitet sich mein Brustkorb, und ich kann besser Luft holen.

»Alles okay?«, ich richte mich auf und blicke auf Lexas Verletzung, auf die sie immer noch die Hände presst. Ihre Hände sind voller Blut.

Sie hustet, nickt und würgt hervor: »Danke, Hanna.«

»Quatsch«, mein Herz pocht immer noch wie verrückt. »Ich hab doch nur ...« Ich stocke. Das Hämmern in meiner Brust erinnert mich plötzlich an etwas. An etwas wichtiges, etwas lebenswichtiges.

Und zwar an das dumpfe Klopfen, das uns im Haus entgegen gedrungen ist. Ein Klopfen, ein stetiges Klopfen wie von ...

»Verfluchter Mist«, stoße ich hervor, denn plötzlich rast eine Erkenntnis durch meinen Körper.

»Ich werde Jake und euch erledigen und dann das Haus in Brand stecken«, hat Daria gedroht. *»Die Polizei wird in den verkohlten Überresten eure Leichen finden – das Feuerzeug wird der Beweis sein, dass ihr Jake getötet und das Feuer gelegt habt, um eure Tat zu vertuschen.«*

Verdammt, *Jake* muss das unregelmäßige, dumpfe Klopfen verursacht haben, um auf sich aufmerksam zu machen.

Mein Blick fliegt zu dem lichterloh brennenden Wohnzimmer zurück. Jake. Er ist noch da drin.

51

Obwohl mir unglaublich schwindelig ist und jeder Atemzug in meinem Hals brennt, rappele ich mich schwankend auf.

»Hanna, bleib hier!«, höre ich Lexa noch keuchen, bevor sie wieder zu husten anfängt. Ich drehe mich nicht um, sondern stolpere zurück durch die Tür. Wie eine Wand schlägt mir beißender Rauch und flimmernde Hitze entgegen. Ich muss Jake finden. Er verdient so einiges, aber ganz sicher nicht bei lebendigem Leib zu verbrennen!

Ich presse meinen Ärmel gegen den Mund und kämpfe mich durch das glühende Zimmer. Die Flammen haben sich mittlerweile durch den gesamten Wohnraum gefressen und überfluten die Zimmerecken mit roter, flimmernder Helligkeit: Sie tanzen auf der edlen Ledercouch, deren Plastiküberwurf komplett geschmolzen ist und einen stechenden Geruch in meine Nase wirbelt; sie flackern und zischen auf dem Esstisch und den Holzstühlen. Die Luft ist so heiß wie in einem Ofen, und durch den Qualm kann ich nicht mehr als einen Meter weit blicken.

Keuchend und fast blind erreiche ich das Flurstück. Das Pochen hörte sich relativ nah an. Ich bete, dass sich Jake in dem ersten Zimmer rechts befindet, denn das Feuer brennt schon so hoch, dass ich es nicht mehr schaffen würde, auch die andere Hausseite abzusuchen.

Doch erst als ich die Hand auf die heiße Klinke presse, fällt es mir wieder ein. *Scheiße.*

Sie ist verschlossen.

»Jake?!«, schreie ich. Heißer Rauch schießt in meinen Hals und lässt mich husten. »Jake! Bist du da drin? Sag was!«

Ich höre ein Rumpeln, was aber auch von einem brechenden Holzbanken oder einem fallenden Regal stammen kann. Ich hebe den Fuß, um auf die Tür einzutreten, aber plötzlich wirft mich ein heftiger Schlag auf den Boden. Mein Kopf knallt auf die Dielen und eine Sekunde sehe ich nur Sterne aufblitzen.

Au, verdammt. Was zum Teufel war das?! Ich will aufstehen, doch – es geht nicht. Denn … ich bin eingeklemmt. Verfluchter Mist, das Knacken kam von einem Holzbalken. Er ist durchgeschmort und geradewegs auf mich gefallen!

Stöhnend versuche ich, das schwere Holz von meinem Bein zu schieben, aber es bewegt sich kein Stück. Neues Krachen ertönt, das Feuer faucht, mein eigener Atem schmerzt in den Ohren. So sehr ich auch schreie und kämpfe, ich schaffe es nicht, unter dem Balken hervorzukriechen.

Shit, verdammt, jetzt werde ich sterben – und das nur, weil ich Jake, diesen Mistkerl, retten wollte! Wieso musste ich die Heldin spielen?!

Ich huste, würge und kriege plötzlich keine Luft mehr. Es ist so unerträglich heiß, dass ich das Gefühl habe, meine Haut platzt gleich auf. Mein Körper pulsiert in roten und schwarzen Wellen.

»Nein!«, brülle ich mich selbst an. »Ich muss es schaffen! Ich muss!«

Verzweifelt taste ich in der flimmernden roten Hitze herum, um irgendwas zu finden, an dem ich mich festhalten und rausziehen kann, aber meine Finger treffen nur auf heiße Holzdielen. Ich kralle die Finger fest in einen Spalt zwischen den Brettern und versuche, nach vorne zu robben. Mein eingeklemmtes Bein pulsiert vor Schmerz – aber tatsächlich rutscht der Balken ein winziges Stück nach hinten. Angespornt von der Bewegung presse ich die Hände in den Boden und schreie vor Anstrengung und Schmerz auf, als ich mich mit aller Kraft unter dem schweren Balken rausziehe. Scheppernd rollt der Holzbalken auf den Boden. Ich hab kein Gefühl mehr in den Beinen, dennoch stehe ich taumelnd auf – und reiße im flackernden Licht die Augen auf. Der eingestürzte Balken hat mich zwar niedergeschlagen – aber er hat auch die Tür aufgebrochen!

Ich könnte heulen vor Glück, stürze aber sofort in den kochend warmen Raum, in den das Feuer jedoch noch nicht vorgedrungen ist. Mein Herz macht einen wilden Sprung, als ich eine Gestalt hinter einer schräg stehenden Kommode entdecke, die mit den Armen an einen Holzbanken gefesselt ist.

Jake! Er ist es!

Ich stürze auf ihn zu und reiße ihm den Knebel aus dem Mund, wobei mir für eine Sekunde klar wird, dass ich Marissa vorhin auf genau die gleiche Art gefesselt habe. Marissa, die tot ist, weil …

»Hanna!«, krächzt Jake, als sein Mund befreit ist. Seine Haut ist bleich, unter seinen Augen liege schwere, dicke Ringe. Er bricht in einen wilden Husten aus. »Oh Gott, Hanna, Daria hat …«

»Ich weiß!«, unterbreche ich ihn wild. »Wir müssen hier raus!«

Ich reiße an seinen Fesseln, aber natürlich hat Daria ihn nicht mit einem dünnen Springseil angekettet, sondern einen Kabelbinder um den Holzbalken festgesurrt.

»Hol eine Schere oder irgendwas Scharfes!«, keucht Jake.

Ich würde ihn am liebsten anbrüllen, dass er mir ganz bestimmt nicht vorschreiben kann, was ich zu tun habe, aber leider hat der Mistkerl recht. Irgendwo dröhnt ein lautes Knacken auf, dann ein heftiges Scheppern. Die Flammen fressen sich langsam durch die Holzwand. Verdammt, wir haben nur noch Sekunden, bis sie uns hier einschließen!

Ich springe auf und reiße die Schränke auf, in denen mir jedoch nur T-Shirts und Pullover entgegenblicken.

»Verdammt!«

Kurzentschlossen stürze ich zum Fenster, dessen Rolladen von außen geschlossen ist. Ich umwickele meine Faust mit meinem Jackenärmel und boxe, so hart ich kann, gegen die Scheibe. Ein Riss entsteht auf dem heißen Glas, und beim nächsten Schlag zerspringt es in spitze Scherben. Ich schnappe mir eine und ... »Au!«

Scharf fährt die Scherbe in meine Hand, reißt die Haut auf. Blut sprudelt hervor, doch ich achte nicht auf die pulsierende Wunde, sondern haste zurück zu Jake und säbele an dem Kabelbinder herum. Der Schnitt in meiner Hand brennt dabei fast so schlimm wie das Feuer, das immer weiter auf uns zu tanzt. Jake zieht und reißt die Hände auseinander, und nach wenigen Sekunden, die mir wie Stunden vorkommen, platzt die Fessel auseinander.

»Komm!« Ich ignoriere das Blut, das meinen zitternden Arm hinunterläuft, packe Jake am Kragen und ziehe ihn hoch. Mein Kopf dreht sich, meine Lungen brennen, aber das Adrenalin rauscht so heftig durch meinen Körper, dass ich auf nichts anderes achten kann. Ich hab schon Lexa hier rausgebracht, dann schaffe ich es auch mit Jake!

Schwankend steht er auf, hustet und krümmt sich zusammen, doch gemeinsam kämpfen wir uns durch den immer dichter werdenden Qualm zur Tür. Im engen Flur ist es noch heißer, das Knistern und Zischen des Feuers noch lauter, aber ich spüre auch gleichzeitig die Rettung am anderen Ende des Hauses – die Tür, die offensteht und uns mit Sauerstoff und wunderbarer Kälte empfangen wird.

Ich presse den bebenden, blutenden Arm um den hustenden Jake und will ihn mit mir über den umgestürzten Balken zerren, doch dann erstarre ich. Auch Jake wird neben mir ganz steif.

Ein Schatten baut sich vor uns auf, und ein metallischer Gegenstand blitzt im Spiel der lodernden roten Flammen. Im nächsten Moment presst eine Stimme über das Zischen des Feuers hervor: »Ihr kommt mir nicht davon.«

52

»Daria!«

Mein Schrei wird von einem lauten Krachen, das durchs flimmernde Haus fegt, übertönt. Um uns herum lodern die Flammen, meine verletzte Hand sticht und pocht, Blut läuft meinen Arm hinunter. Ich kann Daria durch den Rauch und meine brennenden Pupillen nur unscharf erkennen. Ihr Gesicht ist rußverschmiert und dunkel, trotzdem sticht mir die Platzwunde an ihrer Schläfe ins Auge – und ihr wildes, breites Grinsen, das sie uns entgegen schmettert.

»Ich bin am Ziel«, schreit sie über die fauchenden Flammen hinweg. »Ich hab's geschafft!«

Sie reißt den Arm mit der Waffe hoch, und ich ducke mich unwillkürlich, obwohl ich weiß, dass wir keine Chance haben. Sie wird uns erschießen, jetzt, hier. Alles war umsonst – dass ich Lexa aus dem Haus gezerrt und Jake befreit habe. Daria gewinnt dieses irre Spiel – und wir sind tot!

»*Nein!*«, schreit Isabell in meinem Kopf.

»Daria, hör auf!«, brülle ich, doch ein neues, ohrenbetäubendes Krachen unterbricht mich – und in der nächsten Sekunde glaube ich, dass das Haus über uns einstürzt. Der Boden vibriert, das Feuer schwankt. Ich verliere das Gleichgewicht, will Jake packen, doch zu spät: Ein riesiger Balken bricht aus der Decke und donnert hinab. Jake und ich werden auf den Boden geschleudert. Holzsplitter schießen durch die Luft und treffen mich ins Gesicht.

Ein paar Sekunden bebt der Boden noch, dann ist die Erschütterung plötzlich vorbei. Heftig blinzelnd starre in das rot flimmernde Chaos, das sich um uns präsentiert. Wo ist Daria? Wo ist die Waffe?!

Ich schnappe keuchend nach Luft, als ich in den flackernden Schatten plötzlich einen Arm erkenne, der unter dem gerade umgestürzten Balken hervorlugt. Daria! Der Balken – er hat sie getroffen!

»Schnell! Jake, komm!« Unfähig zu begreifen, was hier gerade passiert ist, packe ich Jakes Hand – ein heftiger Schmerz rast von der Schnittwunde durch meinen ganzen Körper – und klettere über das dicke Holz. Fast blind kämpfen wir uns durch den stechenden Rauch, stoßen dabei immer wieder gegen umgestürzte Möbel – und erreichen endlich die Tür.

»Hanna, oh mein Gott!«, höre ich Lexa wie unter Wasser schreien. Und dann: »Jake?!«

Ich falle auf der Veranda auf die Knie und würge und keuche wie verrückt. Meine Lungen fühlen sich an wie mit schwarzem Teer gefüllt. So sehr ich auch die kalte Luft einsauge, kein Sauerstoff will meinen Körper füllen. Speichel läuft aus meinem Mund und tropft auf meine Hände – auf meine Hände, deren schwarzer Nagellack fast komplett abgesplittert ist und deren Haut leuchtend rot und verbrannt vor meinen Augen tanzt, starr vor Blut und Ruß und ...

Ich breche zusammen und merke nicht mehr, wie meine Wange auf den Boden knallt.

53

4 Stunden später

Ich sitze im gleichen Raum wie in der Halloween-nacht. Keine Fenster, kantige Risse in der Wand, flimmernde Halogenschienen. Die gleiche harte Stuhllehne drückt sich in meinen Rücken. Wieder liegt eine Wolldecke um meine Schultern, doch heute ist mir überhaupt nicht kalt. Im Gegenteil, meine Haut brennt immer noch wie das züngelnde Feuer in Marissas Waldhütte, von der jetzt bestimmt nur noch ein paar verkohlte Holzstücke übrig sind.

Mein Arm zittert, als ich durch meine wirren Locken fahre. Anders als beim letzten Mal stinken sie nicht nach Chlor, sondern nach Feuer und verbranntem Holz. Nach Panik.

Und Tod.

Im Krankenhaus, wo Lexa, Jake und ich zuerst hingebracht wurden, hat mir jemand eine kühlende Salbe auf meine roten Hände und Wangen geschmiert und meine aufgerissene, pochende Handinnenfläche mit einem Verband umwickelt.

Obwohl das erst ein paar Stunden zurückliegt, kann ich mich kaum daran erinnern. Ich weiß nur noch, wie Lexa mir flüsternd erzählt hat, warum sie so plötzlich aufgetaucht war.

»Daria hat mich angerufen und erzählt, dass ihr zu Marissas Waldhütte fahrt.« Sie hustete krächzend. »Sie hat darum gebeten, sofort nachzukommen, weil du wegen Jake durchdrehen würdest. ›Ich brauche deine Hilfe, bitte komm‹, hat sie gesagt.« Ihre Sommersprossen waren unter dem ganzen Ruß kaum noch zu sehen. »Ich hab mir Sorgen gemacht, daher bin ich sofort ins Auto gesprungen und losgerast. Aber es war eine Falle.« Sie brach wieder keuchend ab. Ein Rettungsassistent drückte ihr eine Atemmaske aufs Gesicht, die verhinderte, dass sie weitersprach.

»Das gehörte zu Darias Plan«, bestätigte ich heiser, dann holte ich tief Luft. »Danke, Lexa. Und: Es tut mir leid, dass ich dir misstraut habe.« Ich drückte ihre Hand, und sie drückte ganz leicht zurück. In dieser Sekunde wurde mir klar, dass Lexa die ganze Zeit meine wahre – meine einzige – Freundin gewesen war. Die einzige Person in diesem Dorf, in der ich mich nicht getäuscht hatte. Dann wurde sie auf einer Trage weggeschoben, und ich blieb allein zurück.

Die Ärzte wollten mich im Krankenhaus behalten, aber ich musste raus. Ich musste raus, um die Wahrheit zu erzählen. Und um die ganze Wahrheit zu erfahren.

Wegen der Rauchvergiftung trage ich nun ebenfalls eine Atemmaske, deren Gummiband in meine Wange schneidet. Ich ziehe sie ab und lege sie auf den Tisch, starre dabei auf meine Hände. Meine Hände, die erst Marissa gefesselt und dann – viel zu spät – nach dem Goldschläger gegriffen haben, um Daria aufzuhalten.

Meine Schultern fangen an zu beben. Wie Blitze flackern die Bilder der vergangenen Nacht vor mir auf. Am härtesten hat sich Marissas leerer, blauer Blick in meine Netzhaut eingebrannt. Immer wieder sehe ich sie vor mir, die perfekte Eiskönigin, eine scharf gezackte Schusswunde an der Stirn, tiefrotes Blut, das in ihren hellen Schal sickert.

Ein Keuchen bricht aus meiner wunden Kehle. Ich muss hinsehen. Ich muss es verstehen. Ich darf nicht schon wieder die Realität aussperren. Ich kralle die Finger in die Tischplatte, weil plötzlich bittere Galle in mir aufsteigt.

In diesem Moment fliegt die Tür auf, und eine junge blonde Polizistin erscheint im Rahmen. Und in der nächsten Sekunde kommen Mom und Dad ins Zimmer. Wie erstarrt bleiben sie stehen, als sie mich am Tisch hocken sehen. Ein angespanntes, merkwürdiges Schweigen herrscht zwischen uns.

»Alles okay«, murmele ich, weil ich nicht weiß, was ich anderes sagen soll. »Mir – mir geht's gut.«

»Ich lasse sie kurz allein«, erklärt die Polizistin. »Die Kollegen werden gleich bei Ihnen sein.«

Die Tür klappt zu. Ich sehe meinen Eltern ins Gesicht, erwarte, dass sie – vor allem Mom – mich wütend anblicken, aber in ihren Augen lese ich nur eins – Erleichterung gemischt mit etwas anderem, das ich nicht richtig benennen kann.

Dann tritt Dad vor, zieht mich hoch und legt die Arme um mich. Moms Gesicht hinter seiner Schulter bleibt bleich und starr, doch plötzlich füllen sich Tränen in ihre Augen. Und ehe ich mich versehe, umarmt auch sie mich.

Meine Eltern pressen mich an sich, drücken mich, wiegen mich. Und als würde in mir irgendein Damm brechen, fange ich an zu weinen. Ich weine so heftig, als müsste ich alle Tränen der letzten Monate auf einmal nachholen.

Ich weine wegen Marissa, die tot ist, wegen Daria, die in Wirklichkeit nie meine Freundin war und uns so grausam hintergangen und gequält hat. Ich weine

dennoch um sie, weil sie in der Waldhütte, eingeklemmt unter einem Holzbalken, verbrannt ist. Ich
weine um alle unnötigen Lügen, die diese Katastrophe hätten verhindern können. Und ich weine um
mich selbst, um meine Naivität, meine Dummheit,
meine falschen Schlüsse.

»Es tut mir leid«, schluchze ich an Moms Schulter.
»Das ist schon wieder alles meine Schuld. Ich mache
immer alles falsch. Immer wieder wird jemand wegen mir verletzt. Wegen mir ist Marissa tot – genauso wie Isabell.«

Ich spüre, wie Mom und Dad zusammenzucken.

»Aber Hanna ...«, Dad löst sich von mir, und auch
Mom macht einen Schritt zurück. Sie sehen erst sich
an, dann mich.

»Hanna, Kind, das war nicht deine Schuld«, sagt
Dad und streicht sich über die Stirn. »Nicht du bist
dafür verantwortlich, dass Daria Jakob entführt hat.
Nicht du bist dafür verantwortlich, dass sie Marissa
getötet hat. Du bist das Opfer, nicht die Täterin.«

Ich schüttele den Kopf, wodurch ein scharfer
Schmerz hinter meiner Stirn aufsticht. »Ich hab Daria vertraut. Ich bin auf sie und ihre Lügen reingefallen. Hätte ich genauer nachgefragt, genauer hingese-
hen, wäre das alles nicht passiert. Es ist genauso wie
bei Isabell. Immer mache ich alles falsch, immer endet alles in einem Alptraum. Aber ich wollte das nie,
das müsst ihr mir glauben. Ich hab das nicht gewollt.«

Mom und Dad wechseln wieder einen Blick, den
ich nicht deuten kann. Ich huste und schniefe gleichzeitig. Meine Lungen brennen, als würde ich immer
noch heißes Feuer einatmen.

»Setz dich, Hanna«, sagt Mom, und der gewohnte
strenge Tonfall blitzt in ihrer Stimme auf. Langsam
lassen wir uns am Tisch nieder. Mom nimmt meine

Hand, was mich überrascht. Ihre Haut fühlt sich angenehm kühl an, trotzdem kann ich sie kaum ansehen. Sie wird jetzt toben und mich anschreien. Und ich habe es verdient.

»Hanna, Schatz«, sagt sie stattdessen leise und sanft. »Du bist *nicht* schuld. Weder heute noch an – an Isabells Tod. Es war ein Unfall. Ein schrecklicher Unfall.«

Ich hebe den Blick und zucke zusammen, als in Moms blauen Augen plötzlich neue Tränen schwimmen. Dennoch sprudeln sofort die Worte aus mir heraus: »Doch, natürlich bin ich schuld. Nur wegen mir ist Isabell überhaupt über die Straße gelaufen. Ich habe sie gerufen. Ich habe sie angetrieben, sich zu beeilen. Nur deswegen ist sie überfahren worden.«

»Oh, Hanna.« Moms Hand drückt meine. Sie schließt die Augen und atmet tief durch. »Meine kleine Hanna. Isabell war nicht erst drei Jahre alt, und sie hat diese Straße jeden Tag überquert. Sie hätte aufpassen müssen. Doch selbst wenn sie das getan hätte – das Auto ist viel zu schnell gefahren. Sie hätte nicht ausweichen können. Es war ein entsetzlicher Unfall, aber du trägst keine Schuld daran. Verstehst du? Verstehst du das?«

Ich starre sie an. Mom wirft Dad einen hilfesuchenden Blick zu, der sich wieder durch die wilden Locken fährt und dann nickt. »Natürlich war es nicht deine Schuld.«

»Aber – aber …«, stammele ich und muss plötzlich wieder husten. »Mom, du hast doch gesagt, dass ich immer nur Chaos anrichte und Ärger mache. Deswegen sind wir umgezogen. Deswegen habt ihr mich auf eine teure Privatschule geschickt. Ich sollte wei-

ter zur Therapie gehen, damit ich mich zusammen-
reiße und in Zukunft vernünftig benehme. Und ...«
Ich breche ab, als sich Moms Hand um meine presst.

»Das hast du geglaubt? Mein Gott, was bin ich nur
für eine Mutter?«, murmelt sie fast unhörbar, doch
dann strafft sie die Schultern und blickt mich fest an.
Ihre Züge sind Isabells so ähnlich, dass ich zusammenfahre. »Hanna, seit Isabells Tod lebe ich in
Angst. In schrecklicher Angst, dass auch meinem anderen Kind etwas zustoßen könnte. An jedem Morgen, den ich aufwache, fürchte ich, dass jemand dir
wehtut und du nicht mehr nach Hause kommst.« Sie
holt tief Luft. »Es tut mir unendlich leid, wenn du
dachtest, ich wäre enttäuscht von dir. Denn das
stimmt nicht. Immer, wenn ich zu dir gesagt habe,
dass du früh zu Hause sein sollst und mich über
Dinge, die du angestellt hast, aufgeregt habe, habe
ich mich hilflos gefühlt. Du bist fast erwachsen, und
ich kann dich nicht rund um die Uhr beschützen, obwohl ich nichts anderes möchte.«

Sie drückt meine Hand so fest, dass ihre Finger in
meine wunde Haut schneiden. »Ich wollte, dass du
vorsichtig bist. Denn du bist das Wichtigste, was wir
haben, Hanna. Wir dürfen dich nicht auch noch verlieren. Und heute ... heute hätten wir fast —«

Mom stoppt, unterdrückt ein Schluchzen und sieht
wieder Dad an, der jetzt nach meiner anderen Hand
greift. »Wir wollten, dass es dir hier besser geht, weit
weg von zu Hause, weit weg von dem Unfall und der
Erinnerung. Wir wollten, dass du neu anfangen und
die Vergangenheit hinter dir lassen könntest. Deswegen haben wir nie über Isabell und den Unfall gesprochen. Wir dachten, eine teure Privatschule
würde dir alles bieten, was du brauchst. Es tut uns so
leid, dass du schon wieder etwas so Grausames erleben musstest.«

Perplex starre ich meine Eltern an, die erst einander und dann mich mit sorgenvoll verzerrten Gesichtern anblicken.

Sechs Monate lang haben wir nicht über Isabell gesprochen. Sechs Monate lang dachte ich, ich wäre schuld.

Mom und Dad sind nicht wütend auf mich? Sie wollten nicht, dass ich mich hier bessere? Sie wollten mir helfen?

Ich bin *nicht* schuld?

»Dad«, bringe ich hervor. »Mom, es tut mir auch leid. Ich hätte – hätte euch zuhören müssen. Ich hab nur an meinen eigenen Schmerz gedacht.« Neue Tränen stürzen aus meinen Augen. Alles, was sich seit sechs Monaten in mir aufgestaut hat, bricht nun hervor. Ich springe auf und umarme Mom, die sich mit einem gequälten Schmerzensschrei an mich klammert. Alles Ungesagte, alle Missverständnisse, aller Schmerz wird leichter, durchsichtiger, bis er in unserer Umarmung verschwindet.

Nach einer gefühlten Ewigkeit lösen wir uns voneinander. Endlich kann Dad erzählen, wie die Polizei uns überhaupt in der Waldhütte finden konnte.

»Ich habe dein Handy im Badezimmer entdeckt«, sagt er und reibt sich mit beiden Händen über das Gesicht. »Die Route in die Waldhütte war noch offen. Wir haben viel zu lange überlegt, ob wir sie der Polizei zeigen sollten. Wir wollten dich nicht ausliefern, doch wir wussten nicht, was du vorhast. Als du eine Ewigkeit nicht wieder gekommen bist, mussten wir es tun. Wir sind fast umgekommen vor Sorge.«

»Die Polizei ist mit drei Streifenwagen ins Naturschutzgebiet gerast«, fährt Mom fort. »Schon von Weitem haben sie gesehen, dass es irgendwo brennt, daher haben sie sofort die Feuerwehr gerufen. Es war sehr knapp. Ihr drei lagt bewusstlos auf der Veranda und hättet immer noch verbrennen können.«

Ich schlucke. Mein Hals sticht beim Luftholen. »Danke.«

Mom hält immer noch meine Hand. Sie ist unglaublich blass und nickt ernst. »Du hast so viel durchgemacht. Ab jetzt wird alles besser. Ich verspreche es.«

Als wäre das ein Stichwort, geht in diesem Moment die Tür auf und zwei Polizisten kommen herein. Es sind die gleichen, die mich gestern Abend – vor einer Ewigkeit – bei uns zu Hause verhaften wollten. Die Beamten schließen die Tür und setzen sich vor Kopf an den Tisch. Mom lässt meine brennende Hand nicht los, als sie sich räuspern.

»Wir freuen uns, dass du trotz deines Zustandes mit uns sprechen willst, Hanna«, erklärt der Beamte, der mir gestern das vermeintliche Beweisbild präsentiert hat. »Das war eine traumatisierende Nacht für dich. Erzähl uns, was passiert ist.«

Und das mache ich. Ich fange ganz vorne an – bei meinem ersten Zusammentreffen mit Marissa in der Toilette –, und erzähle dann von Jakes Demütigung und Lexas und meiner Rache. Ich erzähle von Darias anonymen Drohungen und meiner Naivität, nicht an ihrer Loyalität zu zweifeln. Von Darias irrationalem Hass auf Jake und ihrem Plan, ihn fertig zu machen und Lexa und mir die Tat in die Schuhe zu schieben. Von Marissas Ermordung und meinen verzweifelten Schlägen mit dem Golfschläger. Schließlich berichte ich, wie ich Jake aus dem brennenden Zimmer gezogen und Daria von einem Dachbalken niedergeschlagen wurde.

Mom und Dad fahren dabei immer wieder zusammen. Die Polizisten zucken jedoch nicht mit der

Wimper. »Wie bist du darauf gekommen, ausgerechnet in die Waldhütte der Goldammers zu fahren?«, hakt der Polizist nach. »Woher wusstest du, dass Jake dort sein würde?«

»Daria wollte, dass ich dorthin fahre ...« Ich hole tief Luft und berichte von den Entdeckungen, die ich in der Bank gemacht habe: Die Bestechung von Charlotte und den Goldammers durch Jakes Familie und meiner Theorie, dass Marissa sich deswegen an Jake rächen und mich als Schuldige hinstellen wollte.

»Ich bin mir sicher, es ist alles wahr, was wir herausgefunden haben«, sage ich abschließend. »Aber wir – nein, *ich* habe die falschen Schlüsse gezogen. Marissa war nie wütend auf Jake. Sie wollte es ihm nie heimzahlen. Weil sie nichts von allem wusste. Wahrscheinlich hat sie mit Jake Schluss gemacht, weil die Inhaftierung ihres Bruders sie fertiggemacht hat. Sie ist wirklich aus Eifersucht auf mich wieder mit ihm zusammengekommen. Sie hat Jake tatsächlich geliebt. Sie ist ein kaltes, biestiges Miststück gewesen und hat definitiv einen psychischen Knacks, aber sie hatte *wirklich* keine Ahnung.« Ich hole krächzend Luft. »Und jetzt ist sie tot, weil sie zur falschen Zeit am falschen Ort war.«

Meine Hand, die Mom nicht hält, ballt sich zu einer schmerzhaften Faust. Ein paar Momente herrscht Schweigen. Mein Hals brennt und pocht vom langen Reden, und ich muss keuchend husten, ein Gefühl, als würde meine Brust aufreißen. Dad ergreift die Atemmaske und streift sie mir wieder über den Kopf. Erleichtert sauge ich den Sauerstoff ein.

Der Polizist nickt. »Wir haben schon mit Stephan Goldammer gesprochen. Er steht unter Schock, hat die Bestechung jedoch zugegeben. Jakobs Vater hat Charlotte überfahren und geglaubt, seine Tat mit

Geld verschleiern zu können. Marissas Vater hat berichtet, dass sich seine Tochter ab und zu in die Waldhütte zurückgezogen hat, um alleine zu sein. Sie war gestern Nacht tatsächlich rein zufällig dort. Ein absolut sinnloser, grausamer Tod.«

Und das ist das Schlimmste. Ich nicke.

Die Polizisten erheben sich. »Danke, Hanna«, sagt der Linke. »Wir werden in den nächsten Tagen nochmal auf dich zukommen. Jetzt kannst du erst einmal nach Hause.«

Auf der Fahrt durch die Nacht lehne ich die Stirn gegen die Scheibe und sehe in die Dunkelheit hinaus. Die Tannen schwanken im Wind, und unsere Autoscheinwerfer zerreißen den Nieselregen in glitzernde Funken.

Wir fahren nach Hause. In ein schiefes Fachwerkhaus in einem winzigen Dorf inmitten einer immergrünen ›Herr der Ringe‹-Landschaft.

Aber das ist okay. Das ist mein neues Leben, mein neues Zuhause. Vielleicht kann ich das Dorf ab sofort wirklich so nennen.

Ich drehe mich zur Seite und entdecke Isabell auf dem Platz neben mir. Die blonden Haare fallen über ihre schmalen Schultern, und sie lächelt mich an. Ich taste nach ihrer Hand und drücke sie. Sie drückt zurück, wobei sich ihre Finger in meine immer noch brennende Haut pressen. Ich ignoriere den Schmerz. Er zeigt, dass ich lebendig bin. Er zeigt, dass ich überlebt habe. Ich öffne den Mund, um Isabell etwas zu sagen, um ihr zu danken und um mich zu entschuldigen, aber ich finde nicht die richtigen Worte. Meine Schwester nickt, als würde sie auch mein hilfloses Schweigen verstehen, und drückt noch einmal meine Hand. Ihr Lächeln schwebt noch ein paar Sekunden in der Luft, dann verschwindet sie. Nur das Pochen an meiner Hand bleibt zurück.

Aber meine Schwester ist nicht wirklich fort. Sie wird immer da sein, immer in meiner Nähe. Ich darf sie nicht vergessen. Und das werde ich auch nicht.

Der dichte dunkle Wald fliegt an der Scheibe vorbei, während ich mich zwinge, nachzudenken, mich zu erinnern, obwohl die Augen zuzumachen und zu vergessen viel einfacher wäre.

Plötzlich habe ich das Gefühl, einen ruckartigen Schritt nach vorne zu machen und die ganze Situation, alle Ereignisse von außen zu betrachten: Meine Rache an Jake, mein unbändiger Wunsch, es ihm heimzuzahlen, meine Angst, ihm doch keinen Denkzettel verpassen zu können – all das hat mich von meiner Trauer um Isabell abgelenkt. Immer wieder wollten die Bilder des Unfalls in mir aufsteigen, aber ich habe sie umgeleitet – in die Wut auf Jake. Der Mistkerl hatte unsere Strafe verdient. Er hat Lexa, Daria und mir wehgetan. Aber Lexas und mein Rachespiel hat nicht geholfen. Es hat lediglich dazu beigetragen, Isabells Verlust weiter zu verdrängen.

Die Folgen waren katastrophal.

»Hey, Hanna«, ertönt Dads Stimme vom Vordersitz. »Was hältst du davon, wenn wir übers Wochenende nach Köln fahren und ein bisschen Großstadtluft schnuppern? Dann würden wir auf andere Gedanken kommen.«

Ich überlege kurz.

Nein. Keine Ablenkung, kein Weglaufen mehr.

»Dad, wir sind doch jetzt hier zu Hause. Wir wollten hier neu anfangen. Und ab jetzt werden wir es auch garantiert schaffen.«

ENDE

DANKSAGUNG

Es war gleichzeitig leicht und sehr schwierig, ein neues, ein ganz neues Buch zu schreiben. Schwierig, weil ich von vorne anfangen musste – neue Figuren, neues Setting, neue Rätsel. Leicht, weil ich mich nicht immer wieder an mögliche Widersprüche oder unlogischen Wendungen erinnern musste.

›Verspielt‹ ist anders als meine ersten beiden Romane (›OPUS‹) und ganz anders, als ich ursprünglich geplant habe. Eigentlich wollte ich nur einen spannenden (Jugend-)Roman schreiben, in dem es um Rache geht. Das Buch sollte Spaß machen, wütend machen, glücklich machen – aber irgendwie sind plötzlich tiefere Ebenen hinzugekommen, die über einen bloßen Racheroman hinausgehen. Ich hätte nie erwartet, dass Hannas Geschichte 53 Kapitel lang werden würde.

Ich hoffe sehr, dass euch ›Verspielt‹ gefallen und ihr gemeinsam mit Hanna gerätselt, gelitten und euch erschrocken habt. Es tat mir im Herzen weh, dass Daria die Böse werden musste (was ursprünglich nicht geplant war), aber unerwartete Wendungen sind ja stets die besten, habe ich mir sagen lassen.

Auch diesen Roman würde es ohne die Unterstützung mehrerer Menschen nicht geben: Ich danke wie immer C., dem ich ›Verspielt‹ – und ganz besonders den Stinkekäse aus Jakes Auto – widme. Ohne dich könnte ich nicht schreiben, nicht denken, nicht sehen. Du bist das Wichtigste.

Ich danke J., der mich – ohne es zu wollen – auf den entscheidenden, fehlenden Funken in ›Verspielt‹ gebracht hat.

Ich danke A., die stets einen äußerst rationalen und realistischen Blick auf die Handlung und die Figuren wirft und immer wieder drohend den Zeigefinger hebt oder die Augen rollt. Sie wünscht sich, dass ich irgendwann einmal ein »schönes Buch« schreibe (ist zumindest ›OPUS‹ denn keine schöne Geschichte?), aber ich weiß noch nicht, ob ich das wirklich hinbekomme. Irgendwie muss immer Mord & Todschlag dabei sein, sonst ist es doch langweilig …

Ich danke DIR, dass DU nicht nur ›OPUS‹, sondern auch ›Verspielt‹ gelesen hast und damit meinen Traum, Schriftstellerin zu sein, mit Leben erfüllst (sehr dramatisch ausgedrückt, aber du weißt schon, was ich meine … :-)).

Ich hoffe, wir lesen uns beim Abschluss der OPUS-Trilogie und weiteren Romanen wieder, und würde mich sehr über eine Rezension freuen.

Bis dahin alles Liebe
Deine Senta

Februar 2017